GUERRA SEM FIM

JOE HALDEMAN

Tradução
Leonardo Castilhone

ALEPH

GUERRA SEM FIM

TÍTULO ORIGINAL:
The forever war

COPIDESQUE:
Matheus Perez

REVISÃO:
Bruno Alves
Giselle Moura
Tássia Carvalho

PROJETO GRÁFICO E DIAGRAMAÇÃO:
Desenho Editorial

DIREÇÃO EXECUTIVA:
Betty Fromer

DIREÇÃO EDITORIAL:
Adriano Fromer Piazzi

DIREÇÃO DE CONTEÚDO:
Luciana Fracchetta

EDITORIAL:
Bárbara Prince
Andréa Bergamaschi
Renato Ritto
Daniel Lameira

CAPA:
Pedro Fracchetta

FOTO DE CAPA:
CC National Archives and Records Administration, Records of the U.S. Marine Corps

ILUSTRAÇÃO DE CAPA:
Gustavo Perg

COMUNICAÇÃO:
Luciana Fracchetta
Leandro Saioneti
Nathália Bergocce

COMERCIAL:
Giovani das Graças
Lidiana Pessoa
Roberta Saraiva

FINANCEIRO:
Roberta Martins
Sandro Hannes

Copyright © Joe Haldeman, 1974
Copyright do prefácio © John Scalzi, 2009
Copyright © Editora Aleph, 2019
(edição em língua portuguesa para o Brasil)

Edição publicada em acordo com a St. Martin's Press, LLC.
Todos os direitos reservados.
Proibida a reprodução, no todo ou em parte, através de quaisquer meios.

EDITORA ALEPH
Rua Tabapuã, 81 - cj. 134
04533-010 – São Paulo – SP – Brasil
Tel.: [55 11] 3743-3202
www.editoraaleph.com.br

DADOS INTERNACIONAIS DE CATALOGAÇÃO NA PUBLICAÇÃO (CIP)
VAGNER RODOLFO CRB-8/9410

H159g Haldeman, Joe
Guerra sem fim / Joe Haldeman ; traduzido por Leonardo Castilhone. - São Paulo : Aleph, 2019
352 p. ; 14cm x 21cm.

Tradução de: The forever war
ISBN: 978-85-7657-394-4

1. Literatura norte-americana. 2. Ficção científica.
I. Castilhone, Leonardo. II. Título.

2018-90   CDD 813.0876
                                CDU 821.111(73)-3

ÍNDICES PARA CATÁLOGO SISTEMÁTICO:
1. Literatura : Ficção Norte-Americana   813.0876
2. Literatura norte-americana : Ficção   821.111(73)-3

Para Ben e, eternamente, para Gay.

PREFÁCIO

Ei, Joe, li seu livro
ou
Uma carta aberta a Joe Haldeman sagazmente disfarçada como prefácio de *Guerra sem fim*

Querido Joe,
Para iniciar esta carta que lhe escrevo e preparar o terreno para um tema que retomarei, quero lembrá-lo (e compartilhar com os leitores desta carta) da ocasião em que conheci [sua esposa] Gay e você, na Worldcon, Glasgow, em 2005. Esqueci a maneira exata como fomos apresentados – imagino que meu editor, Patrick Nielsen Hayden, tenha sido o responsável, já que ele é muito bom em apresentar pessoas da ficção científica umas às outras. Lembro-me de ter dito "olá" e ficado lisonjeado quando Gay me disse que havia gostado de *Guerra do velho*, que na época era meu único romance, publicado seis meses antes. Depois que ela terminou de me dirigir aquelas gentilezas, você disse: "Ouvi coisas boas a respeito de seu livro, mas, infelizmente, ainda não o li".
"Não tem problema", respondi. "Ouvi bons comentários sobre *Guerra sem fim,* mas também ainda não o li." Você riu e, logo em seguida, nós três tivemos uma conversa agradável sobre outros assuntos. Foi assim que nos conhecemos.

Deixe-me relembrar mais duas coisas sobre nosso encontro: primeiro, você foi *extremamente* cordial comigo depois da minha tentativa de fazer um gracejo espirituoso. Em retrospecto (ou seja, três segundos depois), percebi como o comentário talvez tivesse soado desrespeitoso e esnobe, embora não tivesse sido a minha intenção (felizmente, para mim, você interpretou da maneira correta). Segundo, em termos de crimes e delitos no ramo da ficção científica, meu crime por não ter lido seu livro foi de longe muito maior do que o seu por não ter lido o meu. Meu romance era obra de um escritor novato que apenas algumas poucas pessoas sabiam que existia (por isso a minha satisfação ao saber que Gay o havia lido), enquanto a sua obra era (e continua sendo) um clássico da ficção científica, vencedora dos prêmios Hugo, Nebula e Locus, amplamente reconhecida como uma das duas pedras basilares da ficção científica militar, junto com *Tropas estelares*. Você poderia ser perdoado por não conhecer meu livro. Eu, por outro lado, não sairia impune tão facilmente...

De fato, para se ter uma noção do significado de *Guerra sem fim* na literatura de ficção científica, vários leitores e críticos simplesmente *deduziram* (a) que eu, obviamente, o havia lido e (b) que o meu romance de ficção científica militar era, em maior ou menor escala, inspirado no seu. Quando eu admitia em público que, na verdade, não havia lido o seu livro, eram duas as reações possíveis, dependendo do fato de terem gostado ou não da minha obra.

Era assim que reagiam aqueles que gostaram do livro:

Leitor: Gostei do seu livro, cara! Realmente gostei das mudanças que fez a partir de *Guerra sem fim*.

Eu: Bem, obrigado. Mas devo confessar que ainda não li *Guerra sem fim*.

Leitor: Sério?
Eu: É verdade.
Leitor: Onde você esteve *enclausurado* nos últimos trinta anos?

Agora a reação dos que não gostaram:

Leitor: Nossa, Scalzi! Espero mesmo que você esteja pagando *royalties* a Joe Haldeman por tudo que "sugou" de *Guerra sem fim*.
Eu: Bem, na verdade, ainda não li o livro...
Leitor: Ha, ha! Então, além de ladrão, você também é *mentiroso*!

E assim foi por alguns bons anos, até que comecei a *realmente* mentir dizendo que eu o tinha lido, porque estava cansado de ouvir as pessoas me *dizerem* que eu precisava lê-lo. Eu *sabia* que precisava, sabe? Mas estava *ocupado* escrevendo meus próprios livros – e, bem, distraindo-me com minhas frustrações... É, foi assim. Exatamente assim.

Finalmente, por diversas razões, neste último ano chegou a hora e o lugar em que eu estava pronto para ler *Guerra sem fim*. Retirei-o da prateleira (onde esteve por alguns anos – já disse que me distraio facilmente?), fechei a porta do meu escritório e me preparei para uma boa leitura.

Quando terminei, este foi o pensamento que me veio à cabeça: "Uau! Estou feliz por ter esperado até agora para ler este livro".

Fiquei realmente muito feliz – e ainda estou.

Há duas razões para isso. A primeira é uma questão simples e prática: se eu conhecesse a trama e os personagens que você escolheu para o seu romance, provavelmente não tomaria as mesmas decisões que tomei no meu. Você sabe que, como escritor, possuo um *ego*, e eu não ia querer seguir seus passos nem trilhar um caminho que você já havia trilhado, mesmo que fosse melhor para a minha obra. Eu ficaria constrangido. Eu acabaria dando uma ou outra solução, e tenho a impressão de que não seria o melhor para o meu romance. Eu poderia escrever uma carta totalmente diferente, desdobrando esta afirmação e seu significado, mas não o farei neste momento; é suficiente dizer, por ora, que eu preferiria ser original, mesmo que em detrimento de ser *bom*. É mais fácil, no processo final da escrita, ser comparado a *Guerra sem fim* (além de lisonjeiro). Ao terminar de escrever, teria sido um fardo sobre meus ombros – pressão demais. Não, obrigado. Fico contente por ter escapado dessa. A segunda razão é que acredito que *Guerra sem fim* foi um produto de seu tempo e, para o bem ou para o mal, ele se tornou atual novamente.

Não é nenhum segredo para mim ou para você, ou mesmo para a maioria das pessoas que nos observa, que *Guerra sem fim* resultou do sofrimento da Guerra do Vietnã, na qual você lutou e que, pelo que entendi, marcou o seu jeito de ser, assim como o de muitos que lá lutaram. A ficção científica como gênero possui o benefício de servir como parábola, de criar uma história a "certa distância" e, desta forma, estabelecer um paralelo com o mundo real, sem que as pessoas imponham barreiras a ela. Você já havia explorado sua experiência no Vietnã no romance contemporâneo *Waryear* – o qual, de fato, li e dei de presente a meu sogro, também veterano da guerra –, mas *Guerra sem fim* foi um salto bem maior: sua chance de explicar às pessoas que não estiveram lá a confusão e a burocracia, as metas desordenadas e o horror aleatório, a alienação sentida pelos combatentes ao voltar para casa, para uma nação e uma cultura à qual não mais se adaptavam, pois ambas haviam mudado.

Fiz parte da afortunada geração situada entre o Vietnã e o 11 de Setembro, aquela que não teve de experimentar o que era a guerra, exceto por algumas poucas semanas entre Granada e Iraque, em 1991. Há outra geração, que veio logo após a minha, que não teve tanta sorte, pois centenas de milhares foram ao Oriente Médio e grande parte continua lá. Milhares voltaram com bandeiras envolvendo seu caixão. Dezenas de milhares voltaram feridos, física, mentalmente ou de ambas as formas, e uma parcela desse grupo sente a mesma desassociação que Mandella e Marygay sentiram ao voltar para seu país. Mesmo que alguém considere as guerras no Iraque e no Afeganistão corretas e necessárias, não há dúvida de que uma geração será marcada e ceifada por elas.

Para mim, existem duas coisas que tornam o romance um "clássico" – um genuíno clássico, distinto daquele que é simplesmente "antigo, mas continua vendendo". A primeira é um romance falar a linguagem do tempo em que foi originalmente produzido. Não há dúvida de que *Guerra sem fim* conseguiu isso; suas premiações e aclamações são prova de tal fato. A segunda é mais complexa: a obra *continuar* falando aos leitores de outras gerações, pois seu conteúdo tangencia algo que perdura, ou que, no mínimo, é recorrente.

Também acho que, sem sombra de dúvida, *Guerra sem fim* está fazendo isso, agora mesmo, nesta geração – é uma parábola cujas lições precisam ser aprendidas mais uma vez. Assim como o seu herói, o livro atravessou o tempo para fazer parte de algo; nesse caso, para lembrar a todos aqueles que sonham em voltar para seu lar – e a todos aqueles que se importam com eles – que existe alguém que esteve onde estão agora e sabe o que sentem e por quê. Talvez isso os ajude a encontrar seu caminho de volta. Eu não teria sido capaz de captar tal força se tivesse lido este romance antes. Estou consciente disso agora – e agradecido também.

Tudo isso foi para dizer:

Ei, Joe, li seu livro!

Todos estavam certos sobre ele.

Obrigado.

Com carinho,
John Scalzi
Julho de 2008

P.S.: Joe,
Dez anos depois de escrever esta introdução, percebi que as pessoas começaram a se interessar pela sua abordagem sobre homossexualidade no livro, às vezes usando-a para justificar suas próprias opiniões sobre pessoas LGBT, sejam elas positivas ou negativas. Para mim, esse é um caso em que a obra se torna atual, décadas depois – mesmo que este seja um livro que propõe um mundo futuro. Conhecendo você como eu conheço há pelo menos doze anos, sei que ficaria feliz que seu livro fosse comentado e até mesmo criticado (é assim que os livros se mantêm na briga literária). Ao mesmo tempo, também sei que repudiaria a ideia de que alguém usasse seu trabalho, e principalmente este livro, para fundamentar preconceitos. E esse é um dos motivos pelos quais continuo te admirando.

JS
Março de 2018

NOTA DO AUTOR

Esta é a versão definitiva de *Guerra sem fim*. Existem duas outras versões, mas meu editor foi gentil o bastante para permitir que eu esclarecesse algumas coisas aqui.

Esta versão que você tem em mãos é o livro como eu originalmente o escrevi. Mas sua história é ligeiramente tortuosa.

Pode parecer irônico, uma vez que recebeu os prêmios Hugo e Nebula, além do prêmio de "Melhor Romance" em outros países, mas *Guerra sem fim* não foi um livro fácil de vender no início dos anos 1970. Foi rejeitado por dezoito editores antes de a editora St. Martin decidir dar-lhe uma chance. "Livro muito bom", era a reação costumeira, "mas ninguém quer ler um romance de ficção científica sobre o Vietnã". Vinte e cinco anos depois, a maioria dos leitores jovens nem sequer vê os paralelos entre *Guerra sem fim* e a aparente guerra infindável em que estávamos envolvidos na ocasião, mas tudo bem. É sobre o Vietnã porque participei daquela guerra. Mas é especialmente sobre a guerra, sobre soldados e sobre as razões por que pensamos precisar de tais coisas.

Enquanto o livro estava sendo analisado por todos aqueles editores, também estava sendo publicado em partes na revista *Analog*. O editor, Ben Bova, foi de suma importância não apenas no tocante à edição, mas, também, por fazer a coisa se tornar real! Ele lhe deu lugar de destaque na revista, e seu endosso contribuiu para chamar a atenção da editora St. Martin, que apostou em um lançamento em capa dura, embora não publicasse ficção científica para adultos naquela época.

Mas Ben havia rejeitado uma seção intermediária do livro chamada "Você nunca mais poderá voltar". Ele gostava do texto, disse-me, mas achava melancólico demais para os leitores da *Analog*. Então, escrevi uma história mais leve e guardei "Você nunca mais poderá voltar" na gaveta. Depois, Ted White publicou-a na revista *Amazing* como conclusão de *Guerra sem fim*.

Até hoje, não sei ao certo por que não reinseri a parte intermediária original quando o livro foi aceito. Talvez eu não confiasse no meu próprio gosto ou simplesmente não quisesse tornar a vida mais complicada. No entanto, aquela primeira versão do livro é, essencialmente, a versão da *Analog* com "mais situações e linguagem adultas", como se diz em Hollywood.

Aquela versão foi impressa ao longo de cerca de dezesseis anos. Eis que, em 1991, tive a oportunidade de restabelecer a versão original. As datas no livro agora são um tanto engraçadas: as pessoas podem constatar que não entramos em uma guerra interestelar em 1996. Originalmente, propus esse ano para a batalha porque seria plausível que os oficiais e suboficiais fossem veteranos do Vietnã. Então, fizemos essa escolha apesar do óbvio anacronismo. Pense nisso como um universo paralelo.

Mas quem sabe seja esse o real, e estejamos todos sonhando.

JOE HALDEMAN,
CAMBRIDGE, MASSACHUSETTS

NOTA DO AUTOR À EDIÇÃO BRASILEIRA

Durante a preparação desta nova edição de meu livro, a Editora Aleph me questionou sobre a representação de homossexuais em *Guerra sem fim*, e se ela pode ser lida como preconceito.

É uma pergunta razoável, apesar de não ser fácil de responder.

O mundo era diferente na época em que escrevi o livro, e eu era uma pessoa diferente. Falar com essa pessoa, ou interrogá-la, não é uma tarefa fácil.

Poderíamos dizer que as coisas são como são, mas neste caso "as coisas" duram um livro inteiro, ou talvez uma biblioteca inteira.

Eu tenho amigos gays e leitores gays, é claro, e já os tinha na época em que *Guerra sem fim* foi publicado. Nunca foi minha intenção ser injusto com eles ou desumanizá-los – mas foi exatamente o que eu fiz, mesmo que tivesse a melhor das intenções. Como todo o mundo hétero faz, e fazia cinquenta anos atrás.

O mundo em que eu vivia como um soldado no Vietnã incluía homossexualidade. Mas em um cenário com tanta dor e tantas mortes, sexualidade em geral estava presente, mas submersa. Ela funcionava como um ornamento, em vez de trazer o constante deleite e as complicações que normalmente traz aos humanos. Sexo era um assunto constante, é claro, mas quase sempre heterossexual, mesmo que soubéssemos que um a cada X homens era "queer" — um adjetivo que não tinha nem um pouco de sua complexidade atual.

(Na verdade, a maioria dos homens no meu grupo suspeitava que dois de nossos médicos mantinham relações sexuais na barraca que dividiam – era difícil manter segredos ali — mas não estávamos inclinados a criticá-los por isso, uma vez que nossa vida dependia deles.)

Em *Guerra sem fim*, há sexo gay, é claro, mas normalmente entre mulheres ou entre homens efeminados. Minha única desculpa é que era assim que eu via o meu mundo, na época em que escrevi.

Minha tímida defesa pode ser, em geral, que um livro com menos de 70 mil palavras só pode tratar de uma quantidade limitada de assuntos. Se eu tivesse sido um escritor melhor, talvez pudesse ter analisado a homossexualidade e muitos outros temas, mas havia um monte de guerra e política no meu caminho! Isso sem mencionar os aliens com armas laser, os ruminantes telepatas e a velocidade da luz, que estava ali para estragar tudo.

É claro que eu deveria ser grato (e sou) que as pessoas se importem com o livro o suficiente para se preocupar com essas questões.

JOE HALDEMAN,
JULHO DE 2018

INTRODUÇÃO

Conheci Thomas Dunne em uma melancólica noite de inverno em 1974, em uma festa lotada no Hotel Algonquin. No mesmo dia, à tarde, meu agente, Robert P. Mills, havia me dito que meu romance *Guerra sem fim* era impublicável. Ele o mostrara a todos os editores de ficção científica da cidade, e eles o acharam muito controverso.

A festa no Algonquin era um evento anual promovido pelos escritores de ficção científica dos Estados Unidos chamado de Baile de Editores/Autores, e era uma boa oportunidade para fechar negócios. Estava também, por acaso, cheio de pessoas que haviam rejeitado um livro que eu pensava ser oportuno e importante – sem falar que tinha consumido mais de dois anos da minha vida. Bebi um pouco antes de ir à festa e, quando cheguei, descobri que o vinho era de graça.

Na verdade, os detalhes do meu encontro com Tom Dunne são um pouco nebulosos. Eu havia contado ao editor da *Analog*, Ben Bova, minha peregrinação, e ele me dissera: "Há alguém que você precisa conhecer", levando-me até Tom, que não era muito assediado pelos escritores porque, naquele tempo, a editora St. Martin não publicava ficção científica para adultos. Ben, que vinha publicando partes de meu livro em sua revista, deu a dica para Tom. Ele, que nutria sentimento contrário à guerra, ficou intrigado e concordou em dar uma olhada no original.

Tom aceitou o livro com uma rapidez incomum, e esse foi o início de uma relação literária íntima e prazerosa. Ele era um editor cuidadoso e sempre simpático quando eu ia à cidade, vindo de Iowa.

Aquela noite nebulosa, no Algonquin, foi decisiva para a minha vida. Se Tom Dunne não tivesse tido a coragem e sagacidade de publicar aquele livro "impublicável", provavelmente eu teria voltado à matemática e acabaria tristemente em uma sala de aula. Obrigado, Tom.

JOE HALDEMAN,
CAMBRIDGE, MASSACHUSETTS
JUNHO DE 2008

GUERRA SEM FIM

SOLDADO MANDELLA

UM

– Esta noite mostraremos oito maneiras de matar um homem de maneira furtiva.

O rapaz que disse isso era um sargento que não aparentava ser nem cinco anos mais velho do que eu. Portanto, se algum dia matara um homem em combate, furtivamente ou de qualquer outra forma, o fizera quando ainda era criança.

Eu já conhecia oitenta maneiras de matar pessoas, mas a maioria delas era um tanto barulhenta. Endireitei-me na cadeira, assumi a postura de quem prestava atenção e adormeci de olhos abertos, assim como a maioria à minha volta. Aprendemos que eles nunca marcam nada de importante para essas aulas após as refeições.

Acordei com o projetor e fiquei sentado assistindo a um pequeno vídeo sobre as "oito maneiras furtivas". Alguns dos atores deviam ter sofrido lavagem cerebral, já que foram mortos de verdade.

Depois da apresentação, uma garota na primeira fila ergueu a mão. O sargento acenou, e ela se levantou e ficou em posição de descanso. Era atraente, mas tinha o pescoço e os ombros um pouco grossos. Todos acabam ficando assim após carregar mochilas pesadas por alguns meses.

– Senhor – devíamos chamar os sargentos de "senhor" até a formatura –, sinceramente, muitos desses métodos parecem... um tanto tolos.

– Por exemplo?

– Como matar alguém dando uma pancada com uma pá na altura dos rins. Quero dizer, quando *realmente* vamos ter apenas uma pá, e não uma arma ou faca? E por que simplesmente não golpear a cabeça com a pá?

– Ele pode estar usando capacete – respondeu o sargento, o que pareceu razoável.

– Aliás, taurianos provavelmente nem *possuem* rins!

Ele deu de ombros.

– É provável que não tenham.

Isso foi em 1997, e ninguém havia visto um tauriano na vida. O máximo que tinham encontrado foram partes de taurianos maiores do que um cromossomo ressecado.

– Mas sua química corporal é similar à nossa, e temos de supor que são criaturas igualmente complexas. *Devem* ter suas fraquezas, seus pontos vulneráveis. Vocês precisam descobri-los. É isso que importa – disse ele, batendo com o dedo na tela. – Aqueles oito condenados foram exterminados para o bem de vocês, pois precisam aprender como matar os taurianos e conseguir fazê-lo com um laser de 1 megawatt ou uma lixa de unha.

Então, ela sentou-se de volta, não parecendo muito convencida.

– Mais alguma pergunta? – Ninguém levantou a mão. – Ok! Sentido! – Levantamo-nos meio cambaleantes, e ele ficou olhando para nós com certa expectativa.

– Foda-se, senhor! – soou o coro familiar e exausto.

– Mais alto!

– FODA-SE, SENHOR! – Esse era um dos menos inspirados dispositivos militares para elevar o moral das tropas.

– Assim está melhor. Não se esqueçam: amanhã, manobras antes do amanhecer. Refeição às 3h30, primeira formação às quatro horas. Quem continuar na cama depois das 3h40 será açoitado. Dispensados.

Fechei o zíper do meu macacão e cruzei a neve até o saguão para tomar uma caneca de soja e fumar um baseado. Eu estava acostumado a cinco ou seis horas de sono, e esse era o único momento em que podia ficar sozinho, fora do exército. Olhei para o transmissor de notícias por alguns minutos. Outra nave havia sido exterminada, pouco além do setor Aldebaran. Isso acontecera quatro anos antes. Estavam organizando uma frota de retaliação, mas ela levaria mais quatro anos para sair de lá. Até então, os taurianos já teriam dominado todos os planetas portais.

Quando voltei ao alojamento, todos os outros já tinham deitado e as luzes principais estavam apagadas. Toda a companhia vinha se sentindo exausta desde que voltáramos de um treinamento lunar de duas semanas. Joguei minhas roupas no armário, chequei a lista e descobri que eu estava no beliche 31. Droga, bem embaixo do aquecedor!

Esgueirei-me através da cortina o mais silenciosamente possível para não acordar a pessoa ao meu lado. Não consegui ver quem era, mas pouco me importava. Entrei debaixo das cobertas.

– Você está atrasado, Mandella – uma voz bocejou. Era Rogers.

– Desculpe-me por tê-la acordado – sussurrei.

– Tá legal.

Passou os braços por cima de mim e me abraçou em concha. Seu corpo era quente e razoavelmente macio.

Cutuquei-a então nos quadris, de uma forma que achava ser fraternal.

– Boa noite, Rogers.

– Boa noite, garanhão.

Ela retribuiu o gesto de uma forma mais incisiva.

Por que sempre pegamos as mais cansadas quando estamos com fogo e as mais fogosas quando estamos cansados? Cedi ao inevitável.

DOIS

– Tá legal, vamos dar um gás! Equipe da viga! Força! Mexam esses traseiros!

Uma massa de ar quente havia se aproximado por volta da meia-noite, e a neve fora transformada em granizo. A viga de permaplast pesava uns 250 quilos e era horrível manejá-la, mesmo quando não estava coberta de gelo. Quatro de nós, dois em cada ponta, carregávamos a viga de plástico com a ponta dos dedos congelados. Rogers era minha parceira.

– Aço! – O rapaz atrás de mim gritou, querendo dizer que estava escorregando da mão dele.

Não era aço, mas era pesado o suficiente para arrebentar o pé de alguém. Todos largaram e correram para os lados. Espirrou neve derretida e lama em todos nós.

– Merda, Petrov – falou Rogers –, por que você não se alistou na Cruz Vermelha ou algo assim? Esta merda de viga não é tão pesada assim.

A maioria das garotas era um pouco mais cuidadosa com o linguajar. Rogers era meio grosseirona.

– Vamos, merda! Mexa-se, equipe da viga! Equipe do epóxi, anda, anda!

O pessoal do epóxi correu, balançando os baldes que carregava.

– Vamos, Mandella! Minhas bolas estão congelando!

– As minhas também! – retrucou a garota, mais pela sensação do que pela lógica.

– Um... dois... levantem!

Levantamos a coisa de novo e fomos cambaleando em direção à ponte. Cerca de três quartos dela estavam completos. Parecia que o segundo pelotão ganharia de nós. Eu não daria a mínima, mas o pelotão que construísse sua ponte primeiro poderia voar de volta para casa. Haveria 6 quilômetros de sujeira para os que restassem, sem descanso antes da refeição.

Pusemos a viga no lugar, fazendo certo estrondo, e apertamos bem as braçadeiras que a seguraram no suporte. A metade feminina da equipe do epóxi a besuntou de cola antes mesmo que tivéssemos certeza de que estava segura. A equipe parceira estava aguardando a viga do outro lado. A equipe em terra aguardava ao pé da ponte, cada integrante segurando um pedaço do leve permaplast esticado sobre a cabeça como se fosse um guarda-chuva. Eles estavam secos e limpos. Perguntei em voz alta o que haviam feito para merecer aquilo, e Rogers sugeriu algumas belas, mas pouco prováveis possibilidades.

Já estávamos nos preparando para carregar a próxima viga quando o oficial de terra (seu nome era Dougelstein, mas nós o chamávamos de "Tá Legal") apitou e berrou:

– Tá legal! Soldados, 10 minutos. Podem fumar, se quiserem.

Ele enfiou a mão no bolso e ligou o controle de calefação, que aqueceu nossos macacões.

Rogers e eu nos sentamos na nossa ponta da viga, e tirei minha caixinha de maconha do bolso. Eu tinha vários baseados, mas éramos proibidos de fumá-los até depois da ceia. O único tabaco que eu tinha era uma guimba de uns 7 centímetros. Acendi no lado da caixa; não era tão ruim depois de algumas tragadas. Rogers deu uma baforada, só para ser educada, mas fez uma careta e me devolveu.

– Você estava na faculdade quando foi convocado? – ela perguntou.

– Sim. Tinha acabado de me formar em Física. Estava obtendo a licenciatura para começar a lecionar.

Ela acenou calmamente com a cabeça.

– Eu me formei em Biologia...

– Faz sentido.

Mergulhei minha mão em um bocado de neve semiderretida.

– Quantos anos de curso?

– Seis anos; bacharelado e especialização.

Rogers arrastou suas botas pelo chão, formando um monte de lama e neve com consistência de leite congelado.

– Por que esta merda teve de acontecer?

Encolhi os ombros: era uma pergunta que não exigia resposta, pelo menos nenhuma das respostas que a FENU insistia em nos dar. A elite intelectual e física do planeta protegendo a humanidade contra a ameaça tauriana. Quanta merda! Tudo não passava de um grande experimento para ver se conseguíamos incitar os taurianos a uma ação em terra.

Tá Legal soprou seu apito 2 minutos antes, como já era de se esperar, mas Rogers, eu e os outros dois de nossa equipe continuamos sentados por mais 1 minuto enquanto as equipes do epóxi e de terra terminavam de arrumar nossa viga. A temperatura caiu depressa, pois nossos uniformes de calefação foram desligados, mas ainda assim continuamos parados por questão de princípios.

Não havia, na verdade, nenhum sentido em treinarmos naquele frio. Típica lógica tortuosa do exército. Claro que o lugar para onde iríamos era bem frio, mas não um frio gélido ou com neve. Quase por definição, em um planeta portal a temperatura variava entre um a 2 graus do zero absoluto – já que os colapsares não brilhavam –, e se uma pessoa sentisse qualquer calafrio, isso indicaria que o indivíduo era um homem morto.

Doze anos antes, quando eu tinha 10 anos de idade, o salto colapsar fora descoberto. Bastava arremessar um objeto em um colapsar com velocidade suficiente e, quase instantaneamente, ele era transportado para outra parte da galáxia. Não demorou para que descobrissem a fórmula para prever onde sairia: ele viajava na mesma "linha" (era uma geodésica einsteiniana, na verdade) que seria seguida caso não tivesse se deparado com o colapsar, até alcançar outro campo colapsar, onde o objeto reaparecia, repelido com a mesma velocidade com que se aproximara do colapsar original. Tempo de duração da viagem entre os dois colapsares... exatamente zero.

Foi muito trabalhoso para os físicos matemáticos, que tiveram de redefinir simultaneidade, depois desconstruir a relatividade geral e reconstruí-la novamente. E isso deixou os políticos muito felizes, porque agora eles poderiam enviar naves cheias de colonos a Fomalhaut gastando menos do que para levar o homem à Lua. Havia muitas pessoas que os políticos adorariam ver realizando uma gloriosa aventura em Fomalhaut em vez de simplesmente criando problemas em seu planeta natal.

As naves eram sempre acompanhadas por uma sonda espacial automática que seguia alguns milhões de quilômetros atrás. Sobre os planetas portais, sabíamos que eram pequenos fragmentos que giravam em torno dos colapsares; o propósito da sonda teleguiada era voltar e nos informar caso uma nave colidisse com um planeta portal a 0,999 da velocidade da luz.

Essa catástrofe em particular nunca ocorreu, mas um dia uma sonda teleguiada voltou sozinha. Seus dados foram analisados, e descobriu-se que a nave, que carregava colonos, fora perseguida e destruída por outra embarcação. Isso aconteceu perto de Aldebaran, na constelação de Touro, mas como o termo "aldebaranos" é meio complicado, os inimigos foram chamados de "taurianos".

A partir daí, todas as embarcações colonizadoras passaram a ser escoltadas por uma guarda armada. Muitas vezes, a guarda viajava sozinha; finalmente, o grupo colonizador foi reunido sob a sigla FENU, Força Exploradora das Nações Unidas, com ênfase em "Força".

Então, certo dia, um brilhante rapaz na assembleia geral decidiu que deveríamos compor tropas de infantaria para proteger os planetas portais dos colapsares mais próximos. Isso levou ao Ato de Conscrição de Elite de 1996 e ao exército conscrito mais elitizado da história da guerra.

E aqui estamos nós, cinquenta homens e cinquenta mulheres, com QI acima de 150 e corpos com saúde e força incomuns, mourejando como elite pela lama e pela neve semiderretida de Missouri, refletindo sobre a utilidade de nossas habilidades para construir pontes em mundos onde o único fluido é uma eventual piscina de hélio líquido.

TRÊS

Aproximadamente um mês depois, partimos para o nosso exercício final de treinamento: manobras no planeta Caronte. Apesar de se encontrar no perímetro solar, estava mais de duas vezes mais distante do Sol que Plutão.

A nave tripulada era uma "gaiola" adaptada para transportar duzentos colonizadores e algumas espécies de vegetais e animais. Não pense que era confortável só porque operava com metade da capacidade. Quase todo o espaço restante fora ocupado por materiais reativos e arsenal bélico.

A viagem inteira durou três semanas, acelerando a 2 gravidades metade do caminho e desacelerando na outra metade. Nossa velocidade máxima, assim que passamos pela órbita de Plutão, estava por volta de 0,05 da velocidade da luz – não era o suficiente para a relatividade gerar complicações.

Três semanas carregando um peso duas vezes maior que o normal... não é nada fácil. Fazíamos alguns exercícios de prevenção três vezes ao dia e permanecíamos na posição horizontal o máximo de tempo possível. Ainda assim, tivemos vários ossos quebrados e membros deslocados. Os homens tiveram de vestir suportes especiais para evitar que seus órgãos encostassem no chão. Era praticamente impossível dormir. Em pesadelos, sentíamo-nos sufocados e esmagados; tínhamos de rolar de um lado para o outro periodicamente para evitar problemas circulatórios e escaras. Uma garota ficou tão exausta que quase adormeceu enquanto uma costela sua era arrancada.

Estive no espaço muitas outras vezes. Portanto, quando finalmente paramos de desacelerar e iniciou-se a queda livre, senti grande alívio. Mas alguns de nós nunca tinham estado fora, a não ser em nossos treinamentos na Lua, e sucumbiram a vertigens súbitas e desorientação. Os demais tinham de segui-los, flutuando pelos compartimentos com esponjas e aspiradores para remover os glóbulos parcialmente digeridos de "soja concentrada, sabor carne, superproteica e com poucos resíduos".

Desfrutávamos de uma boa vista de Caronte surgindo na órbita. No entanto, não havia muito o que ver. Era apenas uma esfera acinzentada, meio pálida, com um pouco de fumaça em volta. Pousamos a mais ou menos 200 metros da base. Um pequeno veículo pressurizado aproximou-se e conectou-se à nave, assim, não precisamos vestir roupas especiais. Arrastamo-nos em direção ao prédio principal, uma caixa sem graça de plástico acinzentado.

Lá dentro, as paredes tinham a mesma cor monótona. O resto da companhia estava sentada em suas mesas, tagarelando sem parar. Havia um assento perto de Freeland.

– Está se sentindo melhor, Jeff? – Ele ainda parecia um pouco pálido.

– Se os deuses quisessem que os homens sobrevivessem à queda livre, eles os teriam dotado de glotes de ferro fundido. – Suspirou profundamente. – Um pouco melhor. Querendo muito um cigarro.

– Nem me fale...

– *Você* parece ter levado tudo numa boa. Passou por isso na faculdade, não foi?

— Escrevi uma tese sobre solda no vácuo. Três semanas na órbita terrestre.

Recostei-me e procurei minha caixinha de bagulho pela milésima vez. Ela ainda não estava lá. A Unidade de Suporte à Vida não queria nos dar nicotina e THC.

— O treino já foi ruim — Jeff resmungou —, mas *esta* merda...

— Sentido! — Nós nos levantamos e nos alinhamos de qualquer jeito em duplas e trios.

A porta se abriu, e um verdadeiro major adentrou o ambiente. Eu me retesei um pouco. Era o oficial de maior graduação que já havia visto. Carregava uma quantidade interminável de condecorações, inclusive uma fita roxa, o que significava que havia sido ferido em combate enquanto lutava no antigo exército norte-americano. Deve ter sido naquele lance da Indochina, mas a coisa terminou antes de eu nascer. Ele não parecia tão velho assim.

— Podem se sentar. — Ele fez um gesto com as mãos, colocando-as nos quadris, e deu uma boa olhada na companhia, com um discreto sorriso no rosto. — Bem-vindos a Caronte. Vocês escolheram um ótimo dia para chegar, pois a temperatura lá fora lembra o verão: 8,15 graus absolutos. Esperamos poucas mudanças nos próximos dois séculos.

Alguns riram pouco entusiasmados.

— É melhor aproveitarem o clima tropical aqui da Base Miami. Aproveitem enquanto podem. Estamos no centro da parte ensolarada, mas a maioria dos treinamentos de vocês será no lado escuro. Daquele lado, a temperatura fica em torno de 2,08 graus, bem "fresco". Vocês também podem considerar o treinamento que tiveram na Terra e na Lua como exercícios elementares, concebidos para que tivessem chances de sobreviver em Caronte. Aqui deverão utilizar todo o seu repertório: ferramentas, armas e manobras. E descobrirão que, a essas temperaturas, as ferramentas não funcionam da forma como deveriam; as armas não disparam; e as pessoas se movimentam com m-u-i-t-o cuidado.

Ele deu uma olhada na prancheta que segurava.

– Neste momento, vocês são 49 mulheres e 48 homens. Duas mortes na Terra, uma dispensa psiquiátrica. Passei os olhos pelo seu programa de treinamento e, sinceramente, fiquei surpreso com o fato de tantos de vocês terem chegado ao final. Mas vocês também devem saber que não ficarei insatisfeito se apenas cinquenta de vocês, ou seja, a metade, passarem nesta fase final. E a única forma de não passar é morrendo. Aqui. A única forma de alguém voltar à Terra, eu incluso, é após um circuito de combates. O treino de vocês terminará em um mês. Daqui vocês partirão para o colapsar Portal Estelar, a 0,5 ano-luz de distância. Ficarão no assentamento do Portal Estelar 1, o maior planeta portal, até seus substitutos chegarem. Espera-se que não demore mais de um mês; outro grupo está prestes a chegar assim que vocês partirem. Quando vocês deixarem o Portal Estelar, irão a algum colapsar estrategicamente importante, instalarão uma base militar lá e lutarão contra o inimigo, se forem atacados. Do contrário, manterão a base aguardando futuras ordens. As últimas duas semanas de treinamento consistirão em construir exatamente esse tipo de base, no lado escuro. Lá vocês estarão totalmente isolados da Base Miami: sem comunicação, sem atendimento médico, sem reabastecimento. Em algum momento, antes de terminarem as duas semanas, suas instalações de defesa serão testadas em um ataque por sondas teleguiadas. Elas estarão armadas.

Gastaram todo aquele dinheiro conosco só para nos matar em treinamento?

– Todo o pessoal permanente aqui em Caronte é formado por veteranos combatentes. Portanto, temos entre 40 e 50 anos de idade. Mas acho que podemos acompanhá-los. Dois de nós estarão sempre com vocês e os acompanharão pelo menos até o Portal Estelar: o capitão Sherman Stott, seu comandante da companhia, e o sargento Octavio Cortez, seu primeiro-sargento. Senhores?

Dois homens na fileira da frente levantaram-se suavemente e voltaram o rosto para nós. O capitão Stott era um pouco mais baixo do que o major, mas os dois tinham mais ou menos a mesma aparência: rosto duro e liso como porcelana, um meio-sorriso cínico, 1 centímetro preciso de barba emoldurando o grande queixo e aparentes 30 anos, no máximo. Ele trazia nos quadris uma pistola grande à base de pólvora.

O sargento Cortez era outra história, uma história de terror. Sua cabeça era raspada e tinha um formato estranho: achatada de um lado, onde com certeza uma grande parte de crânio havia sido removida. Seu semblante era bem sombrio, marcado por rugas e cicatrizes. Ele não tinha metade da orelha esquerda, e seus olhos eram tão expressivos quanto botões de máquina. A combinação de barba e bigode mais parecia uma lagarta, branca e magricela, dando a volta em torno de sua boca. Em qualquer outra pessoa, aquele sorriso maroto poderia parecer agradável, mas ele estava entre os seres mais feios e horrendos que já vi. No entanto, se não reparássemos na sua cabeça e no seu quase 1,80 metro de altura, ele poderia posar como o "depois" de uma propaganda de fisiculturismo. Nem Stott nem Cortez traziam condecorações. Cortez portava uma pequena arma a laser, suspensa por um equipamento magnético, embaixo de sua axila esquerda. Ela possuía uma empunhadura de madeira lustrada pelo uso.

– Agora, antes que eu os entregue aos melhores cuidados destes dois cavalheiros, devo avisá-los novamente: dois meses atrás não havia vivalma neste planeta, apenas alguns equipamentos deixados para trás pela expedição de 1991. Uma força-tarefa de 45 homens trabalhou duro durante um mês para erigir esta base. Entre eles, 24, ou seja, mais da metade, morreram ao longo da construção. Este é o mundo mais perigoso que a humanidade já tentou ocupar, mas os lugares aos quais irão são igualmente ruins ou piores. Seus superiores farão de tudo para mantê-los vivos pelo próximo mês. Ouçam-nos com atenção... e sigam seus exemplos. Todos eles sobreviveram muito mais tempo aqui do que vocês terão de fazê-lo. Capitão?

O capitão levantou-se enquanto o major deixava o local.

– Sen*ti*do!

A penúltima sílaba soou como uma explosão, e todos nós nos alinhamos abruptamente.

– Direi isto apenas *uma vez,* então é melhor prestarem bastante atenção – ele rosnou. – *Estamos* aqui em uma situação de combate, e em uma situação como esta há apenas *uma* penalidade por desobediência ou insubordinação.

Ele arrancou bruscamente a pistola da cintura e segurou-a pelo cano, como um taco de golfe.

– Esta é uma pistola automática do exército, modelo 1911, calibre 45; é uma arma primitiva, mas eficaz. O sargento e eu estamos autorizados a matar para assegurar a disciplina. Não nos obriguem a isso, pois o faremos. Com certeza, o faremos. – Ele guardou a pistola no coldre de botão, cujo estalido soou alto no silêncio sepulcral. – O sargento Cortez e eu, juntos, matamos mais pessoas do que as que estão sentadas nesta sala. Ambos lutamos no Vietnã, do lado americano, e fizemos parte da Guarda Internacional das Nações

Unidas há mais de dez anos. Não subi na hierarquia e me tornei major, porque desejava ter o privilégio de comandar esta companhia, e o primeiro-sargento Cortez tampouco ascendeu a submajor, porque somos soldados de *combate*, e esta é a primeira situação de *combate* desde 1987. Tenham em mente tudo o que eu disse enquanto o primeiro-sargento os instrui mais especificamente sobre quais serão os seus deveres sob este comando. A palavra, sargento.

Ele se virou abruptamente e saiu da sala a passos largos. A expressão em seu rosto não mudou 1 milímetro sequer durante todo o tempo em que falou.

O primeiro-sargento se moveu como uma máquina pesada com diversos rolamentos de esferas. Quando a porta se fechou num assovio, ele virou o rosto para nós e disse com uma voz surpreendentemente gentil:

– Fiquem tranquilos, sentem-se. – Ele se sentou em uma mesa na frente da sala, que rangeu, mas ficou firme. – O capitão fala de um jeito amedrontador e eu pareço amedrontador, mas o que ambos queremos é o melhor de todos. Vocês trabalharão bem próximos a mim, então, é melhor irem se acostumando com esta coisa que carrego em meu cérebro. Provavelmente, vocês não verão muito o capitão, exceto em manobras.

Ele tocou a parte achatada de sua cabeça.

– E, falando em cérebro, ainda tenho o meu inteirinho, apesar dos esforços contrários dos chineses. Todos nós, velhos veteranos que ingressaram na FENU, tivemos de passar pelos mesmos critérios que vocês, convocados pelo Ato de Conscrição de Elite. Então, imagino que todos vocês devem ser espertos e durões... mas tenham em mente que o capitão e eu somos espertos, durões *e* experientes.

Deu uma olhada na lista sem, de fato, prestar atenção nela.

– Agora, como o capitão disse, haverá apenas um tipo de ação disciplinar. Pena de morte. Mas, normalmente, *nós* não teremos de matá-los por desobediência. Caronte nos poupará esse trabalho. Lá no quartel, será outra história. Não estamos nem aí para o que vocês fizerem lá dentro. Deem o cu o dia inteiro ou fodam a noite inteira, não fará diferença... Mas uma vez que tenham vestido o uniforme e vindo para o lado de fora, deverão ter uma disciplina que envergonhe um centurião. Haverá situações em que um único gesto estúpido poderá matar todos nós. De qualquer forma, a primeira coisa que devemos fazer é ajustá-los em suas roupas de combate. O armeiro os aguarda no quartel; ele falará com um de cada vez. Vamos.

QUATRO

– Já sei que aprenderam na Terra do que um traje de combate é capaz.

O armeiro era um homem de baixa estatura, parcialmente calvo, sem nenhuma condecoração de hierarquia em seu uniforme. O sargento Cortez nos instruiu a chamá-lo de "senhor", já que ele era tenente.

– Mas eu gostaria de reforçar alguns pontos, talvez acrescentar algo que seus instrutores lá da Terra não deixaram claro o suficiente ou talvez desconhecessem. Seu primeiro-sargento foi generoso em oferecer-se como modelo. Sargento?

Cortez retirou seu macacão e subiu em uma pequena plataforma onde havia um uniforme de combate, aberto como uma ostra humana. Ele entrou de costas e enfiou os braços dentro das mangas rígidas. Ouviu-se um clique, e a coisa se fechou com um suspiro. Era de cor verde-brilhante, com o nome CORTEZ escrito em letras brancas no capacete.

– Camuflagem, sargento. – O verde transformou-se em branco, depois em cinza sujo. – Esta é uma boa camuflagem para Caronte e muitos de seus planetas portais – disse Cortez, como se falasse do fundo de um poço. – Mas existem muitas outras possíveis combinações. – O cinza foi ficando salpicado aqui, clareando ali, produzindo uma combinação de cores verde e marrom: "floresta". Então mudou para uma densa cor ocre: "deserto". Marrom-escuro, mais escuro, até um preto bem escuro: "noite ou espaço".

– Muito bem, sargento. Pelo que sei, este é o único recurso que foi aperfeiçoado após vocês terem feito o seu treinamento. O controle fica em torno do punho esquerdo e é um tanto estranho. Porém, quando se aprendem as combinações corretas, é fácil aplicá-las. Vocês não receberam muitos treinamentos com uniformes lá na Terra. Não queríamos que se acostumassem a usar esta coisa em um ambiente amigável. O uniforme de combate é a arma pessoal mais letal já produzida e, ao mesmo tempo, quem a usa pode morrer facilmente caso se descuide. Vire-se, sargento.

Ele deu um cutucão em uma grande protuberância quadrada entre os ombros.

– Como eu dizia, válvulas de escape. Como sabem, a vestimenta é feita para mantê-los em uma temperatura confortável, não importando como está o tempo do lado de fora. O material da roupa é o mais próximo que conseguimos chegar de um isolante perfeito e atende às exigências técnicas. Portanto, estas abas *aquecem* à medida que drenam o calor do corpo; elas ficam bem quentes se comparadas às temperaturas do lado escuro. Tudo o que vocês precisam fazer é encostar em uma pedra de gás congelado, e existem inúmeras delas por aí. O gás sublimará muito rápido, antes mesmo de poder escapar pelas válvulas. Quando escapar, irá de encontro ao "gelo" em volta, rachando-o... e, em cerca de um centésimo de segundo, vocês terão algo parecido com uma granada explodindo bem embaixo do seu pescoço. Nem sentirão nada. Acidentes parecidos já mataram onze pessoas nos últimos dois meses, e elas estavam apenas construindo algumas cabanas. Imagino que vocês saibam quão facilmente os atributos Waldo podem matar vocês ou seus companheiros. Alguém quer cumprimentar o sargento?

Ele fez uma pausa, deu um passo em direção ao sargento e apertou suas luvas.

– Ele tem muita prática. Até *vocês* terem também, sejam extremamente cautelosos. Vocês podem apenas dar uma coçadinha e acabar com a coluna fraturada. Lembrem-se da resposta semilogarítmica: 1 quilo de pressão exerce 2,5 quilos de força; 1,5 quilo gera 4,5 quilos; 2 quilos geram 10 quilos; 2,5 quilos geram 21 quilos. A maioria de vocês pode ter uma força preênsil de mais de 45 quilos. Teoricamente, com tal força amplificada, vocês poderiam quebrar ao meio uma barra de aço. Na verdade, destruiriam o material de suas luvas e, ao menos em Caronte, morreriam rapidamente. Seria uma corrida entre a descompressão e o congelamento quase instantâneo. Vocês morreriam, não importa quem ganhasse. As pernas Waldo também são perigosas, embora a amplificação seja menos intensa. Até que estejam bem treinados, não tentem correr ou pular. Se vocês escorregarem, podem morrer. A gravidade em Caronte equivale a 0,75 da gravidade normal da Terra, então, não é tão ruim assim. Mas em um planeta bem pequeno, como Luna, vocês poderiam sair correndo, saltar e permanecer vinte minutos apenas planando no horizonte. Talvez pudessem colidir com uma montanha a 300 quilômetros por hora. Não seria nenhuma surpresa pegar uma carona em um pequeno asteroide e fazer uma viagem pelo espaço intergaláctico a uma velocidade de escape. É uma forma lenta de viajar. Amanhã de manhã, começaremos a ensinar-lhes como se manter vivos dentro desta máquina infernal. Ao longo da tarde e da noite, chamarei um a um para que sejam ajustados. Isso é tudo, sargento.

Cortez foi até a porta e abriu a válvula que permite a entrada do ar na câmara de compressão. Lâmpadas infravermelhas acenderam-se para evitar que o ar congelasse lá dentro. Quando a pressão foi equalizada, ele fechou a válvula, destravou a porta e adentrou, travando-a ao passar. Uma bomba zuniu por cerca de um minuto, evacuando a câmara de compressão; então ele deu um passo para fora e vedou a porta pelo lado externo.

Era bem parecido com o que havia em Luna.

– Primeiro quero o soldado Omar Almizar. Os outros vão para seus beliches. Eu os chamarei pelo alto-falante.

– Em ordem alfabética, senhor?

– Sim. Mais ou menos dez minutos com cada um. Se seu nome começa com Z, pode dar uma cochilada.

Era o caso da Rogers. Ela, provavelmente, estava pensando em ir para a cama.

CINCO

O Sol era um ponto branco e maciço diretamente acima de nossa cabeça. Era bem mais brilhante do que eu imaginava. Estávamos a uma distância de 80 unidades astronômicas (UA), e ele era apenas 1/6.400 tão brilhante quanto na Terra. Ainda assim, tinha a potência luminosa de uma lâmpada de rua.

– Isto é consideravelmente mais luz do que vocês verão em um planeta portal – a voz do capitão Stott crepitou em nossos ouvidos –, então sintam-se felizes por conseguir ver seus passos.

Marchávamos em fila única pela lateral de permaplast que ligava o alojamento à cabana de suprimentos. Treinamos como caminhar do lado de dentro a manhã toda, e isso não era nada diferente, exceto pelo cenário exótico. Embora a luz fosse menos intensa, dava para ver todo o horizonte com clareza, já que não havia atmosfera. Havia um despenhadeiro negro, que parecia extremamente regular para ser natural, estendendo-se no horizonte; podia ser visto a cerca de 1 quilômetro de onde estávamos. O chão era de um negro vítreo, mosqueado com traços de gelo branco e azulado. Próximo à cabana de suprimentos, havia uma pequena montanha de neve em um depósito no qual estava escrito OXIGÊNIO.

A roupa era bastante confortável, mas nos dava a estranha sensação de ser a marionete e o titereiro ao mesmo tempo. Nós aplicávamos impulso para mover a perna, aí a roupa o absorvia e amplificava, movendo a perna *por* nós.

– Hoje faremos apenas um passeio em volta da área da companhia, e *ninguém* deixará esta área.

O capitão não estava portando sua pistola calibre 45 – a menos que ele a levasse como amuleto por baixo da indumentária –, mas tinha um laser no dedo, assim como nós. E o dele provavelmente estava pronto para ser usado.

Mantendo uma distância de pelo menos 2 metros entre um e outro, começamos a caminhar fora do permaplast e seguimos o capitão sobre rochas lisas. Andamos com cuidado por cerca de uma hora em uma espiral crescente, até que finalmente paramos no limite mais externo do perímetro.

– Agora todos prestem muita atenção. Vou até aquela laje de gelo azul – era das grandes, com cerca de 20 metros de comprimento – mostrar algo que é melhor vocês saberem para sua sobrevivência.

Ele deu doze passos firmes.

– Primeiramente, preciso aquecer uma rocha. Abaixem os filtros.

Pressionei a trave sob minha axila, e o filtro deslizou sobre meu conversor de imagens. O capitão apontou o dedo para uma rocha negra do tamanho de uma bola de basquete e realizou um pequeno disparo. O brilho fez surgir uma grande sombra do capitão, que incidia sobre nós e além. A rocha espatifou-se em uma pilha de lascas escuras.

– Não leva muito tempo para esfriar. – Ele parou e pegou um pedaço. – Esta aqui, provavelmente, está a 20 ou 25 graus. Vejam! – O capitão atirou a rocha "quente" na laje de gelo. Ela deslizou descontrolada, em um padrão estranho, e lançou-se para fora, pela lateral. Ele atirou outra lasca, e tudo se repetiu.

– Como sabem, vocês não estão *perfeitamente* isolados. Estas rochas estão quase na mesma temperatura da sola de suas botas. Se vocês tentarem ficar de pé em uma laje de hidrogênio, acontecerá a mesma coisa com vocês. A única diferença é que as rochas *já* estão mortas. A razão para este comportamento é que a rocha produz uma interface lisa em contato com o gelo, uma pequena poça de hidrogênio líquido, e transporta algumas moléculas sobre o líquido em uma camada de vapor de hidrogênio. Isto faz com que a rocha ou *vocês* sejam um ponto de apoio sem atrito, no que diz respeito ao gelo, e vocês não *conseguem* ficar de pé sem atrito sob suas botas. Depois de viver dentro do traje por mais ou menos um mês, vocês *devem* ser capazes de sobreviver a uma queda, mas *agora* ainda não sabem o suficiente. Deem uma olhada.

O capitão flexionou um pouco as pernas e saltou para cima da laje. Seus pés escorregaram e ele se desequilibrou, girando pelos ares. Caiu com as mãos e os joelhos no chão e levantou-se depressa.

– A ideia é evitar qualquer contato de suas válvulas de escape com o gás congelado. Comparadas com o gelo, elas são tão quentes quanto uma fornalha em atividade, e o simples contato com qualquer peso resultará em explosão.

Depois da demonstração, caminhamos por mais uma hora, aproximadamente, e retornamos ao alojamento. Depois de passar pela câmara de compressão, tínhamos de aguardar um pouco até que os trajes se aclimatassem à temperatura ambiente. Alguém se aproximou e tocou meu capacete.

– William? – Ela tinha MCCOY escrito acima da viseira.

– Oi, Sean. Algo especial?

– Só queria saber se você tem com quem dormir esta noite.

É mesmo, eu tinha esquecido. Não havia nenhuma lista de dormir por ali. Cada um escolhia seu parceiro.

– Claro, quero dizer, ah, não... não, não falei com ninguém. Claro, se quiser...

– Obrigada, William. Vejo você mais tarde.

Eu a vi se distanciar e pensei que, se alguém conseguisse fazer um uniforme de combate parecer sexy, seria Sean. Mas nem ela conseguia.

Cortez decidiu que estávamos aquecidos o bastante e nos guiou ao vestiário, onde colocamos as coisas de volta no lugar e as penduramos em carregadores. (Cada uniforme possuía um fragmento de plutônio que o mantinha carregado por vários anos, mas éramos orientados a usar células de combustível o máximo possível.) Depois de muito tempo andando de um lado para o outro, finalmente todos recebemos permissão para tirar os trajes – 97 pintinhos nus se contorcendo para sair de ovos verdes brilhantes. Estava *frio* (o ar, o chão e, principalmente, as vestimentas) e nos dirigimos de maneira um tanto desordenada em direção aos armários.

Vesti rapidamente uma túnica, calças e sandálias, mas ainda estava frio. Peguei minha caneca e entrei na fila da soja. Todos estavam dando pulinhos para se manter aquecidos.

– Que fri-frio, não acha, Man-Mandella? – Era McCoy.

– Não quero... nem pensar... nisso. – Parei de pular e comecei a friccionar meu corpo o mais intensamente possível, enquanto segurava a caneca em uma das mãos. – Pelo menos tão frio quanto em Missouri.

– Hum... queria que eles... esquentassem um pouco... esta porra de lugar.

O frio sempre afeta mais as mulheres baixas do que outras pessoas. McCoy era a menor da companhia, uma bonequinha escultural com cerca de 1,5 metro de altura.

– Eles ligaram o ar-condicionado agora. Não deve demorar para melhorar.

– Eu queria ser... um pedação de carne... como você.

Que bom que ela não era.

SEIS

Tivemos nossa primeira baixa no terceiro dia, quando estávamos aprendendo a cavar buracos.

Dada a enorme quantidade de energia armazenada nas armas de cada soldado, não seria muito prático fazer um buraco no chão congelado com ferramentas convencionais. Contudo, é possível lançar granadas o dia todo e obter nada mais que algumas pequenas depressões. Então, o método usual é abrir um buraco no chão com o laser de mão, enterrar uma bomba-relógio depois que esfriar um pouco e, quando possível, tapar o buraco com entulho. Mas claro que não há muita pedra solta em Caronte, a menos que alguém já tenha explodido um buraco nas proximidades.

A única dificuldade do procedimento é na hora de se afastar. Para nos protegermos, éramos orientados a nos colocar atrás de algo realmente sólido ou ficar a pelo menos 100 metros de distância. Demora uns três minutos para armar um explosivo, mas não dá para simplesmente sair correndo. Não a salvo, não em Caronte.

O acidente aconteceu quando estávamos cavando um buraco bem fundo, do tipo que se faz quando se quer um grande abrigo subterrâneo. Para isso, tínhamos de explodir um buraco, depois descer até o centro da cratera e repetir o processo várias vezes, até que o buraco estivesse fundo o suficiente. Dentro da cratera, usávamos explosivos com contagem regressiva de cinco minutos, mas o tempo não parecia ser suficiente – tínhamos de nos locomover com muita lentidão, escalando as paredes da cratera até alcançarmos a borda.

Quase todos já haviam explodido buracos duas vezes maiores. Todos, exceto eu e outros três. Imagino que só nós estávamos prestando mesmo atenção quando Bovanovitch teve problemas. Todos estávamos a uns 200 metros dali. Com meu conversor de imagens ligado a uma força de 40, eu a vi desaparecer pela borda da cratera. Depois disso, só consegui ouvir a conversa dela com Cortez.

– Estou no fundo, sargento.

A transmissão normal de rádio era suspensa em manobras como essa. Ninguém além do oficial em treinamento e seu superior, no caso Cortez, tinha permissão para se comunicar.

– Certo, vá até o centro e remova os pedregulhos. Não precisa ter pressa enquanto não puxar o pino.

– Pode deixar, sargento.

Podíamos ouvir pequenos ecos de rochas se chocando, sons produzidos por suas botas. Ela não falou uma palavra por vários minutos.

– Encontrei o fundo. – Ela parecia meio sem fôlego.

– Gelo ou rocha?

– Ai, é rocha, sargento. A coisa esverdeada.

– Faça um pequeno ajuste, então. Para 1,2, dispersão 4.

– Maldição! Sargento, vai demorar uma eternidade.

– Eu sei, mas essa coisa contém cristais hidratados dentro. Se aquecê-la muito rápido, acabará rachando. E vamos ter de deixá-la aí, mocinha, morta e ensanguentada.

– Está certo, 1,2, dispersão 4. – A borda interna da cratera estava piscando em vermelho devido à luz do laser refletido.

– Quando chegar a 0,5 metro de profundidade, aumente para dispersão 2.

– Entendido.

Demorou exatamente 17 minutos, 3 deles com dispersão 2. Dava para imaginar como o braço dela estava cansado de disparar.

– Agora descanse alguns minutos. Quando o fundo do buraco parar de brilhar, arme o explosivo e jogue-o aí dentro. Em seguida, *saia andando,* entendido? Você terá bastante tempo.

– Entendido, sargento. Sair andando.

Bovanovitch parecia nervosa. Bem, não é sempre que você tem de se afastar na ponta dos pés de uma bomba de táquions de 20 microtoneladas. Ouvimos sua respiração por alguns minutos.

– Lá vai.

Um som vago de algo escorregando: a bomba deslizando para baixo.

– Devagar e com calma agora. Você ainda tem cinco minutos.

– Si-sim. Cinco.

Seus passos começaram lentos e regulares. Então, após iniciar a escalada pela parede, os sons tornaram-se menos regulares, talvez um pouco frenéticos. E ainda com quatro minutos pela frente...

– Merda! – Um barulho alto de algo raspando, depois caindo com estrondo e se chocando – Merda! Merda!

– O que há de errado, soldado?

– Ai, merda. – Silêncio. – Merda!

– Soldado, se não quer tomar um tiro, *diga-me o que está acontecendo!*

– Eu... merda, estou presa. Merda de deslizamento... merda... FAÇA ALGUMA COISA! Não consigo me mexer, merda, não consigo, eu...

– Cala a boca! Qual a profundidade?

– Não consigo me mexer, merda, a porra das minhas pernas. ME AJUDA!

– Porcaria! Use os braços! Força! Você consegue mover 1 tonelada com cada mão! – Três minutos.

Ela parou de xingar e começou a resmungar, em russo, acho, falando bem baixo, ofegante. Era possível ouvir o som de rochas deslizando.

– Estou livre. – Dois minutos.

– Saia daí o mais rápido que puder. – A voz de Cortez estava branda, sem emoções.

Em noventa segundos ela apareceu, rastejando pela borda.

– Corra, menina... Corra.

Bovanovitch correu cinco ou seis passos e caiu, derrapou alguns metros e se levantou, correndo. Caiu de novo, levantou-se de novo...

Parecia que ela estava indo bem rápido, mas tinha percorrido apenas uns 30 metros quando Cortez disse:

– Tudo bem, Bovanovitch, abaixe-se no chão e fique quieta.

Dez segundos, mas ela não ouviu ou não quis ouvir, só para ganhar mais distância. Continuou correndo, largos passos atrapalhados, e no meio de um grande salto viu-se um clarão acompanhado de um estrondo. Algo grande a atingiu abaixo do pescoço, e seu corpo sem cabeça saiu girando pelo espaço, deixando para trás uma espiral rubro--negra de sangue congelado e brilhante que se assentou suavemente no chão, um caminho de pó de cristal que nenhum de nós perturbou enquanto arranjávamos algumas rochas para cobrir a coisa sem líquido em sua extremidade.

Naquela noite, Cortez não nos deu lição de moral. Nem mesmo apareceu para o jantar. Fomos todos muito educados uns com os outros, e ninguém teve receio de tocar no assunto.

Fui dormir com Rogers (todo mundo foi dormir com um bom amigo), mas tudo que ela queria era chorar... E chorou por tanto tempo e tão intensamente que me fez chorar também.

SETE

– Equipe de fogo *A*! Vai!

Os doze do grupo avançaram em uma linha irregular em direção ao abrigo simulado. Ele estava a cerca de 1 quilômetro de distância, do outro lado de uma pista de obstáculos cuidadosamente preparada. Podíamos nos mover bem rápido, já que todo o gelo havia sido retirado do campo, mas mesmo com um treinamento de dez dias não estávamos prontos para fazer mais do que uma corrida leve.

Levei um lançador carregado com granadas de 10 microtoneladas. Todos mantinham seu laser de dedo ajustado no 0,08, dispersão 1, nada mais do que um sinal luminoso. Esse era um ataque *simulado* – o abrigo e seu robô de defesa haviam custado demais para serem usados uma só vez e jogados fora.

– Equipe B, na sequência! Líderes de equipe, assumam.

Nós nos aproximamos de um grupo de pedras grandes, perto da marca da metade do caminho, e Potter, a líder da minha equipe, disse:

– Pare e me dê cobertura. – Nós nos entrincheiramos atrás das pedras e esperamos pela equipe B.

Quase invisíveis em seus trajes enegrecidos, os doze homens e mulheres passaram por nós, silenciosos como um sussurro. Assim que se viram desimpedidos, moveram-se para a esquerda, fora de nosso campo visual.

– Fogo!

Círculos vermelhos de luz dançaram a 0,5 quilômetro de distância, onde já dava para ver o abrigo. O limite para essas granadas de treino era 500 metros. Porém, esperando um golpe de sorte, alinhei o lançador na direção do abrigo, mantive-o a um ângulo de 45 graus e lancei três.

Antes mesmo de minhas granadas chegarem ao abrigo, começou a retaliação. Os lasers automáticos não eram mais poderosos do que os que estávamos usando, mas, se fôssemos atingidos diretamente, isso desativaria os conversores de imagem, deixando-nos cegos. Os disparos eram aleatórios, nem chegavam perto das pedras que nos serviam de proteção.

Três clarões de magnésio brilhante piscaram simultaneamente a cerca de 30 metros do abrigo.

– Mandella! Pensei que você fosse bom com essa coisa.

– Que droga, Potter! Só alcança 0,5 quilômetro. Assim que nos aproximarmos, acertarei em cheio, todas as vezes.

– Sei.

Eu não disse nada. Ela não seria líder de equipe para sempre. Além do mais, não tinha se comportado como uma chata antes de o poder subir-lhe à cabeça.

Já que o lançador de granadas é assistente do líder de equipe, eu estava diretamente ligado ao rádio de Potter e podia ouvir a equipe B falar com ela.

– Potter, aqui é o Freeman. Alguma baixa?

– Potter falando. Não, parece que eles estavam concentrando o ataque em vocês.

– Sim, perdemos três. Agora estamos em uma depressão a entre 80 e 100 metros de distância de vocês. Podemos lhes dar cobertura assim que estiverem prontos.

– Ok, comece! – Ouviu-se um estalido suave. – Equipe A, siga-me.

Ela saiu de trás da rocha e ligou a opaca luz rosada sob seu compartimento de energia. Liguei a minha e corri para acompanhá-la. O restante da equipe se espalhou em forma de leque. Ninguém disparou enquanto a equipe A nos dava cobertura.

Tudo que eu podia ouvir era a respiração de Potter e o suave ruído de minhas botas. Não era possível ver muita coisa; então, com a língua, elevei a imagem do conversor a uma intensificação logarítmica de dois. Isso deixou a imagem meio borrada, mas clara o suficiente. Parecia que o abrigo mantinha a equipe B bem ocupada. Eles estavam levando uma sova por lá. Toda a sua resposta de fogo era a laser. Eles deviam ter perdido o lançador de granadas.

— Potter, aqui é o Mandella. Não deveríamos dar uma mãozinha para a equipe B?

— Assim que eu encontrar uma cobertura boa o suficiente para nós. Tudo bem para você, soldado? — Ela havia sido promovida a cabo enquanto durasse o exercício.

Fizemos uma curva para a direita e nos deitamos atrás de uma laje de pedra. A maioria encontrou proteção perto dali, mas muitos tiveram de ficar colados ao chão.

— Freeman, aqui é Potter.

— Potter, aqui é Smithy. Freeman está fora de combate; Samuels também. Só nos restam mais cinco homens. Dê cobertura para que possamos chegar...

— Entendido, Smithy — *clique*. — Equipe A, abra fogo. A equipe B está em apuros.

Espreitei sobre a borda da pedra. Meu detector de posicionamento informou que o abrigo estava a mais ou menos 350 metros, ou seja, ainda bem distante. Mirei com certa elevação e lancei três granadas, depois baixei um pouco a angulação e lancei mais três. As primeiras ultrapassaram o alvo uns 20 metros; a segunda saraivada caiu bem na frente. Procurei manter aquele ângulo e lancei quinze granadas (as que me restavam), todas na mesma direção.

Eu deveria me agachar atrás da rocha para recarregar, mas queria ver onde as quinze granadas iriam parar, então mantive os olhos no abrigo enquanto pegava mais munição...

Quando o laser acertou meu conversor de imagem, surgiu um brilho vermelho tão intenso que pareceu entrar direto pelos meus olhos e bater na parte de trás da minha cabeça. Deve ter levado apenas alguns milissegundos para o conversor sobrecarregar e apagar, mas a pós-imagem verde brilhante continuou machucando meus olhos por vários minutos.

Como eu estava oficialmente "morto", meu rádio automaticamente foi desligado e eu teria de permanecer onde estava até que aquela batalha fingida terminasse. Sem nenhuma informação sensorial a não ser o tato da minha própria pele (estava dolorida onde o conversor de imagem havia refletido) e o zunido em meus ouvidos, pareceu-me uma eternidade. Finalmente, um capacete tocou no meu.

– Você está bem, Mandella? – Era a voz de Potter.

– Desculpe, morri de tédio vinte minutos atrás.

– Levante-se e segure minha mão.

Fiz como ela mandou e voltamos ao alojamento. Deve ter demorado mais de uma hora. Ela não disse mais nada por todo o caminho de volta (é uma maneira estranha de se comunicar), mas, após termos cruzado a câmara de compressão e nos aquecido, ela me ajudou a tirar o traje. Eu estava preparado para receber uma reprimenda branda, mas, quando o traje se abriu, antes mesmo de meus olhos se acostumarem com a luminosidade, ela me agarrou pelo pescoço e me tascou um beijo molhado nos lábios.

– Boa mira, Mandella.

– Hein?

– Você não viu? Claro que não... A última saraivada antes de você ser atingido: quatro tiros diretos. O abrigo decidiu que havia sido derrotado, e tudo que fizemos foi andar o resto do percurso.

– Maravilha!

Cocei a pele sob os olhos, e saiu um pouco de pele ressecada que havia se formado. Ela deu uma risada marota.

– Você deveria se olhar no espelho. Está parecendo...

– Dirijam-se todos à área de reuniões. – Era a voz do capitão.

Geralmente más notícias.

Ela me passou uma túnica e sandálias.

– Vamos lá.

O refeitório da área de reuniões era logo no fim do corredor. Na porta, havia uma fileira de botões com os registros de todos. Pressionei o que tinha meu nome ao lado. Quatro nomes estavam cobertos por uma fita preta. Isso era bom, apenas quatro. Não havíamos perdido ninguém durante as manobras de hoje.

O capitão estava sentado no pequeno palco, o que significava, ao menos, que não teríamos de passar por aquela baboseira de "sentido!". O local lotou em menos de um minuto. Um suave sinal tocou, indicando que todos estavam presentes.

O capitão Stott não se levantou.

– Vocês atuaram *razoavelmente* bem hoje. Ninguém foi morto, e eu esperava que houvesse alguma baixa. Neste aspecto, vocês excederam minhas expectativas, mas em *todos* os outros aspectos fizeram um trabalho ruim. Fico feliz por estarem se cuidando, afinal cada um de vocês representa um investimento de mais de 1 milhão de dólares e um quarto de uma vida humana. Mas, na batalha simulada contra um *estúpido* robô inimigo, 37 de vocês acabaram cruzando com o laser e foram mortos *na simulação*. E, como pessoas mortas não precisam de comida, *vocês* não receberão comida pelos próximos três dias. Cada um que representou uma baixa na batalha receberá apenas 2 litros de água e uma ração de vitaminas por dia.

Sabíamos que não devíamos reclamar de nada, mas havia uns olhares bem indignados, especialmente daqueles que tinham sobrancelhas chamuscadas e um retângulo rosado de queimadura solar em torno dos olhos.

– Mandella.

– Senhor?

– Você é, de longe, quem sofreu a pior queimadura. Seu conversor de imagem estava ajustado no nível normal?

Ah, merda.

– Não, senhor. Logaritmo 2.

– Entendi. Quem era o líder da sua equipe durante o exercício?

– Cabo interina Potter, senhor.

– Soldado Potter, você ordenou que ele usasse intensificador de imagem?

– Senhor, eu... eu não me lembro.

– Não se lembra. Bem, como exercício de memória, você vai se juntar às pessoas mortas. Satisfatório?

– Sim, senhor.

– Bom. As pessoas mortas têm direito a uma última refeição esta noite e ficarão sem a partir de amanhã. Mais alguma pergunta? – Ele devia estar brincando. – Muito bem. Dispensados.

Escolhi a refeição que parecia ter a maior quantidade de calorias e segui com minha bandeja em direção a Potter, para sentar-me ao seu lado.

– Foi quixotesco pacas de sua parte. Mas obrigado.

– Não foi nada, eu estava querendo mesmo perder uns quilinhos.

Eu não conseguia ver onde estavam esses quilinhos extras.

– Conheço um bom exercício – falei.

Ela sorriu sem tirar os olhos da bandeja.

– Tem alguém com quem dormir hoje à noite?

– Pensei em falar com Jeff...

– Então, é melhor se apressar. Ele está dando em cima da Maejima.

Bem, era verdade. Todos davam em cima dela.

– Não sei. Talvez devêssemos conservar nossas forças. O terceiro dia...

– Ah, vamos. – Arranhei o dorso da mão dela suavemente com a unha. – Não dormimos juntos desde Missouri. Talvez eu tenha aprendido algo novo.

– Talvez... – Ela inclinou a cabeça em minha direção de um jeito malicioso. – Tá legal.

Na verdade, ela é que tinha truques novos. O saca-rolhas francês, foi assim que ela o chamou. Mas não me disse quem foi que ensinou. Eu gostaria de dar um aperto de mão nesse cara... assim que recuperasse minhas forças.

OITO

As duas semanas de treinamento na Base Miami acabaram nos custando onze vidas. Doze, se contar Dahlquist. Acho que passar o resto da vida em Caronte sem uma mão e as duas pernas é estar bem perto da morte.

Foster foi soterrado por um deslizamento de terra, e o uniforme de Freeland apresentou um defeito que fez com que ele congelasse antes mesmo de conseguirmos levá-lo para dentro. A maioria dos outros que perderam a vida eram pessoas que eu não conhecia muito bem. Mas todos fizeram muita falta. E parece que nos fizeram sentir mais medo em vez de ficarmos mais precavidos.

Agora era o lado escuro. Uma nave nos levou em grupos de vinte e nos deixou ao lado de uma pilha de materiais de construção, cuidadosamente imersos em um poço de hélio II.

Usamos ganchos para tirar as coisas do poço. Não era seguro entrar naquela água, já que ela encobre a pessoa e é difícil saber o que há por baixo. Você podia dar o azar de pisar em uma placa de hidrogênio.

Sugeri que tentássemos evaporar o poço com nossos lasers, mas dez minutos de fogo concentrado não reduziram o nível de hélio de forma considerável. Tampouco ele ferveu. O hélio II é um "superfluido", ou seja, a evaporação ocorre uniformemente, por toda a superfície. Não havia sinal de pontos de calor; portanto, nenhuma borbulha.

Não nos era permitido utilizar luzes para "evitar que

fôssemos detectados". Bastava a luz das estrelas associada ao conversor de imagem elevado ao logaritmo 3 ou 4. Mas cada estágio de amplificação implicava perda de alguns detalhes. Em logaritmo 4, a paisagem parecia uma pintura crua monocromática, e não conseguíamos ler os nomes nos capacetes dos companheiros, a menos que eles estivessem bem na nossa frente.

A paisagem não era tão interessante, de certa forma. Havia perto de seis crateras medianas abertas por meteoros (todas com exatamente o mesmo nível de hélio II) e algumas montanhas insignificantes mais longe, no horizonte. O solo irregular tinha a consistência de teias de aranha congeladas. Cada vez que alguém dava um passo, sentia o pé afundar quase 2 centímetros e ouvia algo parecido com um chiado. Era extremamente irritante.

Para conseguir tirar todo o conteúdo do poço, demoramos quase o dia inteiro. Organizamos turnos de descanso, durante os quais podíamos ficar parados, sentados ou deitados de bruços. Eu não suportava nenhuma dessas posições e, portanto, estava ansioso para terminar de construir logo o abrigo e pressurizá-lo.

Não poderíamos construí-lo no subsolo – seria inundado por hélio II –, então, a primeira coisa a fazer era montar uma plataforma de isolamento, um sanduíche de vácuo e permaplast com três camadas de espessura.

Eu era cabo interino, com uma equipe de dez pessoas. Estávamos carregando as camadas de permaplast para o local da construção – duas pessoas conseguem carregar uma com facilidade – quando um de "meus" homens escorregou e caiu de costas no chão.

– Maldição, Singer, preste atenção por onde anda.

Havíamos tido algumas baixas por tombos como aquele.

– Desculpe-me, cabo. Estou exausto. Acabei enroscando meu pé em alguma coisa.

– Certo, mas fique atento.

Ele se levantou, colocou a camada com seu parceiro e, em seguida, foi buscar outra.

Fiquei de olho em Singer. Em alguns minutos, lá estava ele praticamente cambaleando, uma façanha em se tratando daquela armadura cibernética.

– Singer! Após ajeitar a prancha, quero que venha aqui.

– Ok. – Ele terminou o que estava fazendo e veio até mim. Com dificuldade.

– Deixe-me dar uma olhada no seu leitor de dados.

Abri a portinhola em seu peito para tirar o monitor médico. Sua temperatura estava dois graus mais alta, a pressão sanguínea e os batimentos cardíacos estavam elevados, mas abaixo da linha vermelha.

– Você está doente ou algo parecido?

– Diabos. Mandella, eu me sinto bem, só cansado. Desde que caí estou meio tonto.

Pressionei com o queixo a combinação do médico.

– Doutor, aqui é o Mandella. Pode dar um pulo aqui um minuto?

– Claro! Onde você está?

Acenei, e ele veio do poço em minha direção.

– Qual o problema?

Mostrei-lhe os dados de Singer. Ele sabia o que os outros indicadores significavam, então se ateve um pouco mais.

– Até onde posso constatar, Mandella... ele só está um pouco quente.

– Diabos, eu te disse – falou Singer.

– Talvez seja melhor pedir ao armeiro que dê uma olhada no traje dele.

Dois da equipe haviam feito um curso relâmpago em manutenção de uniformes. Eram os nossos "armeiros".

Chamei Sanchez e pedi que viesse até mim com seu kit de ferramentas.

– Estarei aí em alguns minutos, cabo. Estou carregando uma prancha.

– Bem, largue-a aí e dê um pulo aqui.

Eu estava ficando inquieto. Enquanto esperávamos por ele, o médico e eu olhamos melhor o traje de Singer.

– Ah – falou o dr. Jones –, dê uma olhada nisto.

Fui até a parte de trás e olhei para onde ele estava apontando. Duas das abas do controlador de aquecimento estavam deformadas.

– O que há de errado? – Singer perguntou.

– Você caiu sobre o controlador de aquecimento, certo?

– Claro, cabo! Foi isso. Ele não deve estar funcionando bem.

– Eu acho que ele não *está* funcionando – falou o médico.

Sanchez chegou com seu kit de diagnóstico e lhe contamos o que havia acontecido. Ele olhou para o controlador de aquecimento, plugou alguns conectores nele e fez a leitura digital em um pequeno monitor de seu kit. Eu não sabia o que ele estava medindo, mas a indicação subiu de zero para oito casas decimais.

Ouvi um clique suave; era Sanchez acionando minha frequência privada.

– Cabo, considere este rapaz morto.

– O quê? Você não consegue consertar essa porcaria?

– Talvez... talvez eu conseguisse se desse para desmontar. Mas não tem jeito...

– Ei! Sanchez? – Singer estava na frequência geral. – Descobriu o que há de errado?

Ele estava ofegante.

Clique.

— Segure a onda, rapaz, estamos trabalhando nisto. — *Clique*. — Ele não durará tempo suficiente para pressurizarmos o bunker. E não consigo trabalhar no controle de aquecimento pelo lado de fora do traje.

— Você tem um traje extra, não tem?

— Dois deles, do tipo que cabe em qualquer um. Mas não há lugar para... digo...

— Certo. Vá pegar um desses trajes aquecidos. — Acionei a frequência geral. — Ouça, Singer: temos de tirá-lo desta coisa. Sanchez tem um traje extra, mas para efetuar a troca precisaremos construir uma casa à sua volta. Entendido?

— Entendido.

— Veja bem, faremos uma caixa com você dentro e o conectaremos à unidade de suporte vital. Dessa forma, você poderá respirar enquanto faz a troca.

— Parece meio compli...compli...cado para mim. — Ele falava enrolando a língua.

— Olha, apenas venha caminhando...

— Eu vou ficar bem, cara, só me deixe descan...

Segurei-o pelo braço e levei-o ao local da construção. Ele estava realmente trançando as pernas. O médico segurou-o pelo outro braço e o impedimos de cair no chão.

— Cabo Ho, este é o cabo Mandella. — Ho era responsável pela unidade de suporte vital.

— Desapareça, Mandella, estou ocupada.

— Então vai ficar ainda mais ocupada.

Contei rapidamente o problema para ela. Enquanto o grupo de Ho apressava-se para adaptar a USV – para essa emergência, bastava uma mangueira de ar e um aquecedor –, orientei minha equipe a arrumar seis lajes de permaplast para podermos construir uma grande caixa em torno de

Singer e o traje extra. Pareceria um grande caixão, com 1 metro de largura e 6 metros de comprimento.

Arrumamos o uniforme sobre a laje que seria o piso do caixão.

– Ok, Singer, vamos.

Sem resposta.

– Vamos, Singer.

Sem resposta.

– Singer! – Ele estava lá parado. O dr. Jones checou seu leitor.

– Ele está inconsciente, cara.

Minha cabeça fervia. Deveria haver espaço para outra pessoa dentro da caixa.

– Alguém me dê uma mão aqui. – Segurei o ombro de Singer, e o dr. Jones pegou seus pés.

Cuidadosamente, nós o pusemos no traje vazio.

Depois, eu me deitei sobre o traje.

– Ok! Fechem.

– Olhe, Mandella, se alguém tem de entrar aí, que seja eu.

– Vá se foder, doutor. *Meu* trabalho. Meu homem.

Aquilo soou mal. William Mandella, o herói.

Colocou-se uma laje de pé na extremidade da caixa – havia duas aberturas, uma para alimentação e outra para descarga da USV –, e ela foi soldada na prancha de baixo com raio laser fino. Na Terra, usaríamos apenas cola, mas aqui o único fluido era o hélio, o qual tem diversas propriedades interessantes, mas, com certeza, não é adesivo.

Após uns dez minutos, estávamos completamente emparedados. Eu podia sentir o zunido da USV. Liguei a luz do meu traje – a primeira vez desde que pisamos no lado escuro –, e o brilho fez surgir bolhas roxas que dançavam na frente dos meus olhos.

– Mandella, aqui é a Ho. Fique no seu traje pelo menos dois ou três minutos. Estamos introduzindo ar quente aí, mas ainda está voltando em forma líquida. – Fiquei olhando as bolhas roxas se desmancharem.

– Ok, ainda está frio, mas pode começar.

Retirei meu traje. Não abria totalmente, mas eu não tive muita dificuldade para sair dele. O traje ainda estava frio o bastante para arrancar um pedaço de pele dos meus dedos e da minha bunda à medida que eu me mexia para sair dele.

Tive de rastejar pé ante pé pelo caixão até alcançar Singer. À medida que eu me distanciava da minha luz, escurecia rapidamente. Quando consegui retirar o traje dele, uma onda de fedor quente acertou-me direto no rosto. Na luz fraca, sua pele era vermelho-escura e meio borrada. Sua respiração estava bem superficial, e eu podia ver seu coração palpitando.

Primeiro, desconectei os tubos de evacuação (um trabalho nada agradável), depois os biossensores e, então, tive o trabalho de tirar seus braços das mangas.

É bem fácil fazer isso sozinho. Você vira daqui e dali e o braço simplesmente sai. Fazer isso do lado de fora é outra história. Tive de girar o braço dele, pegar por baixo e mover a manga do traje para acertar. É preciso usar muita força para mover o traje pelo lado de fora.

Quando um braço dele já estava para fora, o resto ficou bem fácil. Arrastei-me para a frente, pus meus pés sobre o ombro do traje e puxei o braço liberado. Singer deslizou para fora do traje como uma ostra saindo de dentro da concha.

Abri o traje extra e, depois de muito puxa e empurra, tratei de enfiar suas pernas para dentro. Conectei os biossensores e o tubo de evacuação frontal. Ele teria de colocar o outro sozinho; era muito complicado. Pela enésima vez, agradeci por não ter nascido mulher: elas precisam de dois daqueles malditos canos, em vez de apenas um e uma simples mangueira.

Deixei seus braços para fora das mangas. O traje seria inútil para qualquer tipo de trabalho, de qualquer jeito. Os uniformes Waldo têm de ser ajustados à pessoa.

Suas pálpebras tremulavam.

– Man...della. Onde... diabos...

Expliquei-lhe lentamente o que aconteceu, e ele pareceu entender quase tudo.

– Agora vou fechá-lo e entrar no meu traje. Vou pedir ao pessoal para cortar a extremidade desta coisa e tirar você daqui, entendeu?

Ele acenou em concordância. Estranho isso: quando você acena com a cabeça ou dá de ombros dentro de um traje, não quer dizer muita coisa.

Arrastei-me para dentro do meu traje, conectei os acessórios e acionei a frequência geral com o queixo.

– Doutor, acho que ele vai ficar bem. Agora nos tire daqui.

– Pra já – disse Ho.

O zunido da USV foi substituído por vozes e uma batida. Evacuamos a caixa para evitar uma explosão. Um lado da solda começou a ficar vermelho, depois branco e, logo em seguida, um raio vermelho-sangue brilhante passou a pouca distância da minha cabeça. Espremi-me o máximo que pude. O raio foi passando pela solda e pelos outros três cantos, de volta ao local onde havia iniciado. A ponta da caixa caiu devagar, formando filamentos de plástico derretido.

– Mandella, espere esse negócio endurecer.

– Sanchez, não sou tão idiota.

– Aí vamos nós.

Alguém jogou uma corda para mim. Aquilo seria mais inteligente do que arrastá-lo de lá sozinho. Envolvi Singer com a corda, passando-a por baixo dos seus braços e amarrando-a atrás do seu pescoço. Fiz força para ajudá-los a puxar, o que foi estúpido de minha parte: havia uma dúzia de pessoas já prontas para puxar.

Singer saiu sem problemas e sentou-se, enquanto o dr. Jones checava seus sinais vitais. As pessoas estavam me perguntando sobre o meu feito e me parabenizando, quando, de repente, Ho, apontando para o horizonte, falou:

– Vejam!

Era uma nave preta, aproximando-se rapidamente. Tive tempo apenas de pensar que aquilo não era justo. Estava previsto que atacariam somente nos últimos dias, mas a nave estava ali bem acima de nós.

NOVE

Todos nos jogamos ao chão instintivamente, mas a nave não atacou. Ela lançou retrofoguetes e baixou para aterrissar. Depois, deslizou até parar ao lado da construção.

Todos perceberam o que estava acontecendo e permaneceram sem saber o que fazer, quando duas figuras uniformizadas saíram da nave.

Uma voz familiar rangeu na frequência geral.

– *Todos* vocês nos viram chegar, e *ninguém* respondeu com disparos de laser. Isto não ajudaria muito, mas indicaria espírito de luta. Daqui a uma semana ou menos vocês enfrentarão combate real, e já que o sargento e *eu* estaremos aqui, *eu* insistirei para que demonstrem mais vontade de viver. Sargento interina Potter?

– Aqui, senhor.

– Providencie doze pessoas para descarregar a munição. Trouxemos cem pequenos robôs de vigilância para exercício de *alvo,* para que vocês tenham pelo menos uma chance de combate quando um alvo real aparecer. Mexam-se, *agora*. Temos apenas trinta minutos antes de a nave retornar a Miami.

Conferi: estava mais para uns quarenta minutos.

Ter o capitão e o sargento lá não fazia muita diferença. Ainda assim estávamos sós: eles apenas observavam.

Uma vez concluído o piso, levou somente um dia para que terminássemos a construção do abrigo. Era cinza, retangular, sem características próprias, exceto pela câmara de compressão e por quatro janelas. No topo ficava uma base giratória de gigawatts de laser. O operador – não dava para chamá-lo de "atirador" – ficava sentado, com disjuntores em ambas as mãos. O laser não dispararia enquanto ele estivesse segurando um daqueles disjuntores. Se ele soltasse, mirariam automaticamente qualquer objeto aéreo em movimento e atirariam à vontade. A detecção e a mira primárias eram feitas por meio de uma antena de 1 quilômetro de altura, erguida ao lado do abrigo.

Esse era o único artefato que realmente poderíamos esperar que funcionasse, dado o horizonte tão próximo e os reflexos humanos tão lentos. Contudo, não podíamos deixar tudo no automático, pois, na teoria, naves amigas também poderiam se aproximar.

A mira computadorizada poderia escolher dentre até doze alvos que surgissem simultaneamente (disparando prioritariamente contra os maiores) e derrubaria todos em meio segundo.

As instalações eram parcialmente defendidas contra fogo inimigo por uma eficiente camada de pulverização que protegia tudo, exceto o operador humano. Mas, claro, *eram* acionadas por meio de disjuntores. Um homem lá em cima montando guarda para oitenta lá dentro. O exército é bom nesse tipo de aritmética.

Depois que o abrigo foi concluído, metade permanecia o tempo todo do lado de dentro – sentindo-se como alvos –, fazendo turnos para operar o laser, enquanto a outra metade executava manobras.

A cerca de 4 quilômetros da base, havia um grande "lago" de hidrogênio congelado. Uma das mais importantes manobras era aprender a lidar com essas coisas traiçoeiras.

Não era tão difícil. Não dava para ficar de pé sobre aquilo, então tínhamos de deitar de barriga para baixo e deslizar. Se houvesse alguém para nos ajudar quando chegássemos à borda, não haveria nenhum problema. Caso contrário, o indivíduo no traje teria de fazer um grande esforço com as mãos e os pés, pressionando para baixo com força até começar a se mover em uma série de pequenos pulos. Depois de começar, continuaria assim até que saísse do gelo. Era possível dar um pouco de direção forçando mais a mão e o pé do lado para onde se quisesse ir, mas não dava para diminuir o ritmo e parar. Dessa forma, seria boa ideia não se mover tão rápido e se posicionar de forma que o capacete não absorvesse o impacto da parada.

Experimentamos todas as coisas aprendidas no lado Miami: prática com armas, demolição, padrões de ataque. Também lançávamos sondas teleguiadas a intervalos irregulares em direção ao abrigo. Assim, dez ou quinze vezes por dia, os operadores demonstravam suas habilidades em soltar os controles à medida que a luz indicando proximidade se acendia.

Eu passava por aquilo durante quatro horas, como todos os outros. Fiquei nervoso antes de enfrentar o primeiro "ataque", até que pude perceber como era simples. A luz acendeu, soltei os controles, a arma apontou e quando a sonda teleguiada surgiu no horizonte, *zzt!* Belas cores se formaram quando o metal derretido borrifou pelo espaço. Tirando isso, nem foi tão emocionante.

Por isso, nenhum de nós estava preocupado com o "exercício de graduação" que estava por vir, pensando que seria mais do mesmo.

A Base Miami atacou no décimo terceiro dia com dois mísseis simultâneos que cortaram dois lados opostos do horizonte, a uns 40 quilômetros por segundo. O laser vaporizou o primeiro sem problemas, mas o segundo chegou a 8 quilômetros do abrigo antes de ser atingido.

Estávamos voltando das manobras, a cerca de 1 quilômetro de distância do abrigo. Eu não teria visto acontecer se não estivesse olhando diretamente para o bunker no momento do ataque.

O segundo míssil enviou uma chuva de estilhaços derretidos direto para o bunker. Onze pedaços o acertaram, e foi isso o que descobrimos quando recapitulamos o episódio:

A primeira baixa foi Maejima, a tão amada Maejima, que, dentro do bunker, foi atingida nas costas e na cabeça e morreu instantaneamente. Com a queda da pressão, a USV acelerou a marcha. Friedman estava na frente da saída principal do ar-condicionado e foi lançado contra a parede oposta com tanta força que ficou inconsciente; morreu de descompressão antes que os outros pudessem colocá-lo em seu traje.

Todos os outros trataram de lutar contra a ventania gerada pela descompressão e entraram em seus trajes, mas o uniforme de Garcia havia sido perfurado, o que não foi nada bom para ele.

Quando chegamos lá, a USV havia sido desligada e os buracos das paredes já estavam sendo soldados. Um homem estava tentando raspar a "sujeira" irreconhecível que havia sido Maejima. Pude ouvi-lo soluçar e quase vomitar. Garcia e Friedman já tinham sido levados para fora, para o funeral. O capitão assumiu a tarefa de reparo realizada por Potter. O sargento Cortez levou o homem que soluçava para um canto e continuou a limpar os restos de Maejima sozinho. Ele não deu ordens a ninguém para ajudá-lo, e ninguém se ofereceu.

DEZ

Como exercício de graduação, fomos socados sem cerimônias dentro de uma nave – *Esperança da Terra*, a mesma que nos levou a Caronte – e enviados para o Portal Estelar, a pouco mais de 1 gravidade.

A viagem parecia sem fim (cerca de seis meses de tempo subjetivo) e entediante, mas não tão desconfortável quanto a viagem para Caronte. O capitão Stott nos fez revisar nosso treinamento oralmente, dia após dia, e realizamos exercícios todos os dias, até atingir a exaustão coletiva.

O Portal Estelar 1 era mais escuro que o lado escuro de Caronte. Sua base era menor que a Miami – apenas um pouco maior do que aquela que construíramos no lado escuro. Nosso dever era ficar mais de uma semana para ajudar a expandir as instalações. O pessoal que se encontrava lá ficou muito satisfeito em nos ver, especialmente as duas moças, que pareciam um pouco abatidas.

Nós todos nos reunimos dentro do pequeno refeitório, onde o submajor Williamson, encarregado do Portal Estelar 1, deu-nos algumas notícias desconcertantes:

– Sintam-se todos confortáveis. Não precisam ficar sentados à mesa, pois há bastante espaço no chão. Tenho ideia do que vocês acabaram de passar nos treinamentos em Caronte. Não digo que foi perda de tempo, mas no local para o qual estão prestes a ir as coisas são um tanto diferentes: lá é mais quente.

Ele fez uma pausa para que pudéssemos absorver aquilo.

– Aleph Aurigae, o primeiro colapsar já detectado, circunda a estrela normal Épsilon Aurigae em uma órbita de 27 anos. O inimigo tem uma base operacional em um planeta na órbita de Épsilon, não no planeta portal comum de Aleph. Não sabemos muito a respeito do planeta, apenas que gira em torno de Épsilon uma vez a cada 745 dias, possui três quartos do tamanho da Terra e um albedo de 0,8; ou seja, provavelmente é coberto por nuvens. Não posso dizer com precisão quão quente é, mas, calculando por sua distância de Épsilon, é bem provável que seja mais quente do que a Terra. Claro que não sabemos se vocês estarão trabalhando... lutando em lado claro ou escuro, equador ou polos. É muito provável que não seja possível respirar por lá. Seja qual for a circunstância, deverão permanecer dentro de seus trajes. Agora vocês sabem exatamente tanto quanto eu a respeito do lugar para o qual estão se dirigindo. Perguntas?

– Senhor – Stein perguntou arrastadamente –, agora que sabemos para onde estamos indo... alguém sabe dizer o que faremos quando chegarmos lá?

Williamson deu de ombros.

– Isso dependerá do capitão, do sargento, do capitão da *Esperança da Terra* e do computador logístico da *Esperança*. Ainda não temos dados suficientes para dizer qual será o plano de ação. Poderá ser uma longa e sangrenta batalha ou apenas o caso de ir ao local recolher o que sobrou. Os taurianos podem querer fazer um acordo de paz – Cortez bufou – e neste caso vocês seriam apenas parte de nosso aparato, nosso poder de barganha – olhou tranquilamente para Cortez –, ninguém pode afirmar com certeza.

A orgia daquela noite foi bem interessante, apesar de parecer que tentávamos dormir em meio a uma ruidosa festa na praia. A única área grande o bastante para acomodar todos nós era o refeitório. Amarraram-se alguns lençóis aqui e ali em forma de cortina para garantir um pouco de privacidade. Depois, os dezoito homens do Portal Estelar, sedentos de sexo, foram soltos sobre nossas mulheres, dóceis e promíscuas, em conformidade com os costumes (e a lei) militares, mas desejando nada mais do que dormir no chão duro.

Os dezoito homens agiam como se tivessem de experimentar tantas trocas quanto fosse possível, e suas performances eram impressionantes (em sentido estritamente quantitativo). Os que estavam contando lideraram uma torcida para aqueles com membro mais bem-dotado, por assim dizer.

Na manhã seguinte – e em todas as outras em que estivemos no Portal Estelar 1 –, cambaleamos de nossas camas para dentro de nossos trajes para explorar o lado de fora e trabalhar na "nova ala". No final, o Portal Estelar seria um quartel-general tático e logístico para a guerra e abrigaria milhares de militares do quadro permanente, protegidos por meia dúzia de imensos cruzadores nos moldes da *Esperança*. Quando começamos, eram duas tendas e vinte pessoas; quando partimos, eram quatro tendas e vinte pessoas. O trabalho era moleza, se comparado ao do lado escuro, já que tínhamos luz abundante e passávamos dezesseis horas do lado de dentro para cada oito horas trabalhadas. E nada de ataque de sonda teleguiada como exame final.

Quando voltamos para a *Esperança,* ninguém estava muito feliz em partir (embora algumas das moças mais populares dissessem que seria bom um descanso). O Portal Estelar era a última missão fácil e segura que teríamos antes de partir para o combate contra os taurianos. E, conforme Williamson ressaltou no primeiro dia, não dava para prever como *isso* seria.

A maioria tampouco se mostrou muito empolgada em fazer um salto colapsar. Asseguraram-nos que não sentiríamos nada, apenas uma sensação de queda livre ao longo do caminho. Eu não estava muito convencido. Como estudante de física, tive aulas sobre relatividade geral e teoria da gravidade. Possuíamos apenas alguns dados naquela época – o Portal Estelar havia sido descoberto quando eu ainda estava na escola primária –, mas o modelo matemático parecia claro o suficiente.

O colapsar denominado Portal Estelar era uma esfera perfeita, com um raio de cerca de 3 quilômetros, suspenso eternamente em um estado de colapso gravitacional, o que significava que sua superfície estava caindo em direção a seu centro aproximadamente à velocidade da luz. A relatividade mantinha-o no lugar, ou pelo menos transmitia essa ilusão... da mesma forma que toda a realidade torna-se ilusória, ou voltada para o observador, quando se estuda relatividade geral. Ou budismo. Ou quando se é recrutado.

De qualquer forma, havia um ponto teórico no espaço-tempo, quando uma extremidade da nossa nave se encontrava exatamente sobre a superfície do colapsar e a outra estava a 1 quilômetro de distância (considerando-se as nossas referências). Em qualquer universo razoável, isso geraria grande tensão, faria com que a nave se desintegrasse, e seríamos apenas mais 1 milhão de quilos de matéria degenerada à deriva pelo resto da eternidade ou cairíamos em direção ao centro no próximo trilionésimo de segundo. Cada um com sua referência.

Mas eles estavam certos. Partimos do Portal Estelar 1, fizemos algumas correções no curso e, depois, ficamos descendo em direção ao pouso, por cerca de uma hora.

Aí um alarme soou, e nos afundamos em nossas almofadas, a uma desaceleração estável de 2 gravidades. Estávamos em território inimigo.

ONZE

Estávamos desacelerando a 2 gravidades por quase 9 dias quando a batalha começou. Entediados em nossos assentos, tudo o que sentimos foram dois impactos suaves de mísseis sendo lançados. Quase 8 horas depois, o alto-falante anunciou:

– Atenção toda a tripulação! Aqui é o capitão.

Quinsana, o piloto, era apenas tenente, mas estava autorizado a ser tratado por capitão enquanto estivesse a bordo da nave, ou seja, estava acima de todos nós em hierarquia, até mesmo do capitão Stott. Ele continuou:

– Vocês, soldados do setor de cargas, podem ouvir também. Acabamos de atacar o inimigo com dois mísseis de táquions de 50 gigatons e, assim, destruímos a nave inimiga e outro objeto que havia sido lançado aproximadamente 3 milissegundos antes. O inimigo está tentando nos alcançar há 179 horas, tempo da nave. No momento do ataque, ele se movia a uma velocidade pouco maior do que a metade da velocidade da luz, relativamente a Aleph, e estava a apenas cerca de 30 UA da *Esperança da Terra*. Estava se movendo a .47c em relação a nós e, portanto, teríamos coincidido no espaço-tempo – colidido! – em pouco mais de nove horas. Os mísseis foram lançados às 7h19, tempo da nave, e destruíram o inimigo às 15h40; ambos são bombas de táquions e detonaram a mil quilômetros dos objetos inimigos.

O sistema de propulsão dos dois mísseis era ele próprio uma bomba de táquions pouco controlável. Os mísseis aceleravam a uma velocidade constante de 100 gravidades e viajavam a uma velocidade relativística no momento em que a massa próxima à nave inimiga os detonou.

Então, prosseguiu:

– Acreditamos que não haverá mais nenhuma interferência de naves inimigas. Nossa velocidade com relação a Aleph será de zero dentro de cinco horas, daí iniciaremos nossa jornada de volta. O retorno levará 27 dias.

Houve lamentos e praguejamentos gerais. Todos já sabiam dessas informações, é claro, mas não queríamos ser lembrados.

Então, após outro mês de calistenia e exercícios exaustivos, a 2 gravidades constantes, pudemos observar pela primeira vez o planeta que atacaríamos. Invasores vindos do espaço, sim, senhor.

Era um ofuscante crescente branco que esperava por nós a 2 UA de Épsilon. O capitão delimitou a localização da base inimiga a 50 UA, e manobramos até lá formando um grande arco e mantendo a maior parte do planeta entre o inimigo e nós. Isso não significava que os havíamos pego de surpresa – muito pelo contrário: eles lançaram três ataques abortivos –, mas nos colocou em uma posição defensiva mais forte. Pelo menos até o momento em que tivéssemos de ir à superfície. Aí, apenas a nave e sua tripulação especial estariam razoavelmente a salvo.

Como o planeta girava bem lentamente – uma vez a cada dez dias e meio –, uma órbita "estacionária" para a nave deveria ser estabelecida a 150 mil quilômetros. Isso fez com que o pessoal no interior da nave se sentisse um tanto seguro, com quase 10 mil quilômetros de rochas e 140 mil quilômetros de espaço entre eles e o inimigo. Mas isso significava um segundo de atraso na comunicação entre nós, aterrissados, e o computador de batalha da nave. Uma pessoa poderia sofrer uma morte terrível enquanto o pulso de neutrino viajava de um lado a outro.

Tínhamos ordens vagas para atacar a base e assumir o controle, e isso danificando o mínimo possível de equipamento inimigo. Deveríamos capturar ao menos um tauriano vivo. Contudo, não podíamos, sob hipótese nenhuma, ser capturados vivos. E a decisão não cabia a nós: com um pulso especial do computador de batalha, aquela partícula de plutônio da nossa estação energética seria liberada com 99,9% de eficiência, e nos tornaríamos nada mais que plasma muito quente em rápida expansão.

Eles nos colocaram em seis naves-patrulha – um pelotão de doze pessoas em cada uma delas – e decolamos da *Esperança da Terra* a 8 gravidades. Cada nave-patrulha deveria seguir seu caminho (cuidadosamente aleatório) até nosso ponto de encontro a 108 quilômetros da base. Catorze sondas teleguiadas foram lançadas ao mesmo tempo para confundir o sistema antiaéreo do inimigo.

A aterrissagem foi quase perfeita. Uma nave sofreu pequenos danos: um disparo que passou de raspão prejudicou o material em um dos lados do casco, mas, ainda assim, ela conseguiu pousar e retornar, mantendo velocidade baixa enquanto estava na atmosfera.

Ziguezagueamos e acabamos sendo a primeira nave a chegar ao ponto de encontro. Havia apenas um problema: era sob 4 quilômetros de água.

Eu quase podia ouvir aquela máquina, a 140 mil quilômetros, lutando com suas engrenagens mentais, agregando a nova informação. Procedemos exatamente como se estivéssemos aterrissando em terra firme: retrofoguetes, queda, paletas para deslocamento, golpear a água, pequeno salto, golpear a água, pequeno salto, golpear a água, afundar.

    Faria mais sentido prosseguir e aterrissar no fundo. Afinal de contas, possuíamos boa aerodinâmica, e a água era apenas mais um fluido, mas o casco não era forte o bastante para aguentar uma coluna de água a 4 quilômetros de profundidade. O sargento Cortez estava conosco na nave-patrulha.

    – Sargento, diga àquele computador para *fazer* algo! Nós vamos...

    – Ah, cale a boca, Mandella. Confie no senhor. – Vindo da boca de Cortez, "senhor" era, com certeza, escrito em letras minúsculas.

    Houve um suspiro alto e borbulhante, então outro, e senti um pequeno aumento na pressão sobre as minhas costas, o que significava que a nave estava emergindo.

    – Bolsas de flutuação? – Cortez nem se dignou a responder, ou não sabia.

    Era isso. Subimos a 10 ou 15 metros da superfície e ficamos ali suspensos. Pela escotilha, eu podia ver a superfície lá em cima, ondulada como um espelho de prata. Imaginei como seria para um peixe ter um teto sobre seu mundo.

    Vi outra nave mergulhar, o que produziu uma grande nuvem de bolhas e turbulência. Depois ela caiu – lentamente, de cauda para baixo – a uma pequena distância, antes que grandes bolsas inflassem sob cada uma das asas. Então, aproximou-se balançando até nosso nível e ali ficou.

    – Aqui é o capitão Stott. Agora ouçam com muita atenção: há uma praia a 28 quilômetros da posição em que vocês se encontram, na direção do inimigo. Vocês se dirigirão a essa praia nas naves-patrulha e lá prepararão o ataque à posição tauriana.

Aquilo era um relativo avanço. Teríamos de andar apenas 8 quilômetros.

Esvaziamos as bolsas, fomos para a superfície e voamos em uma vagarosa e esparsa formação em direção à praia, o que levou vários minutos. Eu podia ouvir as bombas zunindo à medida que a nave buscava efetuar a parada, fazendo com que a pressão da cabine se igualasse à pressão do ar do lado de fora. Antes de a nave parar de se mover por completo, abriu-se a porta de escape, ao lado da minha poltrona. Rolei para fora, sobre a asa da embarcação, e pulei para o chão. Dez segundos para encontrar cobertura. Corri a toda velocidade entre pedregulhos até a "fileira de árvores": uns arbustos altos e retorcidos de cor verde-azulada. Mergulhei entre esses arbustos e me virei para observar as naves que partiam. As sondas teleguiadas que sobraram elevaram-se lentamente cerca de 100 metros e, depois, dispararam em todas as direções, o que produziu um ruído semelhante ao ranger de ossos. As verdadeiras naves-patrulha voltaram a deslizar vagarosamente para dentro da água. Talvez essa fosse uma boa ideia.

Não era o melhor dos mundos, mas, com certeza, seria mais fácil circular por ali do que enfrentar o pesadelo criogênico para o qual havíamos sido treinados. O céu tinha um brilho prateado, melancólico e uniforme e se fundia com a névoa que pairava sobre o oceano de tal maneira que era impossível dizer onde a água terminava e onde começava o ar. Pequenas marolas quebravam na orla de pedregulhos negros, de maneira bem lenta e graciosa, sob os 0,75 da gravidade da Terra. Mesmo a 50 metros de distância, o ruído de bilhões de seixos rolando com a maré soava alto em meus ouvidos.

A temperatura do ar era de 79 graus centígrados – não era elevada o suficiente para que o mar entrasse em ebulição, embora a pressão do ar fosse baixa em comparação com a da Terra. Lufadas de vapor subiam rapidamente a partir da linha onde a água se encontrava com a terra. Fiquei imaginando como um homem solitário poderia sobreviver ali sem traje. Será que o calor ou o parco oxigênio (com pressão parcial equivalente a um oitavo do normal da Terra) o matariam primeiro? Ou haveria algum micro-organismo mortal que agiria mais rápido?

– Aqui é Cortez. Venham todos se reunir comigo.

Ele estava na praia, um pouco à esquerda de onde eu me encontrava, acenando com a mão, fazendo um círculo sobre a cabeça. Segui caminhando em sua direção por meio dos arbustos: eram quebradiços, frágeis, pareciam paradoxalmente secos nesse lugar com ar cheio de vapor e não constituíam boa cobertura.

– Avançaremos com uma inclinação de 0,05 radianos a leste do norte. Quero que o pelotão 1 vá na frente. Pelotões 2 e 3 sigam cerca de 20 metros atrás, à esquerda e à direita. Pelotão 7, grupo de comando, permaneça no meio, 20 metros atrás do 2 e do 3. Pelotões 5 e 6 sigam pela retaguarda, em um flanco fechado semicircular. Todos entenderam? – Claro, podíamos fazer aquela manobra "em flecha" com os olhos fechados. – Certo! Então, vamos em frente!

Eu estava no pelotão 7, o "grupo de comando". O capitão Stott me pusera lá não porque esperava que eu desse ordens, mas por causa da minha formação em Física. Era, supostamente, o grupo mais seguro, rodeado por seis pelotões. As pessoas eram escolhidas para fazer parte dele porque havia uma razão tática para que sobrevivessem pelo menos um pouco mais do que as demais. Cortez estava lá para dar ordens; Chavez corrigiria qualquer defeito nos trajes; o médico sênior, dr. Wilson, era o único médico realmente graduado; e Theodopolis, o engenheiro de rádio, fazia nossa conexão com o capitão, que escolhera ficar em órbita.

O resto fora designado para o grupo de comando por força de treinamento especial ou aptidão não comumente considerada de natureza "tática". Diante de um inimigo totalmente desconhecido, não havia como prever o que poderia ser importante. Portanto, eu estava lá por ser quem, na companhia, mais se assemelhava a um físico. Rogers era bióloga. Tate era químico. Ho sempre conseguia obter pontuação excelente no teste de percepção extrassensorial de Rhine. Bohrs era poliglota, capaz de falar 21 línguas fluentemente, sem sotaque. O talento de Petrov se devia ao fato de ele ter sido submetido a um teste que revelara não existir nenhuma molécula de xenofobia em sua psique. Keating era hábil acrobata. Debby Hollister – a "sortuda" Hollister – demonstrava aptidão fenomenal para ganhar dinheiro e também possuía grande potencial no teste de Rhine.

DOZE

Quando iniciamos nossa jornada, usamos a camuflagem "selva" em nossos trajes. Mas o que se considerava "selva", nestes trópicos anêmicos, era muito escasso. Parecíamos um bando de arlequins extravagantes marchando pela floresta. Cortez nos fez trocar pelo preto, mas ele era tão ruim quanto, já que a luz de Épsilon vinha de todos os cantos do céu e não havia sombras, exceto as nossas. Por fim, ajustamos a camuflagem para a cor pardacenta do deserto.

A natureza no interior mudava lentamente à medida que seguíamos para o norte, afastando-nos do mar. Os galhos espinhentos – acho que poderiam ser chamados de árvores – surgiam em menor número, mas eram maiores e menos frágeis. Na base de cada um havia videiras enroscadas com a mesma cor verde-azulada, que se espalhavam em um cone rasteiro de cerca de 10 metros de diâmetro. Havia uma delicada flor verde do tamanho da cabeça de um homem próximo ao topo de cada árvore.

Começava a crescer algum tipo de relva a uns 5 quilômetros do mar. Ela parecia respeitar os "direitos de propriedade" das árvores, pois deixava uma faixa de terra descoberta em volta de cada cone de videira. Crescia na borda dessas clareiras como uma tímida vegetação rasteira verde-azulada que, ao se afastar das árvores, ficava mais grossa e mais alta, até alcançar a altura de nossos ombros em alguns lugares, onde a distância entre as árvores era estranhamente grande. Essa grama tinha um tom de verde mais claro que as árvores e videiras, e por isso mudamos a cor de nossos trajes para o verde brilhante que usávamos para obter máxima visibilidade em Caronte. Se ficássemos na parte densa da grama, passaríamos despercebidos.

Percorríamos mais de 20 quilômetros por dia, sentindo-nos flutuar, depois de meses sob 2 gravidades. Até o segundo dia, a única forma de vida animal que vimos foi um tipo de verme preto, do tamanho de um dedo, com centenas de pernas ciliadas como as cerdas de uma escova. Rogers disse que, obviamente, deveria haver alguma criatura maior por perto, ou não existiria razão para as árvores possuírem espinhos. Então, redobramos nosso estado de alerta, esperando problemas tanto dos taurianos quanto de alguma "grande criatura" não identificada.

O segundo pelotão de Potter estava na frente. A frequência geral estava reservada para ela, já que provavelmente seu pelotão seria o primeiro a identificar qualquer problema.

– Sargento, aqui é Potter – todos nós ouvimos –, movimento à frente.

– Abaixem-se, então!

– Estamos em movimento. Não acho que estejam nos vendo.

– Primeiro pelotão, vá até a ponta direita. Mantenham-se abaixados. Quarto, vá para a esquerda. Avisem-me quando estiverem em posição. Sexto pelotão, fique atrás e proteja a retaguarda. Quinto e terceiro, aproximem-se do grupo de comando.

Duas dúzias de pessoas surgiram da grama para juntar-se a nós. Cortez deve ter recebido notícias do quarto pelotão.

– Bom. E quanto a vocês aí da ponta? Ok, ótimo. Quantos estão aí?

– Oito, pelo que podemos ver. – Era a voz de Potter.
– Certo, quando eu avisar, abram fogo. Atirem para matar.
– Sargento... são apenas animais.
– Potter, se você conhecia todo este tempo a aparência dos taurianos, deveria ter nos contado. Atire para matar.
– Mas precisamos...
– Precisamos de um prisioneiro, mas não precisamos escoltá-lo 40 quilômetros até sua base e vigiá-lo enquanto lutamos. Está claro?
– Sim, sargento.
– Ok. Sétimo, todos vocês, crânios e esquisitões, vamos avançar com cuidado. Quinto e terceiro, sigam-nos para dar cobertura.

Rastejamos pela grama alta até onde o segundo pelotão havia formado uma linha de fogo.
– Não vejo nada – disse Cortez.
– À frente, um pouco à esquerda. Verde-escuro.

Eram de um tom pouco mais escuro do que a grama. Mas, após ter visto o primeiro, podíamos identificar todos se movendo lentamente cerca de 30 metros à frente.
– Fogo!

Cortez atirou primeiro. E, então, doze linhas carmim saltaram e a grama murchou, desapareceu. As criaturas morreram tentando se dispersar.
– Cessar fogo, cessar! – Cortez se levantou. – Queremos que sobre algo... Segundo pelotão, siga-me.

Ele se dirigiu a passos largos em direção aos corpos flamejantes, com o laser de dedo apontado à frente como se fosse uma obscena vara de vedor atraindo-o para a carnificina. Senti um bolo se formando em minha garganta e soube que todas as pavorosas fitas de treinamento e todas as terríveis mortes acidentais em treinamento não haviam me pre-

parado para essa súbita realidade... eu tinha uma varinha mágica que poderia apontar para uma vida e fazê-la virar um flamejante pedaço de carne mal passada. Eu não era um soldado, nunca quis ser, nunca ia querer ser...
– Ok, sétimo, venha cá.

Enquanto caminhávamos na direção deles, uma das criaturas esboçou um pequeno tremor, e Cortez atirou nela com seu raio laser, em um gesto quase negligente. Isso abriu um talho de um palmo de profundidade no meio da criatura. Ela morreu, como as demais, sem emitir sequer um gemido.

As criaturas não eram tão altas quanto os humanos, mas mais largas na cintura. Eram recobertas por uma pele de cor verde-escura, quase preta... viam-se ondulações brancas onde o laser a chamuscara. Pareciam ter três pernas e um braço. O único ornamento em suas cabeças peludas era uma boca, um orifício preto e úmido preenchido com dentes negros e lisos. Eram realmente repulsivas, mas sua pior característica não era algo que as diferia dos seres humanos, mas uma similaridade... No momento em que o laser abriu uma cavidade em seus corpos, glóbulos branco-leite cintilante foram expelidos juntamente com órgãos em espiral. Seu sangue coagulante era vermelho-escuro.

– Rogers, dê uma olhada. Taurianos ou não?

Rogers ajoelhou-se junto a uma das criaturas com as vísceras para fora e abriu uma caixa lisa de plástico, cheia de ferramentas brilhantes de dissecção. Ela escolheu um bisturi.

– De um jeito ou de outro, vamos descobrir. – O dr. Wilson observava sobre os ombros de Rogers à medida que, metodicamente, ela cortava a membrana que recobria vários órgãos.

– Vejam. – Ela ergueu entre dois dedos uma massa fibrosa enegrecida, uma paródia de delicadeza por baixo daquela armadura.

— E então?

— É grama, sargento. Se os taurianos comem grama e respiram ar, certamente encontraram um planeta muito parecido com o planeta natal deles. — Ela, então, jogou a massa fibrosa fora. — São animais, sargento, apenas um bando de animais.

— Eu não sei — disse o dr. Wilson. — Só porque andam sobre quatro, ou três pernas, e comem grama...

— Bem, vamos dar uma olhada no cérebro. — Ao encontrar um que havia sido atingido na cabeça, ela raspou a parte superficial carbonizada da ferida. — Deem uma olhada.

Era quase tudo osso maciço. Ela puxava e bagunçava os pelos que cobriam toda a cabeça de outro espécime.

— Que diabos eles usam como órgãos sensoriais? Sem olhos, ouvidos... — Ela se levantou. — Nada nesta bosta de cabeça a não ser uma boca e 10 centímetros de crânio. Para proteger nada, porcaria nenhuma.

— Se eu pudesse ignorar, eu o faria — disse o médico. — Isso não prova nada... um cérebro não precisa parecer uma noz polpuda nem, necessariamente, situar-se na cabeça. Talvez aquele crânio não seja osso, talvez *aquilo* seja o cérebro, uma treliça cristalizada...

— Tá bom, mas a porcaria do estômago está no lugar certo, e se aquilo não fizer parte dos intestinos, eu como...

— Olha — disse Cortez —, isso é realmente interessante, mas tudo o que precisamos saber é se aquela coisa é perigosa. E temos de seguir em frente; não temos todo o...

— Eles não são perigosos — começou Rogers — eles não...

— Médico! DOUTOR!

Alguém na linha de fogo acenava com os braços. O médico correu em sua direção, e nós o seguimos.

— O que há de errado?

Ele foi chegando e abrindo o kit médico durante o trajeto.

— É a Ho. Ela apagou.

O médico abriu a portinhola do monitor biomédico de Ho. Ele não precisou analisar muito.

— Ela está morta.

— Morta? — perguntou Cortez. — Mas que diabos...

— Só um minuto... — O médico plugou um cabo no monitor e mexeu em alguns indicadores em seu kit. Os dados biomédicos de todos ficam armazenados por doze horas. — Se eu rebobinar, vai dar para... pronto!

— O quê?

— Quatro minutos e meio atrás... Deve ter sido quando vocês abriram fogo... Jesus!

— E então?

— Hemorragia cerebral generalizada. Não... — Ele observou os indicadores. — Nenhum... aviso, nenhuma indicação de anormalidade. Pressão sanguínea elevada, pulso elevado, mas normais se consideradas as circunstâncias... nada que possa... indicar... — Ele se curvou e abriu o traje. Suas delicadas feições orientais estavam distorcidas em uma horrível careta, ambas as gengivas à mostra. Um fluido grudento escorria de suas pálpebras cerradas e gotas de sangue ainda pingavam de cada uma das orelhas. O dr. Wilson fechou o traje novamente.

— Nunca vi nada igual. Foi como se uma bomba tivesse explodido dentro de seu crânio.

— Que merda! — disse Rogers. — Ela tinha boa percepção Rhine, não tinha?

— Isso mesmo — Cortez pareceu pensativo. — Tudo bem, ouçam todos com atenção. Líderes de pelotão, chequem seus pelotões e vejam se não há ninguém faltando ou ferido. Alguém mais no sétimo?

— Eu... estou com uma terrível dor de cabeça, sargento — disse Lucky.

– Outros quatro estavam com fortes dores de cabeça. Um deles afirmou que tinha um pouco de percepção Rhine. Os outros não sabiam.

– Cortez, acho que é óbvio – o dr. Wilson disse – que deveríamos ficar longe destes... monstros... E principalmente é melhor não machucar mais nenhum deles. Não com cinco pessoas suscetíveis a qualquer coisa que tenha aparentemente matado Ho.

– Claro! Mas que saco! Não preciso de ninguém para me dizer isso. É melhor seguirmos em frente. Acabei de inteirar o capitão sobre o que aconteceu. Ele concorda que temos de estar o mais distante possível daqui antes do anoitecer. Vamos voltar à formação e manter a mesma conduta. Quinto pelotão, assuma a ponta. Segundo, venha para a retaguarda. Todos os outros, exatamente como antes.

– E quanto à Ho? – perguntou Lucky.

– O pessoal da nave tomará conta dela.

Após termos trilhado meio quilômetro, começou a trovejar. Onde Ho ficara, surgiu uma nuvem luminosa em formato de cogumelo, que evaporou e desapareceu no céu acinzentado.

TREZE

Paramos para passar a "noite" – na verdade, o Sol não se poria nas 17 horas seguintes – no alto de um pequeno monte distante cerca de 10 quilômetros de onde havíamos matado os alienígenas. Mas eles não eram alienígenas, eu tinha de me lembrar: *nós* é que éramos.

Dois pelotões se dispersaram, formando um anel em torno de nós, e caímos exaustos. Todos poderiam ter quatro horas de sono e deveriam ficar de guarda por duas horas.

Potter aproximou-se e sentou-se ao meu lado. Conectei-me a sua frequência.

– Olá, Marygay.

– Ai, William. – Sua voz pelo rádio estava rouca e falhava. – Nossa! Foi terrível!

– Agora acabou...

– Eu matei um deles, no primeiro momento. Atirci direto no, no...

Pus minha mão em seu joelho. O contato tinha um quê de plástico, então recuei: visões de máquinas se abraçando e copulando.

– Não se sinta só, Marygay. Qualquer culpa que exista é, é... pertence a todos nós igualmente... mas em um grau maior ao cor...

– Vocês aí! Soldados, parem de tagarelar e durmam um pouco. Vocês vão montar guarda em duas horas.

– Ok, sargento.

A voz dela estava ainda mais triste e cansada que a minha. Senti que, se eu pudesse tocá-la, poderia drenar sua tristeza como o fio-terra faz com a corrente elétrica, mas nós dois estávamos envoltos em nosso mundo de plástico...
– Boa noite, William.
– Boa noite.
É quase impossível ficar excitado sexualmente dentro daqueles trajes, com o tubo de escape e com todos aqueles sensores de cloreto de prata cutucando você. Mas, de alguma forma, essa era uma reação do meu corpo à impotência emocional, talvez por me lembrar de noites mais agradáveis com Marygay, talvez por sentir que, em meio a todas aquelas mortes, a minha própria poderia estar bem perto, o que acionava guindaste criador para uma última tentativa... Pensamentos lindos estes... Adormeci e sonhei que era uma máquina, imitando as funções da vida, rangendo e tilintando de maneira desajeitada em um mundo no qual as pessoas, educadas demais para dizer qualquer coisa, davam risadinhas por trás, e o homenzinho dentro de minha cabeça, que manuseava alavancas e embreagens e observava indicadores, estava irremediavelmente louco e tomado pelo sofrimento...
– Mandella! Acorde, droga! Seu turno!
Arrastei-me até o posto para observar sabe Deus o quê... Mas eu estava tão fatigado que mal podia manter os olhos abertos. Finalmente, coloquei um stimtab na língua, sabendo que pagaria por aquilo mais tarde.
Fiquei ali sentado mais de uma hora, vigiando meu setor à esquerda, à direita, perto, longe. O cenário não mudava, não havia nem mesmo uma brisa para agitar a grama.
Então, subitamente, a grama se partiu e uma das criaturas de três pernas surgiu bem à minha frente. Ergui meu dedo, mas sem disparar.

– Movimento!
– Movimento!
– Jesus Cris... tem um bem na...
– NÃO ATIRE! Pelo amor de Deus, não atire!
– Movimento.
– Movimento.

Olhei para a esquerda e para a direita e, até onde podia ver, todos os guardas do perímetro tinham uma daquelas criaturas cegas e burras paradas à sua frente.

Talvez a droga que eu havia tomado para ficar acordado tivesse me tornado mais sensível ao que quer que fizessem. Senti uma contração no couro cabeludo e uma *coisa* amorfa na mente, a sensação de quando alguém diz algo e você não ouve bem, quer responder, mas a oportunidade de pedir para repetir já se foi.

A criatura sentou-se sobre as coxas, apoiando-se na única perna da frente. Era como um grande urso verde com um braço murcho. Seu poder penetrou na minha mente (teias de aranha, ecos de terrores noturnos), tentando se comunicar, talvez tentando me destruir, não dava para saber.

– Tudo bem! Todos que estão nas proximidades, recuem devagar. Não façam nenhum gesto brusco... Alguém está sentindo dor de cabeça ou algo parecido?

– Sargento, aqui é Hollister. – Era Lucky.

– Eles estão tentando dizer algo... Estou quase... não, só...

– Tudo o que posso entender é que eles nos acham, nos acham... bem, *engraçados*. Eles não estão com medo.

– Você quer dizer que o que está na sua frente não está...

– Não, o sentimento vem de todos eles, todos estão pensando a mesma coisa. Não me pergunte como eu sei, só sei.

– Talvez achem engraçado o que fizeram com a Ho.
– Pode ser. Eu não os sinto como sendo perigosos. Só estão curiosos a nosso respeito.
– Sargento, aqui é Bohrs.
– Sim?
– Os taurianos estiveram aqui há pelo menos um ano... talvez tenham aprendido como se comunicar com esses... ursinhos superdesenvolvidos. Podem estar nos espionando, podem estar mandando...
– Não acho que eles se mostrariam, se fosse esse o caso – disse Lucky. – Eles podem, obviamente, esconder-se de nós muito bem quando querem.
– De qualquer forma – falou Cortez –, se forem espiões, o estrago já está feito. Não creio que seria muito inteligente fazer algo contra eles. Sei que todos vocês gostariam de vê-los mortos pelo que fizeram com a Ho, eu também, mas é melhor tomarmos cuidado.

Eu não gostaria de vê-los mortos, tampouco queria tê-los ali na minha frente. Recuava, lentamente, em direção ao meio do acampamento. A criatura não se mostrou disposta a me seguir. Talvez ela simplesmente soubesse que estávamos cercados. Ela começou a arrancar grama com o braço e a mastigar ruidosamente.

– Ok. Todos os líderes de pelotão, acordem todos, façam uma contagem. Avisem-me se alguém foi ferido. Digam ao seu pessoal que vamos sair daqui a um minuto.

Não sei o que Cortez esperava, mas, claro, as criaturas foram nos seguindo. Elas não nos mantinham cercados. Eram apenas vinte ou trinta que nos acompanhavam o tempo todo. Não as mesmas. Algumas afastavam-se do caminho, e outras se juntavam ao cortejo. Estava bem evidente que *elas* não se cansariam.

Foi permitido a cada um de nós um stimtab. Sem isso, ninguém aguentaria marchar por uma hora. Uma segunda pílula seria bem-vinda, já que a primeira estava deixando de fazer efeito, mas os matemáticos responsáveis proibiram. Ainda estávamos a 30 quilômetros da base inimiga, quinze horas marchando, no mínimo. E apesar de conseguirmos ficar acordados e energizados por cem horas com as pílulas, falhas de julgamento e percepção tomariam conta de nós de forma crescente após a ingestão da segunda pílula, até que, *in extremis,* as mais bizarras alucinações pareceriam ser reais, e uma pessoa poderia angustiar-se durante horas decidindo se tomaria café da manhã ou não.

Sob estímulos artificiais, a companhia viajou com grande vigor pelas primeiras seis horas, começou a diminuir o ritmo na sétima e desabou de exaustão após 9 horas e 19 quilômetros. Os ursinhos não tiraram os olhos de nós e, de acordo com Lucky, não paravam de fazer "comunicação via rádio". A decisão de Cortez foi de que pararíamos por sete horas e cada pelotão ficaria de guarda por uma hora. Nunca me senti tão contente por estar no sétimo pelotão, pois só montaríamos guarda no último turno e, assim, conseguiríamos ter seis horas ininterruptas de sono.

Nos poucos momentos em que fiquei acordado após, finalmente, me deitar, o pensamento de que a próxima vez que eu fechasse os olhos pudesse ser a última veio à minha mente.

E, em parte por conta da ressaca da droga, mas sobretudo por causa dos horrores do dia anterior, eu me dei conta de que não estava nem aí.

CATORZE

Nosso primeiro contato com os taurianos aconteceu durante o meu turno.

Os ursinhos ainda estavam lá quando acordei e substituí o dr. Jones na guarda. Eles voltaram à formação original, um na frente de cada guarda. Aquele que estava esperando por mim parecia um pouco maior que os outros, mas, fora isso, era exatamente igual a todos. Toda a grama do local onde ele estava sentado havia sido desbastada. Então, de vez em quando, ele fazia incursões para a direita ou para a esquerda, mas sempre voltava a sentar-se bem à minha frente. Caso ele tivesse com o que olhar, seria possível dizer que me *olhava fixamente*.

Estávamos nos encarando havia aproximadamente quinze minutos, quando a voz de Cortez retumbou:

– Tá legal, pessoal! Acordem e escondam-se!

Segui meu instinto e me joguei no chão, abrigando-me em uma moita alta.

– Nave inimiga acima de sua cabeça. – Sua voz era quase lacônica.

Pra ser mais exato, não era bem acima de nossa cabeça: ela estava passando um pouco a leste de nós. Movia-se lentamente, talvez a uns 100 quilômetros por hora, e parecia um cabo de vassoura envolto por uma bolha de sabão suja. A criatura que pilotava a nave tinha aparência um pouco mais humana que os ursinhos, mas não era nenhuma beleza.

Ajustei meu amplificador de imagem para o logaritmo 42, para dar uma olhada mais de perto.

Ela tinha dois braços e duas pernas, mas a cintura era tão pequena que seria possível envolvê-la com ambas as mãos. Sob a pequena cintura havia uma estrutura pélvica em forma de ferradura, com cerca de 1 metro de largura, da qual pendiam duas longas e finas pernas, aparentemente sem as juntas dos joelhos. Acima da cintura o corpo dilatava-se novamente: o tórax tinha tamanho aproximado ao da enorme pélvis. Seus braços pareciam surpreendentemente humanos, só que eram longos demais e possuíam poucos músculos. Havia muitos dedos em suas mãos. Não tinha ombros nem pescoço. A cabeça era um apêndice apavorante que se projetava como um bócio a partir do maciço tórax. Os dois olhos pareciam aglomerados de ovas de peixe. Tinha tufos no lugar do nariz e um orifício rigidamente aberto que deveria ser a boca, situado abaixo de onde seria seu pomo de adão. Evidentemente, a bolha de sabão mantinha o ambiente ameno, já que não estava vestindo absolutamente nada. Sua pele enrugada mais parecia couro submerso por muito tempo em água fervente, depois tingida de laranja pálido. "Ele" não possuía genitália externa, tampouco algo que lembrasse glândulas mamárias. Na dúvida, optamos por nos referir à criatura no masculino.

Obviamente, ele não nos viu ou pensou que fôssemos parte do rebanho de ursinhos. Não olhou para nós em nenhum momento; continuou o tempo todo na mesma direção a que nos dirigíamos: 0,05 radianos a leste do norte.

– Podem voltar a dormir agora, se conseguirem depois de terem olhado para *aquilo*. Partiremos às 4h35. Quarenta minutos.

Por causa da cobertura de nuvens opacas do planeta, não havia sido possível dizer, a partir do espaço, com o que se parecia a base inimiga ou qual era o seu tamanho. Apenas sabíamos sua posição, da mesma maneira que sabíamos onde pousar com as naves-patrulha. Ela poderia facilmente estar submersa na água ou debaixo do solo.

Mas algumas das sondas teleguiadas eram tanto naves de reconhecimento quanto iscas e, nos ataques simulados na base, uma conseguiu chegar perto o bastante para tirar fotos. O capitão Stott mostrou um mapa do local a Cortez – o único com visor em seu traje – quando estávamos a 5 quilômetros da base. Paramos, e ele chamou todos os líderes de pelotão para se reunirem com o sétimo pelotão. Dois ursinhos foram também. Tentamos ignorá-los.

– Ok, o capitão enviou algumas imagens do nosso objetivo. Vou desenhar um mapa. Vocês, líderes de pelotão, copiem.

Eles tiraram blocos e canetas dos bolsos das pernas, enquanto Cortez desenrolava um longo tapete plástico. Ele o sacudiu para dissipar qualquer carga residual e ativou sua caneta.

– Agora estamos vindo desta direção. – Ele desenhou uma seta na parte mais baixa da folha. – A primeira coisa em que vamos atirar é nesta fileira de cabanas, provavelmente alojamentos ou esconderijos, vai saber... Nosso objetivo inicial é destruir estas construções. Toda a base está em uma planície, não há como realmente surpreendê-los.

– Potter falando. Por que não pulamos sobre eles?

– É, poderíamos, mas acabaríamos completamente cercados... aniquilados. É melhor tomarmos as construções. Depois disso... tudo que posso dizer é que vamos ter de pensar rápido. Pelo reconhecimento aéreo, descobrimos o funcionamento de apenas alguns prédios, o que é péssimo; podemos desperdiçar muito tempo demolindo o equivalente a um bar de recrutas, ignorando um grande computador de logística por parecer... depósito de lixo ou algo assim.

– Aqui é Mandella – falei. – Não há um espaçoporto...? Parece-me que deveríamos...

– Eu vou *chegar lá*, diabos. Estas cabanas formam um círculo em torno de todo o acampamento, então, temos de penetrar em algum lugar. Este local é o mais próximo, assim são menores as chances de revelarmos nossa posição antes do ataque. Não há nada no local que se pareça com uma arma, embora isto não signifique nada. É possível esconder um laser gigawatt em cada uma daquelas cabanas. Agora, a cerca de 500 metros dessas cabanas, no meio da base, nos dirigiremos a uma estrutura enorme em forma de flor. – Cortez desenhou uma forma grande e simétrica que parecia o contorno de uma flor de sete pétalas. – Não me perguntem que diabos é isto, pois sei tanto quanto vocês. No entanto, há apenas uma; logo, não a danificaremos mais do que o necessário. O que significa... que a reduziremos a pó se eu achar que é perigosa. Agora, com relação ao seu espaçoporto, Mandella, não existe. Nenhum. Aquela nave que a *Esperança* destruiu, provavelmente, havia sido deixada em órbita, como a nossa. Se eles possuem algo equivalente a uma nave-patrulha ou mísseis teleguiados, não estão aqui, ou estão, mas muito bem escondidos.

– Aqui é Bohrs falando. Então, com o que eles atacaram quando estávamos descendo da órbita?

– Eu gostaria de saber, soldado. Obviamente, não temos como estimar quantos eles são, não de forma precisa. As fotos de reconhecimento não mostram nem um tauriano sequer no solo da base. O que não significa nada, pois este *é* um ambiente alienígena. Mas, indiretamente... fizemos uma estimativa, contando o número de cabos de vassoura, aquelas coisas voadoras. Existem 51 cabanas, e cada uma tem, quando muito, um cabo de vassoura. Quatro delas não possuem nenhum cabo estacionado do lado de fora, mas localizamos três em várias outras partes da base. Talvez isto indique que existam 51 taurianos, e um deles estava fora da base quando a foto foi tirada.

– Aqui fala Keating. Ou 51 oficiais.

– Correto... talvez 50 mil homens de infantaria empilhados em um desses prédios. Não há como saber. Talvez dez taurianos, cada um com cinco cabos de vassoura para usar a seu bel-prazer. Temos algo a nosso favor, que é a comunicação. Eles evidentemente usam uma modulação de frequência de radiação eletromagnética de mega-hertz.

– Rádio!

– Exato, quem quer que você seja, identifique-se ao falar. Portanto, é bem possível que eles não consigam detectar nossas comunicações de fase de neutrino. Outra coisa: antes do ataque, a *Esperança* lançará uma bela bomba de fissão suja, a qual será detonada bem na atmosfera acima da base. Isto os restringirá a linhas de comunicação eletromagnéticas por algum tempo, mas mesmo estas estarão cheias de estática.

– Por que não...? Aqui é Tate falando. Por que não jogar a bomba bem no meio da base? Seria mais...

– Isso nem mereceria resposta, soldado. Mas a resposta é que pode ser feito assim. Contudo, é melhor torcer para não ser. Se a bomba for lançada para destruir a base, será para a segurança da *Esperança*. *Depois* de termos atacado e, provavelmente, antes de estarmos longe o bastante para que faça alguma diferença. Evitaremos que isso aconteça fazendo um bom trabalho. Temos de causar danos à base até ela não funcionar mais, mas, ao mesmo tempo, devemos deixá-la o mais intacta possível e capturar um prisioneiro.

– Potter falando. Você quer dizer "ao menos um prisioneiro".

– Eu quis dizer o que falei. Apenas um. Potter... está dispensada do comando do seu pelotão. Chame Chavez para assumi-lo.

– Sim, sargento. – O alívio em sua voz era evidente.

Cortez continuou com seu mapa e suas instruções. Havia outro prédio com função bem evidente: possuía uma imensa antena parabólica direcionável no topo. Devíamos destruí-la assim que os lançadores de granada se posicionassem.

O plano de ataque era muito vago. Nosso sinal para iniciar seria o clarão da bomba de fissão. Ao mesmo tempo, várias sondas convergiriam para a base; assim tomaríamos conhecimento de suas defesas antiaéreas. Tentaríamos reduzir a efetividade das defesas sem destruí-las por completo.

Imediatamente após a bomba e as sondas, os lançadores de granada deveriam vaporizar uma linha de sete cabanas. Todos entrariam na base por aquela brecha... e o que aconteceria depois era um mistério.

A ideia era varrermos a base daquela ponta à outra, destruindo alguns alvos, eliminando todos, exceto um tauriano. Mas era pouco provável que isso acontecesse, já que dependeria de os taurianos oferecerem bem pouca resistência.

Por outro lado, se eles mostrassem uma marcante superioridade desde o começo, Cortez daria a ordem para que nos dispersássemos. Cada um possuía um plano de fuga diferente – sairíamos correndo em todas as direções, e os sobreviventes se reuniriam em um vale a cerca de 40 quilômetros a leste da base. Então decidiríamos sobre o retorno, após a *Esperança* amaciar um pouco a base.

— Uma última coisa — gritou Cortez. — Talvez alguns de vocês se sintam da mesma forma que Potter, talvez alguns de seus homens pensem dessa maneira... que devemos ir com calma, sem provocar derramamento de sangue. Piedade é um luxo, uma fraqueza que não podemos nos permitir a esta altura da guerra. *Tudo* que sabemos sobre o inimigo é que mataram 798 humanos. Eles não demonstraram benevolência quando atacaram nossos cruzadores, e seria muita tolice esperar alguma desta vez, neste primeiro embate em terra.

E ele não parou por aí:

— *Eles* são responsáveis pelas vidas de todos os seus camaradas que morreram em treinamento, por Ho e todos os outros que, certamente, morrerão hoje. Não consigo *entender* por que alguém quer poupá-los. Mas isto não faz a menor diferença. Vocês têm as ordens e, diabos, como bem sabem, todos possuem uma sugestão pós-hipnótica que vou acionar com uma frase pouco antes da batalha. Assim, o trabalho de vocês será mais fácil.

— Sargento...

— Cale a boca. Temos pouco tempo. Voltem a seus pelotões e informem-nos. Partiremos em cinco minutos.

Os líderes de pelotão retornaram para seus homens, deixando para trás Cortez e dez de nós — mais três ursinhos que se moviam de um lado para o outro, atrapalhando.

QUINZE

Percorremos os últimos 5 quilômetros com muito cuidado, seguindo pela grama mais alta e passando ocasionalmente por algumas clareiras. Quando estávamos a 500 metros de onde a base deveria encontrar-se, Cortez convocou o terceiro pelotão para que inspecionasse, enquanto aguardávamos abaixados.

A voz de Cortez surgiu na frequência geral:

– Parece bastante com o que imaginávamos. Avancem em linha, rastejando. Quando alcançarem o terceiro pelotão, sigam seu líder para a esquerda ou direita.

Assim o fizemos e acabamos em uma formação com 83 pessoas em uma linha grosseiramente perpendicular à direção do ataque. Estávamos muito bem escondidos, observados apenas por cerca de doze ursinhos que vagavam ao longo da linha, mastigando grama.

Estávamos divididos em três equipes de fogo: equipe A, formada pelos pelotões 2, 4 e 6; já os pelotões 1, 3 e 5 formavam a equipe B; o pelotão de comando era a equipe C.

– Menos de um minuto agora... Filtros para baixo!... Quando eu disser "fogo", lançadores, atinjam seus alvos. Que Deus os ajude se errarem.

Ouviu-se um som que parecia o arroto de um gigante, e cinco ou seis bolhas cintilantes jorraram da estrutura em forma de flor. Subiram com velocidade crescente até ficarem quase fora do campo de visão e, então, desapareceram na di-

reção sul, acima de nossa cabeça. O solo de repente ficou brilhante e, pela primeira vez depois de muito tempo, pude ver minha sombra, comprida, apontando para o norte. A bomba havia sido lançada antes da hora. Apenas tive tempo de pensar que isso não fazia muita diferença. Ela ainda causaria uma sopa de letrinhas na comunicação deles...
– Sondas!
Uma veio fazendo estrondo na altura das árvores; havia uma bolha no ar à sua espera. Quando entraram em contato, a bolha arrebentou e a sonda explodiu em milhões de pequenos fragmentos. Outra surgiu do lado oposto e teve o mesmo destino.
– FOGO!
Sete clarões brilhantes de granadas de 500 microtons surgiram e produziu-se um violento impacto que, com certeza, teria matado um homem desprotegido.
– Filtros para cima.
Nevoeiro cinza de fumaça e poeira. Fragmentos de terra caíram como o som de pesadas gotas de chuva.
– Ouçam todos:

Escoceses, que com Wallace sangraram;
Escoceses, que Bruce tanto guiou,
Bem-vindos ao seu leito ensanguentado,
Ou à sua vitória!

Mal o ouvi, tentando entender o que estava acontecendo com meu crânio. Eu sabia que era apenas sugestão pós-hipnótica. Até lembrei-me da sessão em Missouri, quando eles a implantaram, mas isto não a tornava menos avassaladora. Minha mente girava sob pesadas pseudomemórias: taurianos corpulentos e peludos (nada a ver com os que agora conhe-

ცíamos) entrando em uma embarcação de colonizadores, devorando bebês enquanto as mães gritavam horrorizadas (os colonizadores nunca viajaram com bebês; não aguentariam a aceleração), estuprando as mulheres até a morte com enormes membros roxos e vascularizados (ridículo pensar que sentiriam desejo por humanos), segurando os homens enquanto lhes arrancavam a carne dos corpos vivos e a devoravam logo em seguida (como se pudessem assimilar proteína alienígena)... Uma centena de pavorosos detalhes tão perfeitamente relembrada como se fossem acontecimentos ocorridos minutos antes, ridiculamente exagerados e logicamente absurdos. Mas, enquanto minha mente consciente rejeitava aquela bobagem, em algum lugar mais profundo, no fundo daquele animal adormecido onde guardamos nossas verdadeiras motivações e princípios, algo estava sedento por sangue alienígena, convicto de que a coisa mais enobrecedora que um homem poderia fazer seria dar a vida para matar aqueles terríveis monstros...

Eu sabia que tudo aquilo era a mais pura mentira e odiava os homens que haviam feito tais obscenidades com a minha mente, mas podia até *ouvir* meus dentes rangendo, sentir minhas bochechas congeladas em um sorriso espasmódico, sedento por sangue... Um ursinho andou na minha frente, parecia confuso. Comecei a erguer meu laser de dedo, mas alguém foi mais rápido, e a cabeça da criatura explodiu em uma nuvem de fragmentos acinzentados e sangue.

Lucky gritou, meio que gemendo:

– Filhos... da puta, malditos.

Os lasers se entrecruzavam, e todos os ursinhos caíram mortos.

– *Cuidado,* maldição! – Cortez gritou. – *Mirem* naquelas merdas... Não são brinquedos!

– Equipe A, em frente... para dentro das crateras, para cobrir a equipe B.

Alguém estava rindo e soluçando.

– Que porra há de errado com *você*, Petrov? – Estranho ouvir Cortez falando palavrões.

Virei-me e vi Petrov atrás de mim, à esquerda, deitado em um buraco vazio, escavando freneticamente com ambas as mãos, chorando e balbuciando.

– Merda – disse Cortez. – Equipe B! Dez metros à frente das crateras, desçam em linha. Equipe C... para dentro das crateras com a equipe A.

Fiz um esforço e percorri os 100 metros em doze passadas largas. As crateras eram grandes o suficiente para esconder uma nave-patrulha, tinham perto de 10 metros de diâmetro. Pulei para o lado oposto do buraco e fiquei perto de um colega chamado Chin. Ele nem desviou o olhar quando cheguei, continuou examinando a base em busca de sinais de vida.

– Equipe A! Dez metros à frente da equipe B, desçam em linha.

Assim que ele terminou, o prédio à nossa frente arrotou, e uma saraivada de bolhas voou na direção das nossas linhas. A maioria das pessoas viu que se aproximava e se abaixou, mas Chin estava acabando de se levantar para realizar seu trajeto e colidiu com uma delas.

A bolha roçou no topo de seu capacete e desapareceu em um estouro fraco. Chin deu um passo para trás e tombou pela borda da cratera. Formou-se um arco de sangue e massa encefálica. Sem vida, estirado, ele escorregou até a metade, fazendo com que entrasse sujeira no buraco perfeitamente simétrico que a bolha havia aberto, indiscriminadamente, através do plástico, dos cabelos, da pele, do osso e do cérebro.

– Todos quietos. Líderes de pelotão, informem as perdas... sim... sim, sim... sim, sim, sim... sim. Temos três baixas. Não haveria *nenhuma* se tivessem se mantido abaixados. Então, todos vão se agarrar ao chão quando ouvirem aquela coisa de novo. Equipe A, complete o trajeto.

Eles completaram a manobra sem acidentes.

– Ok. Equipe C, corra até onde a equipe B... Esperem! Para baixo!

Todo mundo já estava abraçando o chão. As bolhas passavam por nós formando um arco a cerca de 2 metros do chão. Transitaram serenamente sobre nossas cabeças e desapareceram, ao longe, com exceção de uma, que fez uma árvore virar palitinhos de dente.

– Equipe B, vá 10 metros à frente da equipe A. Equipe C, assuma a posição da equipe B. Vocês, lançadores de granada da equipe B, vejam se conseguem atingir a flor.

Duas granadas dilaceraram o chão a 30 ou 40 metros da estrutura. Como se estivesse em pânico, ela começou a arrotar bolhas em um fluxo contínuo. Ainda assim, nenhuma chegava mais baixo que 2 metros do chão. Continuamos avançando, curvados.

De repente, uma fenda se abriu no prédio e foi aumentando até atingir o tamanho de uma grande porta. Surgiu, então, uma multidão de taurianos.

– Lançadores de granada! Aguardem. Equipe B, atire com o laser à esquerda e à direita, não permita que eles se dispersem. Equipes A e C, corram até o centro.

Um tauriano morreu tentando atravessar um raio laser. Os outros ficaram onde estavam.

Dentro de um traje, é bem estranho correr e manter a cabeça abaixada ao mesmo tempo. Você tem que ir de um lado a outro, como um patinador quando começa a tomar impulso, do contrário vira fumaça. Ao menos uma pessoa, alguém da equipe A, elevou-se um pouco demais e teve o mesmo destino de Chin.

Eu estava me sentindo cercado, aprisionado, com uma parede de laser de cada lado e um teto bem baixo, que significava morte certa. Mas, apesar disso, sentia-me feliz, eufórico: finalmente tinha a chance de matar alguns daqueles vilões comedores de bebês, mesmo sabendo que aquilo era mentira.

Eles não estavam respondendo ao ataque, exceto pelas ineficazes bolhas (obviamente não concebidas como arma de combate corpo a corpo), tampouco recuavam para o interior do prédio. Eles moviam-se de um lado para o outro (cerca de cem deles) e observavam a nossa aproximação. Algumas granadas acabariam com todos eles, mas acho que Cortez estava preocupado com o prisioneiro.

– Ok, quando eu disser "vão", iremos flanqueá-los. Equipe B, aguarde ordens para atirar... Segundo e quarto pelotões, para a direita. Sexto e sétimo, para a esquerda. Equipe B, avance em linha para cercá-los... Vão!

Corremos para a esquerda. Tão logo os lasers pararam, os taurianos saíram em disparada, correndo em rota de colisão com nosso flanco.

– Equipe A, abaixe-se e atire! Não dispare até ter certeza quanto ao alvo. Se errar, talvez acerte um dos nossos. E, pelo amor de Deus, poupe-me um deles!

Era uma visão terrível aquele rebanho de monstros vindo em nossa direção. Eles corriam dando grandes saltos – as bolhas desviavam deles – e todos eram iguais àquele que tínhamos visto antes pilotando o cabo de vassoura. Todos nus, exceto por uma esfera quase transparente em torno de seus corpos que se movia junto com eles. O flanco direito começou a atirar, eliminando indivíduos que estavam na retaguarda do grupo.

De repente, um laser passou direto pelos taurianos, vindo do outro lado: alguém errou o alvo. Ouviu-se um grito horrível, e me virei para olhar. Vi alguém – acho que era Perry – contorcendo-se no chão, com a mão direita sobre o braço esquerdo flamejante, mutilado do cotovelo para baixo. O sangue jorrava pelos seus dedos, e o traje, com seus circuitos de camuflagem danificados, oscilava entre preto, branco, selva, deserto, verde, cinza. Não sei por quanto tempo fiquei olhando – o suficiente para o médico correr até ele e ajudá-lo –, mas quando olhei para a frente, os taurianos estavam quase em cima de mim.

O primeiro tiro que dei foi a esmo e muito alto, mas raspou o topo da bolha protetora do líder dos taurianos. A bolha desapareceu, o monstro cambaleou e caiu no chão, contraindo-se espasmodicamente. Saía espuma do buraco de sua boca, primeiro branca, depois com manchas vermelhas. Dando um último espasmo, ele ficou duro e se curvou para trás, quase como uma ferradura. Seu longo grito, um apito agudo, parou assim que seus companheiros o pisotearam. Odiei-me por ter sorrido.

Era uma carnificina, apesar de nosso flanco estar em menor número (cinco para um). Eles continuavam a vir, sem hesitar, mesmo quando precisavam passar sobre cadáveres e partes de corpos que se amontoavam, paralelamente ao nosso flanco. O chão entre nós era um rio vermelho de sangue tauriano – todas as criaturas de Deus possuem hemoglobina – e, assim como os ursinhos, seus intestinos assemelhavam-se muito aos nossos, para meus olhos destreinados. Meu capacete reverberava com uma risada histérica enquanto os dilacerávamos a pedaços sangrentos, e quase não ouvi Cortez dizendo:

– Cessar fogo! Eu disse CESSAR, merda! *Peguem* alguns destes miseráveis, eles não os machucarão.

Eu parei de atirar, assim como todos os outros. Quando outro tauriano pulou a pilha de carne fumegante à minha frente, mergulhei na tentativa de agarrá-lo pelas pernas esguias. Era como abraçar um balão grande e escorregadio. Quando tentei derrubá-lo, ele escapou dos meus braços e continuou a correr.

Conseguimos parar um deles valendo-nos da simples tarefa de empilhar meia dúzia de pessoas em cima. A essa altura, os outros já haviam ultrapassado nossa linha e marchavam em direção à fileira de tanques grandes e cilíndricos que Cortez disse serem usados, provavelmente, para armazenamento. Uma pequena porta foi aberta na base de cada um deles.

– Já *temos* nosso prisioneiro – gritou Cortez. Atirem para *matar!*

Eles estavam a 50 metros de distância e corriam rápido... alvos difíceis. Os lasers salpicavam à sua volta, acima e abaixo. Um caiu, dividido ao meio, mas os outros, cerca de dez, continuaram correndo; estavam quase nas portas quando os lançadores de granada começaram a atirar.

Eles ainda tinham bombas de 500 microtons, mas não adiantava um tiro que passasse de raspão. O impacto simplesmente os mandaria para os ares, ilesos em suas bolhas.

– As construções! Acertem as malditas construções!

Os lançadores de granada elevaram a mira e dispararam, mas as bombas pareciam apenas arranhar o branco do lado de fora das estruturas, até que, por acaso, uma delas acertou em uma porta. A construção dividiu-se como se fosse costurada; as duas metades se separaram e uma nuvem de maquinário voou pelos ares, acompanhada por uma grande e pálida chama que se formou e desapareceu em um instante. Então todos os outros se concentraram nas portas, exceto por alguns disparos feitos ao acaso contra os taurianos – não tanto para matá-los, mas para impedi-los de entrar. Eles pareciam muito ansiosos.

Todo esse tempo, tentamos acertar os taurianos com laser, enquanto eles desviavam e saltavam tentando entrar na estrutura. Tentamos nos aproximar deles o máximo possível, mas sem nos expor ao risco das explosões de granada, mas ainda estávamos muito longe para uma boa mira.

Ainda assim, estávamos matando um por um e conseguimos destruir 4 das 7 construções. Então, quando sobravam apenas dois alienígenas, uma explosão de granada bem próxima arremessou um deles a poucos metros da porta. Ele se arrastou para dentro e vários lançadores dispararam saraivadas em sua direção, mas todas caíram perto ou explodiram nas laterais sem causar danos. Bombas despencavam em todas as direções, produzindo um barulho terrível, mas o som foi subitamente abafado por um grande suspiro, parecido com a inspiração de um gigante. No lugar onde ficava a construção formou-se uma nuvem de fumaça cilíndrica e espessa, maciça à primeira vista, que desapareceu na estratosfera de forma tão retilínea que parecia ter sido comandada. O outro tauriano estava bem na base do cilindro; pude ver pedaços dele voando. Um segundo depois, uma onda de choque nos acertou e saí rolando, até colidir com a pilha de corpos de taurianos e seguir rolando.

Levantei-me depressa e entrei em pânico por um segundo quando percebi sangue cobrindo todo o meu traje. Ao me dar conta de que era apenas sangue alienígena, relaxei, porém, me senti impuro.

– *Peguem* o filho da mãe! Peguem-no!

Na confusão, o tauriano havia se libertado e corrido em direção à grama. Um pelotão estava em seu encalço, perdendo terreno, mas depois toda a equipe *B* correu atrás dele e o interceptou. Corri para me juntar à curtição.

Havia quatro pessoas em cima dele, e outras cinquenta em volta assistindo à luta.

— Espalhem-se, droga! Deve haver mais mil desses aí à nossa espreita em algum lugar.

Dispersamo-nos, mas resmungando. Por um acordo tácito, todos tínhamos certeza de que não havia mais taurianos vivos na face daquele planeta.

Cortez caminhava em direção ao prisioneiro enquanto eu me afastava. Subitamente, os quatro homens se empilharam sobre a criatura... Mesmo à distância, pude ver a espuma jorrando de sua boca. Sua bolha explodiu. Suicídio.

— Merda! — Cortez estava bem ali. — Saiam de cima deste filho da mãe.

Os quatro homens se afastaram, e Cortez usou seu laser para cortar o monstro em uma dúzia de pedaços. Uma visão reconfortante.

— Está tudo bem, mas teremos de encontrar outro. Todos de volta à formação de ponta de flecha! Faremos uma incursão de combate em direção à flor.

Bem, invadimos a flor, que evidentemente já não possuía mais munição (ela ainda arrotava, mas agora sem bolhas) e estava vazia. Corremos pelas rampas e corredores, com os dedos-laser prontos para disparar, como crianças brincando de soldados. Não havia ninguém.

O mesmo se deu na área da antena, o "salame", e em outras vinte construções maiores, assim como nas 44 cabanas do perímetro que ainda estavam intactas. No fim, "capturamos" dúzias de construções, a maioria com finalidades ainda desconhecidas para nós, mas falhamos em nossa missão principal: capturar um tauriano para os xenólogos fazerem experimentos. Ah, bem, eles poderiam ter os pedaços que quisessem. Já era alguma coisa.

Depois de vasculharmos até o último centímetro quadrado da base, uma nave-patrulha chegou trazendo a verdadeira tripulação de exploração, os cientistas. Cortez disse:

– Muito bem, acordem! – E a compulsão hipnótica sumiu.

De início, foi lamentável. Muitas pessoas, como Lucky e Marygay, quase enlouqueceram com as memórias dos assassinatos sangrentos multiplicados centenas de vezes. Cortez ordenou a todos que tomássemos um sedativo, ou dois, se estivessem mais alterados. Tomei dois, mesmo sem ter recebido instruções específicas neste sentido.

Havia sido assassinato, carnificina pura e simples – afinal, uma vez que tomáramos a arma antiaérea, não corríamos mais perigo algum. Parecia que os taurianos não faziam a mínima ideia do que era combate corpo a corpo. Nós simplesmente os arrebanhamos e matamos. Assim foi o primeiro encontro entre a humanidade e a outra espécie inteligente. Talvez tenha sido o segundo encontro, contando com os ursinhos. O que teria acontecido se tivéssemos nos sentado e tentado nos comunicar? Mas tiveram o mesmo tratamento.

Após tudo aquilo, passei um longo período repetindo para mim mesmo que não havia sido *eu* quem, tão alegremente, tinha retalhado aquelas criaturas amedrontadas e em fuga. No século 20, estabeleceu-se, para satisfação de todos, que "eu estava apenas seguindo ordens" era uma desculpa adequada para condutas desumanas... Mas o que fazer quando as ordens vêm das profundezas do inconsciente, que nos governa como marionetes?

O pior de tudo era o sentimento de que talvez minhas ações não tivessem sido tão desumanas assim. Ancestrais de gerações não muito remotas teriam agido de maneira similar, mesmo com seus semelhantes, sem nenhum condicionamento hipnótico.

Eu sentia asco da raça humana, do exército, e estava horrorizado com a perspectiva de conviver comigo mesmo por mais outro século... Bem, havia sempre a opção da lavagem cerebral.

Uma nave tripulada por um sobrevivente tauriano solitário conseguiu escapar. A parte principal do planeta o protegeu da *Esperança da Terra* enquanto se lançava ao campo colapsar de Aleph. Fugiu para seu planeta natal, acho, onde quer que estivesse localizado, para relatar o que vinte homens com armas de mão poderiam fazer com uma centena deles desarmados e a pé.

Imaginei que, na próxima vez que humanos se deparassem com taurianos no campo de batalha, haveria maior equilíbrio. E eu estava certo.

SARGENTO MANDELLA

2007-2024 D.C.

DEZESSEIS

Eu estava assustado o bastante.

O submajor Stott andava de um lado para o outro atrás da pequena tribuna na sala de reuniões/refeitório/ginásio da nave *Aniversário*. Acabáramos de fazer nosso último salto colapsar, de Tet-38 a Yod-4. Desacelerávamos a 1,5 gravidade e nossa velocidade relativa àquele colapsar era de consideráveis .90c. Estávamos sendo perseguidos.

– Eu gostaria que vocês relaxassem por um instante e confiassem no computador da nave. Seja como for, a embarcação tauriana só estará dentro do raio de ação daqui a duas semanas. Mandella!

Ele sempre tomava o cuidado de me chamar de "sargento" Mandella na frente da companhia. Mas todos, nesta reunião em particular, eram sargentos ou cabos, líderes de esquadrão.

– Sim, senhor.

– Você é responsável pelo bem-estar físico e psicológico dos homens e das mulheres do seu esquadrão. Partindo do pressuposto de que está ciente de que o moral nesta nave está abalado, o que você fez a respeito?

– Com relação à minha equipe, senhor?

– Naturalmente.

– Conversamos sobre o problema, senhor.

– E chegaram a alguma conclusão convincente?

– Sem querer faltar com o respeito, senhor, acho que o

maior problema é óbvio: meu pessoal está confinado nesta nave há catorze...

– Ridículo! Todos nós estamos adequadamente treinados para enfrentar a pressão de viver em alojamentos fechados, *e* os recrutas têm o privilégio da confraternização.

Era uma maneira delicada de dizer aquilo.

– Já os oficiais devem manter-se celibatários, e nem por isso o moral deles *tem* sido abalado – prosseguiu.

Se ele achava que seus oficiais eram celibatários, deveria se sentar e ter uma longa conversa com a tenente Harmony. Talvez estivesse se referindo apenas aos oficiais da linha de combate, que eram somente ele e Cortez. Ainda assim, provavelmente, estaria 50% correto. Cortez era extremamente delicado com a cabo Kamehameha.

– Senhor, talvez tenha sido a desintoxicação ao voltar para o Portal Estelar; quem sabe se...

– Não. Os terapeutas trabalharam apenas para apagar o condicionamento de ódio – todos sabiam o que *eu* pensava a respeito... –, e eles podem estar equivocados, mas são eficientes. Cabo Potter! – Ele sempre fazia questão de chamá-la pela patente para lembrá-la dos motivos por que não havia sido promovida como nós: era branda demais. – Você já "conversou" com seu pessoal também?

– Discutimos o assunto, senhor.

O submajor era capaz de olhar para as pessoas "de modo penetrante e suave". Foi como olhou para Marygay enquanto ela explicava.

– Não acredito que se trate de um problema de condicionamento. Meu pessoal está impaciente, cansado de fazer as mesmas coisas dia após dia.

– Estão ansiosos por combate, então? – Não havia sarcasmo em sua voz.

– Querem sair da nave, senhor.

– Eles *sairão* da nave – ele falou, permitindo-se um sorriso quase imperceptível –, e então é provável que fiquem igualmente impacientes para voltar.

Aquela conversa prosseguiu ainda por mais um bom tempo. Ninguém queria dizer que sua equipe estava com medo: medo do cruzador tauriano que se aproximava, medo de aterrissar no planeta portal. O submajor Stott tinha um histórico ruim no que se referia a lidar com pessoas que admitissem ter medo.

Apontei para a tabela de organização que eles nos deram. Era mais ou menos assim:

> PELO COMANDANTE DO COMANDO AUTOMÁTICO DA FORÇA DE ATAQUE
>
> DISTR: PRIM: Todo o pessoal 1º PEL/Força Alpha
> SECUN: Todo o pessoal Força Alpha 6 ESC e acima
> TERC: Força de Ataque do Comando com 5 esc e acima de base confidencial
>
> Por 4GEN Mubutu Ngako comando
>
> *Arlethee Lincoln.*
>
> Para comandante:
> Gen. Bda. da Força de Ataque
> Arlethee Lincoln
> 20 mar 2007
>
> TACBD/1003/9674/1300/100 COP

Eu conhecia a maioria das pessoas da incursão em Aleph, onde se dera o primeiro contato cara a cara entre humanos e taurianos. Os únicos novatos no meu pelotão eram Luthuli e Heyrovsky. Na companhia como um todo (digo, "força de ataque"), tivemos vinte substituições para as dezenove pessoas que perdêramos em Aleph: uma amputação, quatro mortos, catorze psicóticos.

Eu não conseguia admitir o "20 de março de 2007" no final da folha da tabela de organização. Estava no exército havia dez anos, embora parecessem ser menos de dois. Dilação temporal, é claro: mesmo com os saltos colapsares, viajar de uma estrela a outra avançava muito o calendário.

Após essa incursão, eu provavelmente me qualificaria para a aposentadoria, com pagamento integral. Se eu sobrevivesse à incursão e se não mudassem as regras no meio do percurso. Eu, um homem com 20 anos de experiência e apenas 25 anos de idade.

Stott estava finalizando quando se ouviu uma única batida forte na porta.

– Entre! – convidou.

Um oficial que eu conhecia vagamente entrou e estendeu a Stott uma folha de papel, sem falar nada. Ficou ali enquanto Stott a lia, com uma postura indicando o exato grau de sua insolência. Tecnicamente, Stott não era seu subordinado. De qualquer forma, ninguém na marinha gostava dele.

Stott entregou o papel de volta e examinou o oficial.

– Vocês avisarão suas equipes de que as manobras evasivas preliminares começarão às 20h10, dentro de 58 minutos. – Ele não havia consultado o relógio. – Todo o pessoal deverá estar nas cápsulas de aceleração às 20h00. Sen...tido!

Levantamo-nos e, sem entusiasmo, gritamos em coro:

– Foda-se, senhor! – Costume idiota...

Stott saiu a passos largos da sala e o oficial o seguiu, com um sorriso afetado.

Ajustei meu comunicador para falar com meu assistente de equipe e disse-lhe:

– Tate, aqui é Mandella.

Todos na sala estavam fazendo o mesmo. Uma voz metálica respondeu:

– Aqui é Tate. E aí?

– Reúna os homens e diga-lhes que devemos estar nas cápsulas às 20h00. Manobras evasivas.

– Que merda! Disseram que ainda demoraria dias.

– Acho que surgiu algo novo. Ou talvez o comodoro tenha tido uma ideia brilhante.

– Que o comodoro enfie você sabe onde... Você está no saguão?

– Sim.

– Traga-me uma xícara de café quando vier, ok? Com pouco açúcar.

– Entendido. Estarei aí embaixo em meia hora.

– Obrigado. Vou preparar tudo.

Houve uma movimentação geral em direção à máquina de café. Entrei na fila atrás da cabo Potter.

– O que acha, Marygay?

– Talvez o comodoro apenas queira que testemos as cápsulas mais uma vez.

– Antes do combate real.

– Talvez.

Ela pegou uma xícara e encheu. Parecia preocupada, mas completou o pensamento:

– Ou talvez os taurianos já tivessem uma nave aí fora esperando por nós. Fico me perguntando por que eles não fazem algo assim. Nós fazemos, no Portal Estelar.

– O Portal Estelar é outra coisa. São necessários sete cruzadores, movendo-se o tempo todo, para cobrir todas as saídas possíveis. Não temos como fazer isso com mais de um colapsar, e eles tampouco.

Marygay não disse nada enquanto enchia a xícara.

– Talvez tenhamos dado de cara com a versão tauriana de Portal Estelar. Ou então eles tenham mais naves que nós no momento.

Enchi e adocei duas xícaras, tapando uma delas.

– Não dá para saber.

Fomos caminhando até uma mesa, com cuidado por causa das xícaras sob alta gravidade.

– Talvez Singhe saiba de alguma coisa – ela comentou.

– Talvez. Mas eu teria de passar por Rogers e Cortez. Se eu tentasse incomodá-lo agora, Cortez pularia na minha garganta.

– Ah, posso falar diretamente com ele. Nós... – formou-se uma covinha em seu rosto – somos amigos.

Beberiquei um pouco do café escaldante e tentei parecer indiferente.

– Então é para lá que você vai quando some.

– Você desaprova? – ela perguntou inocentemente.

– Bem... caramba, não, claro que não. Mas... mas ele é oficial! Oficial da *marinha*!

– Ele está ligado a nós, e isto o torna, em parte, do exército.

Ela ajustou o comunicador e disse:

– Diretório. – Virou-se para mim e falou: – E você e a pequena srta. Harmony?

– Não é a mesma coisa. – Ela estava sussurrando um código de diretório em seu comunicador.

– Claro que é. O que você queria era transar com uma oficial. Pervertido. – O comunicador soou duas vezes. Estava ocupado. – O que achou dela?

– Adequada. – Eu estava me recuperando.

– Além do mais, o oficial Singhe é um perfeito cavalheiro. E nem um pouco ciumento.

– Eu também não sou – falei. – Se ele a magoar algum dia, é só dizer que arrebento a cara dele.

Ela me olhou através da xícara.

– Se a tenente Harmony o magoar algum dia, é só dizer que arrebento a cara *dela*.

– Fechado!

Apertamos as mãos solenemente.

DEZESSETE

As cápsulas de aceleração eram algo novo, instaladas enquanto descansávamos e reabastecíamos no Portal Estelar. Permitiam que utilizássemos mais da capacidade teórica da nave, já que os propulsores de táquions atingiam uma aceleração de 25 gravidades.

Tate estava me esperando na área das cápsulas. O resto da equipe caminhava por ali, conversando. Entreguei-lhe o café.

– Obrigado. Descobriu algo?

– Infelizmente não. Apenas os marinheirozinhos não parecem estar assustados... e é o que mais fazem. Provavelmente é só outra manobra de treinamento.

Ele tomou um gole ruidoso de café.

– Que merda! Pra nós tanto faz, de qualquer maneira. Vamos ficar lá sentados e ser esmagados até quase morrer. Nossa, odeio essas coisas.

– Talvez nos tornemos obsoletos em algum momento e assim poderemos voltar para casa.

– Com certeza.

O médico se aproximou e aplicou uma injeção em mim. Aguardei até as 19h50 e gritei para a equipe:

– Vamos. Dispam-se e entrem nas cápsulas.

A cápsula é como um traje espacial flexível. Pelo menos os ajustes internos são bem similares. No entanto, em cada traje, em vez de um kit de suporte vital, há uma mangueira que entra pelo topo do capacete e duas que saem pelos calcanhares, além de dois tubos de escape. Fica uma ao lado da outra, em assentos de aceleração leve. Chegar à cápsula é como andar por um gigantesco prato de espaguete verde e pardo.

Quando as luzes em meu capacete indicaram que todos estavam em seus lugares, apertei um botão, e a sala foi inundada. Não dava para ver, certamente, mas eu podia imaginar a solução azul pálida – etilenoglicol e alguma outra coisa – espumando acima e em volta de nós. O material do traje, fresco e seco, aderiu a todos os pontos da minha pele. Eu sabia que a pressão interna do meu corpo estava aumentando com rapidez para equilibrar-se com a crescente pressão do fluido externo. A injeção era para isto: evitar que nossas células fossem esmagadas entre a cruz e a espada. Mas ainda era possível sentir. Quando meu medidor apontou 2 (pressão externa equivalente a uma coluna de água a duas milhas náuticas de profundidade), senti que, ao mesmo tempo, eu estava sendo comprimido e inflado. Às 20h05, estava a 2,7 e constante. Quando a manobra teve início, às 20h10, não dava para sentir a diferença. No entanto, pensei ter visto a agulha flutuar um pouco.

A maior desvantagem do sistema é que, claro, qualquer pessoa que estivesse fora da cápsula quando a *Aniversário* alcançasse a velocidade de 25 gravidades seria reduzida a geleia de morango. Então, o trajeto e a batalha ficam a cargo do computador tático da nave. Ele faz a maior parte do trabalho, de qualquer forma, mas sempre é bom ter uma pessoa para supervisionar.

Outro pequeno problema é que, se a nave for danificada e a pressão baixar, explodiremos como um melão ao cair no chão. Se for a pressão interna, seremos esmagados até a morte em um microssegundo. E leva dez minutos, mais ou menos, para despressurizar, e outros dois ou três para se desvencilhar do traje e vestir outra roupa. Portanto, não é exatamente algo de que dê para sair rápido e partir para o combate.

A aceleração terminou às 20h38. Uma luz verde acendeu e pressionei com o queixo o botão para despressurizar.

Marygay e eu nos vestíamos do lado de fora.

– Como isso aconteceu? – Apontei para um vergão roxo que vinha desde a base do seu seio direito até o osso ilíaco.

– Já é a segunda vez – disse ela, furiosa. – O primeiro foi nas minhas costas. Acho que aquela cápsula não se ajusta bem em mim; cria dobras.

– Talvez você tenha perdido peso.

– Espertalhão!

Nosso consumo calórico vinha sendo rigorosamente monitorado desde que deixáramos o Portal Estelar pela primeira vez. Não há como usar um traje de combate a menos que ele se ajuste como uma segunda pele.

Um alto-falante na parede abafou o restante do comentário dela:

– Atenção, pessoal! Atenção! Todo o pessoal do exército, do 6º escalão para cima, e todo o pessoal da marinha, do 4º escalão para cima, deverão dirigir-se à sala de reunião às 21h30.

A mensagem foi repetida duas vezes. Saí dali para me deitar por alguns minutos, enquanto Marygay mostrava seu vergão ao médico e ao armeiro. Não senti nem um pouco de ciúme.

O comodoro iniciou a reunião.

– Não há muito o que dizer, e o que há não é nada bom. Seis dias atrás, a embarcação tauriana que está nos perseguindo lançou um míssil teleguiado. Sua aceleração inicial estava na ordem de 80 gravidades. Após mantê-la por aproximadamente um dia, a aceleração, de repente, saltou para 148 gravidades.

Todos engoliram seco.

– Ontem, saltou para 203 gravidades. Não preciso lembrar ninguém aqui que isto é o dobro da capacidade de aceleração observada nos mísseis teleguiados inimigos em nosso último encontro. Lançamos uma saraivada de mísseis, quatro deles para interceptar o que o computador previu como as quatro trajetórias mais prováveis dos projéteis inimigos. Um deles rendeu frutos enquanto fazíamos manobras evasivas. Contatamos e destruímos a arma tauriana a cerca de 10 milhões de quilômetros daqui.

Estava praticamente ao nosso lado.

– A única coisa animadora do nosso encontro resultou da análise espectroscópica da explosão. Não foi mais poderosa que outras explosões que observamos no passado. Portanto, o progresso deles em termos de propulsão, pelo menos, não foi acompanhado por um progresso equivalente em explosivos. Esta é a primeira manifestação de um efeito muito importante que antes interessava apenas a teóricos. Diga-me, soldado – ele apontou para Negulesco –, quanto tempo faz desde que lutamos com os taurianos pela primeira vez em Aleph?

– Depende da referência, comodoro – respondeu ela obedientemente. – Para mim, faz cerca de oito meses.

– Exatamente. No entanto, você perdeu cerca de nove anos para a dilatação temporal enquanto fazíamos manobras entre os saltos colapsares. Em termos de engenharia, como não realizamos nenhuma pesquisa significativa a bordo da nave... aquela embarcação inimiga vem do futuro!

Ele fez uma pausa para que as pessoas pudessem absorver aquilo tudo. Então, continuou:

– À medida que a guerra progredir, isso poderá se tornar cada vez mais acentuado. Os taurianos não têm cura para a relatividade, claro, então isso será benéfico tanto para nós como para eles. Contudo, por ora, somos *nós* que estamos em desvantagem. À medida que a embarcação de perseguição tauriana se aproximar, essa desvantagem vai se tornar mais evidente. Eles podem simplesmente nos superar como atiradores. Precisaremos adotar alguns artifícios criativos. Quando chegarmos a 500 milhões de quilômetros da nave inimiga, todos entrarão em suas cápsulas, e teremos que confiar no computador logístico. Ele nos conduzirá por uma série rápida de mudanças aleatórias de direção e velocidade. Serei curto e grosso: enquanto eles tiverem um míssil a mais que nós, poderão nos aniquilar. Eles não lançaram mais nenhum depois do primeiro. Talvez estejam economizando fogo... ou talvez tivessem apenas um. Neste caso, somos nós que os temos nas mãos. De qualquer forma, solicitaremos a todos que estejam em suas cápsulas com não mais que dez minutos de antecedência. Quando estivermos a 1 bilhão de quilômetros do inimigo, vocês deverão estar *prontos* para entrar em suas cápsulas. No momento em que estivermos a 500 milhões de quilômetros, vocês se encontrarão dentro delas, e todas estarão inundadas e pressurizadas. Não podemos esperar por ninguém. É tudo o que tenho a dizer. Submajor?

– Avisarei o meu pessoal mais tarde, comodoro. Obrigado.

– Dispensado.

E nada daquele "foda-se, senhor" sem sentido. A marinha achava aquilo indigno.

Ficamos em posição de sentido – todos exceto Stott – até ele deixar a sala. Então outro marinheirozinho disse "dispensados", e saímos.

Minha equipe foi colocada a par. Então, falei a todos o que cada um deveria fazer, pus Tate no comando e saí. Fui à sala dos oficiais em busca de alguma companhia e, talvez, de alguma outra informação.

Não estava acontecendo muita coisa, a não ser especulações à toa. Então peguei Rogers e fomos para a cama. Marygay havia desaparecido de novo: talvez estivesse tentando persuadir Singhe a dizer alguma coisa.

DEZOITO

Conseguimos, na manhã seguinte, nosso prometido encontro com o submajor; ele, de certa forma, repetiu aquilo que o comodoro havia dito em termos da infantaria, com sua voz monótona e em *staccato*. Enfatizou o fato de que tudo o que sabíamos a respeito das forças de terra dos taurianos era que, se a capacidade naval deles havia se aperfeiçoado, provavelmente estariam mais bem-preparados para lidar conosco do que da última vez.

No entanto, isso nos fez considerar um aspecto interessante: oito meses ou nove anos antes, tínhamos uma tremenda vantagem, pois eles pareciam não entender direito o que se passava. Pelo fato de terem sido tão beligerantes no espaço, esperávamos que fossem verdadeiros bárbaros no combate em solo. Em vez disso, praticamente se puseram em fila para serem massacrados. E aquele que fugiu deve ter descrito a antiquada forma de combate a seus companheiros.

Mas isso, é claro, não significava que a notícia havia, necessariamente, chegado aos ouvidos dos taurianos que guardavam Yod-4. A única maneira que conhecemos de nos comunicar mais rápido do que a velocidade da luz é levando fisicamente a mensagem por meio de sucessivos saltos colapsares. E não havia meios de dizer quantos saltos existiam entre Yod-4 e o planeta dos taurianos. Talvez estes seriam tão passivos quanto o último grupo que enfrentamos, ou então teriam praticado táticas de infantaria por quase uma década. Descobriríamos assim que os encontrássemos.

O armeiro e eu estávamos ajudando meu esquadrão na inspeção dos trajes de batalha quando passamos da marca de 1 bilhão de quilômetros e tivemos de ir até onde estavam as cápsulas.

Ainda tínhamos cerca de cinco horas antes de entrarmos em nossos casulos. Joguei uma partida de xadrez com Rabi e perdi. Logo em seguida, Rogers levou o pelotão para fazer alguns exercícios físicos, provavelmente para desviar a mente de todos da ideia de que passariam ao menos quatro horas semicomprimidos nas cápsulas. O período mais longo que havíamos ficado até então havia sido a metade disso.

Dez minutos antes da marca dos 500 milhões de quilômetros, nós, líderes de esquadrão, assumimos e supervisionamos todos enquanto entravam em suas cápsulas. Em oito minutos estávamos lacrados, inundados e à mercê – ou seguros nos braços – do computador de logística.

Enquanto eu estava lá sendo esmagado, um pensamento tolo se apoderou de mim e ficou dando voltas e voltas em minha mente sem parar, como corrente elétrica em um supercondutor: de acordo com o formalismo militar, a conduta de guerra divide-se em duas categorias bem organizadas: tática e logística. A logística está ligada à movimentação e alimentação das tropas e a quase tudo, exceto o combate em si, o qual constitui a tática. E, naquele momento, estávamos em combate, mas não tínhamos um computador *tático* para nos guiar em ataques e defesas; apenas um gigantesco, supereficiente e pacifista – preste atenção nesta palavra – computador de *logística*.

O outro lado do meu cérebro, talvez não tão comprimido, argumentava que não importava qual nome era dado ao computador: tratava-se de uma pilha de cristais de memória, bancos de dados, porcas e parafusos... Se fosse programado para ser Gengis Khan, seria um computador tático, mesmo que sua função usual fosse monitorar a bolsa de valores ou controlar o tratamento de esgoto.

Todavia, a outra voz era teimosa e dizia que, seguindo tal raciocínio, o homem é apenas um chumaço de cabelo, um pedaço de osso e uma porção de carne fibrosa. E não importa que tipo de homem seja; com o treinamento adequado, pode-se transformar um monge Zen em um guerreiro escravizador e sanguinário.

Então, que diabos é você, nós, eu?, indagou o outro lado. Um professor de física especialista em solda no vácuo e amante da paz arrebatado pelo Ato de Conscrição de Elite e reprogramado para ser uma máquina mortífera. Veja só, eu matei e gostei.

Mas aquilo era hipnose, condicionamento motivacional, argumentei comigo mesmo. Eles não fazem mais isso.

E a única razão para não o fazerem é o fato de acharem que você matará melhor sem isso. É lógico.

Falando em lógica, a pergunta original era: por que colocam um computador de logística para fazer um trabalho humano? Ou algo parecido... e lá vamos nós novamente.

A luz verde piscou e operei a chave automaticamente. A pressão estava a 1,3 antes de eu perceber que significava que estávamos vivos. Vencemos o primeiro conflito.

Eu estava apenas parcialmente correto.

DEZENOVE

Eu estava amarrando a minha túnica quando o anel de comunicação vibrou e eu o aproximei do ouvido para poder escutar: era Rogers.

– Mandella, vá checar a ala 3. Algo deu errado. Dalton teve de despressurizá-la.

Ala 3 – era o esquadrão de Marygay! Desci correndo pelo corredor, descalço, e cheguei lá assim que abriam a porta pelo lado de dentro da câmara de pressão e começavam a sair.

O primeiro foi Bergman. Segurei seu braço.

– Que diabos está acontecendo, Bergman?

– Ahn? – Ele me fitou, ainda desorientado, como todos ficam quando saem da câmara. – Ah, é você, Mandella. Não sei. Do que está falando?

Olhei pela porta de soslaio, sem soltá-lo.

– Vocês estavam atrasados, cara. Demoraram para despressurizar. O que aconteceu?

Ele balançou a cabeça, tentando organizar os pensamentos.

– Atrasados? Como assim?... Hum... Quanto atrasados?

Olhei para meu relógio pela primeira vez.

– Não muito... – Santo Deus! – Bem, entramos nas cápsulas às 5h20, não foi?

– Sim, acho que foi isso.

Ainda nenhum sinal de Marygay entre as figuras obtusas

que buscam sair por entre assentos enfileirados e tubulações misturadas.

– Hum, vocês estavam apenas alguns minutos atrasados... mas deveríamos ter ficado submersos por apenas quatro horas, talvez menos. São 10h50.

– Hum. – Ele balançou a cabeça novamente. Eu o soltei e recuei para deixar Stiller e Demy passarem pela porta.

– Então, todos estão atrasados... – disse Bergman. – Então não estamos em apuros.

– É... – Conclusão errada. – Certo, certo... Ei, Stiller! Você viu...

De repente, lá de dentro:

– Médico! MÉDICO!

Uma pessoa, que não era Marygay, estava saindo. Eu a tirei bruscamente do meu caminho e disparei porta adentro, atropelei alguém no trajeto e fui avançando até chegar a Struve, assistente de Marygay, que estava de pé junto a uma cápsula e falava bem alto e depressa em seu anel de comunicação.

– ... e sangue. Sim, pelo amor de Deus, precisamos... – Marygay continuava dentro de seu traje. – Dalton nos disse que... – Cada centímetro de seu corpo estava recoberto por um uniforme brilhante, resplandecente de sangue. – ... quando ela não saiu... – Um imenso vergão partia de sua clavícula e seguia por entre os seios, passando pela base do esterno. – ... eu vim e tirei o... – E aí se abria em um corte que se aprofundava à medida que descia por sua barriga. – ... sim, ela ainda está... – E terminava alguns poucos centímetros acima do púbis, onde uma massa membranosa de intestinos saltava para fora... – Ok! Quadril do lado esquerdo. Mandella...

Ela ainda estava viva, com o coração palpitando, mas a cabeça ensanguentada pendia debilmente, seus olhos estavam virados, bolhas de espuma vermelha surgiam e pipocavam do canto da boca cada vez que ela respirava superficialmente.

– ... tatuado no quadril esquerdo. Mandella, acorda! Dê uma olhada embaixo dela e descubra que tipo sang...

– TIPO O RH NEGATIVO, DEUS DO CÉU... Desculpe-me... O negativo... – Eu já não tinha visto aquela tatuagem 10 mil vezes?

Struve passou a informação adiante e, de repente, lembrei-me do kit de primeiros-socorros em meu cinto; eu o puxei com tudo e revirei desajeitadamente.

Parar o sangramento... proteger o ferimento... tratamento para choque, era o que o livro dizia. Esqueci algo, esqueci algo... *desobstruir vias respiratórias.*

Ela estava respirando, se era isto que queriam dizer. Como se para um sangramento ou se protege uma ferida com uma bandagem de pressão minúscula quando o ferimento tem cerca de 1 metro de extensão? Tratamento para choque... aquilo eu poderia fazer. Peguei a ampola verde, coloquei de encontro a seu braço e apertei o botão. Depois, coloquei o lado esterilizado da bandagem com cuidado sobre o intestino exposto, passei a faixa elástica pelas suas costas, ajustei-a a uma tensão próxima a zero e apertei.

– Há algo mais que você possa fazer? – perguntou Struve.

Eu me afastei e me senti impotente.

– Não sei. Consegue pensar em algo mais?

– Sou médico tanto quanto você. – Olhando para a porta, ele cerrou o punho, tensionando o bíceps. – Onde diabos eles estão? Você tem Morfplex nesse kit?

– Sim, mas alguém me disse para não usar em caso de...

– William?

Seus olhos estavam abertos, e ela tentava erguer a cabeça. Apressei-me em ajudá-la.

– Vai ficar tudo bem, Marygay. O médico está vindo.

– O que... tudo bem? Estou com sede. Água.

– Não, meu bem, você não pode tomar água. Não agora. – Não se ela fosse ser operada.

– Por que tanto sangue? – ela perguntou em voz baixa. Sua cabeça rolou para trás. – Fui uma menina má.

– Deve ter sido o traje – falei rapidamente. – Lembra-se daquelas pregas?

Ela balançou a cabeça.

– Traje? – De repente, ela empalideceu mais e fez um esforço fraco e involuntário para vomitar. – Água... William, por favor.

Uma voz autoritária atrás de mim disse:

– Peguem uma esponja ou um pedaço de pano encharcado em água.

Olhei para trás, e lá estava o dr. Wilson com dois ajudantes.

– Primeiro, meio litro de femoral – instruiu, sem se dirigir a alguém em particular, enquanto dava uma olhada por debaixo da bandagem. – Sigam aquele tubo de escape por alguns metros e desconectem-no. Verifiquem se vazou sangue.

Um dos médicos enfiou uma agulha de 10 centímetros na coxa de Marygay e começou a aplicar nela sangue de uma bolsa plástica.

– Desculpem-me pelo atraso – disse o dr. Wilson com voz cansada –, mas está uma loucura. O que você dizia a respeito do traje?

– Ela teve dois ferimentos menores antes. O traje não está bem ajustado, forma pregas quando está sob pressão.

Ele acenou distraidamente com a cabeça, checando sua pressão sanguínea.

– Você ou alguém deu... – Alguém lhe estendeu uma toalha de papel pingando água. – Hum, deu alguma medicação para ela?

– Uma ampola antichoque.

Ele fez um chumaço fofo com a toalha de papel e pôs nas mãos de Marygay.

– Qual é o nome dela?

Falei para ele.

– Marygay, não podemos lhe dar água, mas você pode sugar daqui. Agora, vou colocar uma luz brilhante diante de seus olhos.

Enquanto ele observava sua pupila com um tubo metálico, falou:

– Temperatura? – Um dos médicos leu um número em um mostrador digital e retirou a sonda. – Perdeu sangue?

– Sim, um pouco.

Ele pousou a mão levemente sobre a bandagem de pressão.

– Marygay, você consegue virar um pouco para o lado direito?

– Sim – ela respondeu vagarosamente, ajeitando o cotovelo para auxiliá-la. – Não – falou e começou a chorar.

– Está tudo bem... – disse o dr. Wilson distraidamente e ergueu-a pelo quadril o suficiente para poder ver suas costas. – Apenas uma ferida, e olha quanto sangue! – murmurou.

O médico apertou a lateral de seu anel de comunicação duas vezes e sacudiu-o perto do ouvido.

– Tem alguém aí em cima?

– Harrison, a menos que tenha ido atender a alguma chamada.

Uma mulher veio caminhando. À primeira vista não a reconheci, pálida e com os cabelos desgrenhados, em uma túnica ensanguentada. Era Estelle Harmony.

— Algum outro paciente, dra. Harmony? – perguntou o dr. Wilson olhando para cima.

— Não – ela respondeu fatigada. – O rapaz da manutenção teve uma dupla amputação traumática. Sobreviveu só por alguns minutos. Nós o estamos mantendo para transplantes.

— E todos aqueles outros?

— Descompressão explosiva. – Ela fungou. – Há algo que eu possa fazer por aqui?

— Sim, só um momento. – Ele tentou acionar seu anel de comunicação novamente. – Droga, você não sabe onde o Harrison está?

— Não... bem, pode ser que esteja na Cirurgia *B,* se houve alguma complicação com a manutenção do cadáver. No entanto, acho que deixei tudo arrumadinho.

— Sim, bem, você sabe como...

— Mark! – chamou o médico com a bolsa de sangue.

— Mais meio litro de femoral – pediu o dr. Wilson. – Estelle, você se importa de assumir o lugar de um dos médicos e preparar esta garota para a cirurgia?

— Não, quero me manter ocupada.

— Ótimo! Hopkins, vá lá em cima e traga atadura e 1 litro... ou melhor, 2 litros de fluorcarbono isotônico de espectro primário. Se forem da marca Merck, estará escrito "espectro abdominal".

Ele encontrou uma parte de sua manga que não estava manchada de sangue e secou a testa.

— Se encontrar Harrison, mande-o para Cirurgia *A* e diga-lhe que prepare uma sequência anestésica para a região abdominal.

— E a leve para a *A*?

— Correto! Se não encontrar Harrison, arranje alguém.

– Ele apontou um dedo na minha direção. – Este rapaz levará a paciente para a A. Você pode ir e iniciar a sequência.

Ele apanhou a bolsa e deu uma olhada em seu interior.

– Poderíamos iniciar aqui – murmurou –, mas, que diabos, não com parametadona... Marygay, como está se sentindo?

Ela ainda estava chorando.

– Estou... ferida.

– Eu sei – disse ele gentilmente.

Pensou por um segundo e falou para Estelle:

– Não há como dizer realmente quanto sangue ela perdeu. Pode ter se esvaído sob pressão. Além disso, tem sangue acumulado na cavidade abdominal. Como ela continua viva, não acho que tenha sangrado sob pressão por muito tempo. Espero que ainda não tenha ocorrido nenhum dano cerebral.

O dr. Wilson tocou no leitor digital conectado ao braço de Marygay.

– Monitore a pressão sanguínea e, se achar conveniente, dê-lhe 5 mililitros de vasoconstritor. Tenho de me desinfetar. – Fechou a bolsa. – Você tem algum vasoconstritor que não seja aquela ampola pneumática?

Estelle procurou em sua bolsa.

– Não, apenas a ampola pneumática emerg... hum... sim, tenho dosagem controlada de vasodilatador.

– Ok. Se tiver que usar o vasoconstritor e a pressão dela subir muito rápido...

– Administro-lhe 2 mililitros de vasodilatador por vez.

– Exato. Sei que não é a melhor maneira de fazer essas coisas, mas... bem... Se não estiver cansada demais, eu gostaria que me acompanhasse lá em cima.

– Claro!

O dr. Wilson então balançou a cabeça e saiu.

Estelle começou a limpar a barriga de Marygay com esponja e álcool isopropílico. A impressão era de frescor e limpeza.

– Alguém deu antichoque para ela?

– Sim – respondi –, há uns dez minutos.

– Ah... Por isso que o médico estava preocupado... Não, você fez o correto. Mas antichoque é um pouco vasoconstritor. Apenas 5 mililitros a mais podem provocar uma overdose. – Ela continuou silenciosamente com a limpeza, erguendo os olhos regularmente para verificar o monitor de pressão sanguínea.

– William? – Era a primeira vez que ela dava algum sinal de que me reconhecia. – Esta mulh... hum... Marygay, ela é sua amante? Sua amante regular?

– Isso mesmo.

– Ela é muito bonita. – Uma observação singular, já que seu corpo estava retorcido e com escaras ensanguentadas e seu rosto havia ficado lambuzado quando tentei enxugar suas lágrimas. Acho que qualquer médico, ou mulher, ou amante consegue enxergar abaixo daquilo tudo e ver beleza.

– Sim. É mesmo. – Marygay havia parado de chorar e seus olhos estavam bem fechados, sorvendo até o último pingo de umidade do chumaço de papel.

– Ela pode tomar mais água?

– Ok, da mesma forma que antes. Não muito.

Fui ao armário buscar outra toalha de papel. Agora que os vapores do fluido pressurizante haviam se dissipado, pude sentir o cheiro do ar. Era um cheiro estranho, de óleo lubrificante e metal queimado; como cheiro de casa de fundição. Fiquei imaginando se teriam sobrecarregado o ar-condicionado. Isto já havia acontecido uma vez, depois de termos utilizado pela primeira vez as câmaras de aceleração.

Marygay tomou a água sem abrir os olhos.

– Vocês planejam ficar juntos quando voltarem para a Terra?

– Provavelmente – respondi. – *Se* voltarmos para a Terra. Ainda temos mais uma batalha pela frente.

– Não haverá mais batalhas – respondeu ela, sem se alterar. – Quer dizer que você não está sabendo?

– O quê?

– Não sabe que a nave foi atingida?

– Atingida?! E como podemos estar vivos?

– Isso mesmo. – Ela voltou-se novamente para a limpeza. – Quatro alas de brigada. Assim como a ala de armaria. Não há um traje de batalha sequer na nave... e não podemos lutar apenas com as roupas de baixo.

– O quê... Alas de brigada? O que houve com o pessoal?

– Sem sobreviventes.

Trinta pessoas.

– Quem eram?

– Todos do terceiro pelotão. Primeiro esquadrão do segundo pelotão.

Al-Sadat, Busia, Maxwell, Negulesco.

– Meu Deus!

– Trinta mortos, e eles não têm a menor ideia de qual tenha sido a causa. Não sabem, mas isso pode voltar a acontecer a qualquer momento.

– Não era um míssil teleguiado?

– Não, destruímos todos os mísseis e a embarcação inimiga também. Nada apareceu em nenhum dos sensores, apenas *bum!* E um terço da nave foi pelos ares. Por sorte não foi o setor de direção ou o sistema de suporte vital.

Eu mal a ouvia. Penworth, LaBatt, Smithers, Christine e Frida. Todos mortos. Eu estava estarrecido.

Estelle pegou uma navalha e um tubo de gel de dentro da bolsa.

– Seja cavalheiro e olhe para o outro lado. Aqui – falou, molhando um pedaço de gaze em álcool e o passando para mim. – Seja útil. Limpe o rosto dela.

Comecei a limpeza e, sem abrir os olhos, Marygay disse:

– A sensação é boa. O que você está fazendo?

– Sendo cavalheiro. E útil também...

– Todos, atenção!

Não havia nenhum alto-falante na câmara de pressão, mas eu podia ouvir claramente por meio da porta que dava para o vestiário.

– Todos do escalão 6 e superiores, a menos que alguém esteja diretamente envolvido em emergências médicas ou de manutenção, dirijam-se imediatamente à sala de reunião.

– Preciso ir, Marygay.

Ela não disse nada. Eu não sabia se havia ouvido o comunicado.

– Estelle – dirigi-me a ela de forma direta, sem me preocupar em ser cavalheiro –, você...

– Sim. Aviso assim que tiver alguma notícia.

– Certo.

– Vai ficar tudo bem. – Mas sua expressão era sombria e preocupada. – Agora vá! – falou com suavidade.

Quando cheguei ao corredor, os alto-falantes estavam repetindo a mensagem pela quarta vez. Havia um novo cheiro no ar, que eu não queria identificar.

V I N T E

Na metade do caminho para a sala de reunião, dei-me conta do meu aspecto deplorável. Então entrei rapidamente no banheiro que ficava próximo ao saguão dos oficiais. A cabo Kamehameha escovava os cabelos apressada.
– William! O que aconteceu com você?
– Nada. – Abri uma das torneiras e olhei-me no espelho. Sangue seco em todo o meu semblante e na minha túnica.
– Foi a Marygay, cabo Potter, o traje dela... bem, evidentemente formou uma prega, ahn...
– Morreu?
– Não, mas está mal... Será operada...
– Não use água quente. Fica mais difícil tirar a mancha.
– Ah, certo. – Usei água quente para lavar meu rosto e minhas mãos, esfreguei a túnica com água fria. – Seu esquadrão estava apenas duas alas abaixo de Al, não é?
– Sim.
– Você viu o que aconteceu?
– Não. Bem, sim, mas não *quando* aconteceu.
Pela primeira vez notei que ela estava chorando; grandes lágrimas rolavam pelo seu rosto, chegando até o queixo. Sua voz estava uniforme, controlada. Ela então puxou os cabelos com raiva:
– Que caos!
Aproximei-me e pus a mão em seu ombro.
– *Não* me toque! – Ela se irritou e afastou minha mão

com a escova. – Desculpe-me! Vamos.

Na porta do banheiro, tocou-me suavemente no braço.

– William... – Encarou-me com ar desafiador. – Estou feliz de não ter sido eu. Você entende? É a única forma de encarar tudo isto.

Eu entendi, mas não sabia se acreditava nela.

– Posso resumir tudo bem rápido – disse o comodoro com voz firme –, porque sabemos bem pouco. Uns dez segundos depois de termos destruído a embarcação inimiga, dois objetos bem pequenos atingiram a *Aniversário* a meia-nau. Por inferência, já que não foram detectados e conhecemos os limites de nossos aparelhos de detecção, sabemos que se moviam acima de 0,9 da velocidade da luz. Quer dizer, mais precisamente, que seu vetor de velocidade *normal* em relação ao eixo da *Aniversário* superava os 0,9 da velocidade da luz. Eles se esgueiraram por trás dos campos de repulsão.

Quando a *Aniversário* se move a velocidades relativísticas, é projetada para gerar dois poderosos campos eletromagnéticos, um cujo centro fica a cerca de 5 mil quilômetros da nave e outro a 10 mil quilômetros de distância, ambos alinhados com a direção da movimentação da nave. Estes campos são mantidos por um efeito de "ramjet", energia colhida de gases interestelares à medida que nos deslocamos pelo espaço.

Qualquer coisa grande o suficiente para nos preocupar, no caso de um impacto (isto é, qualquer coisa grande o bastante para ser vista com uma poderosa lente de aumento), passa pelo primeiro campo e sai com uma carga negativa poderosa que envolve toda a sua superfície. Ao entrar no segundo campo, o objeto é repelido do caminho da nave. Se for grande demais para ser removido dessa forma, podemos percebê-lo a uma distância grande o suficiente para sair da rota de colisão.

– Não preciso enfatizar quão formidável é esta arma. Quando a *Aniversário* foi atingida, nossa velocidade em relação ao inimigo era tal que percorríamos nosso próprio comprimento a cada dez milésimos de segundo. Além do mais, seguíamos de maneira irregular, com uma aceleração lateral puramente aleatória e que mudava constantemente. Assim, os objetos que nos atingiram devem ter sido guiados, não foram mirados. E o sistema de direção era independente, já que não havia taurianos vivos no momento do choque. Tudo isso em um invólucro não maior que um pequeno seixo. A maioria de vocês ainda é muito jovem para se lembrar do termo *choque do futuro*. Nos anos 1970, alguns achavam que o progresso tecnológico estava ocorrendo tão rapidamente que o povo, as pessoas normais, não conseguiria acompanhá-lo, que não teria tempo para se acostumar com o presente antes que o futuro o alcançasse. Um homem chamado Toffler criou o termo *choque do futuro* para descrever essa situação.

O comodoro às vezes era bem acadêmico.

– Nós nos encontramos em uma situação física que lembra esse conceito. O resultado foi o desastre, a tragédia. E, conforme discutimos em nossa última reunião, não há como reagir. A relatividade nos pôs em uma armadilha, que é o passado do inimigo; a relatividade o traz do nosso futuro. Podemos apenas rezar para que, da próxima vez, a situação possa ser revertida. E tudo o que podemos fazer para que isso ocorra é tentar voltar ao Portal Estelar, depois à Terra, onde os especialistas talvez consigam deduzir algo, criar algum tipo de arma de defesa contra o dano que sofremos.

Agora, poderíamos atacar o Planeta Portal dos taurianos a partir do espaço e, quem sabe, destruir a base sem usar vocês da infantaria. Porém, penso que haveria um imenso risco envolvido nisso. Poderíamos ser... atingidos pelo que quer que tenha nos atingido hoje e nunca retornar ao Portal Estelar com informações que considero vitais. Poderíamos enviar uma sonda teleguiada com uma mensagem na qual seriam detalhadas nossas impressões acerca dessa nova arma do inimigo... mas talvez não seja adequado. E a Força ficaria muito atrás, tecnologicamente falando. Com efeito, estabelecemos um curso que nos levará para perto de Yod-4, mantendo o colapsar o máximo possível entre nós e a base tauriana. Evitaremos contato com o inimigo e retornaremos ao Portal Estelar o quanto antes.

Inacreditavelmente, o comodoro sentou-se e massageou as têmporas com os dedos.

– Todos vocês são, no mínimo, líderes de esquadrão ou seção. A maioria possui bons históricos de combate. E espero que alguns retornem à Força após seus dois anos terem findado. Aqueles que o fizerem, provavelmente serão promovidos a tenentes e encararão seu primeiro e verdadeiro comando. É para esses indivíduos que eu gostaria de falar por alguns minutos, não como seu... como um de seus comandantes, mas apenas como um oficial mais antigo e conselheiro. Não se pode tomar decisões de comando simplesmente avaliando a situação tática e implementando um tipo de ação que prejudique ao máximo o inimigo e resulte no mínimo de mortes e danos a seus próprios homens e ao seu aparato. As guerras modernas tornaram-se extremamente complexas, sobretudo no último século. Guerras não são vencidas com simples séries de batalhas ganhas, mas com uma inter-relação complexa entre vitória militar, pressões econômicas, manobras logísticas, acesso a informações inimigas, posturas políticas... dezenas, literalmente dezenas de fatores.

Eu ouvia aquilo, porém a única coisa que passava pela minha cabeça era que um terço de nossos amigos havia perdido a vida menos de uma hora atrás, e ele estava ali nos dando uma palestra sobre teoria militar.

– Então, algumas vezes, é necessário desistir de uma batalha para aumentar as chances de vencer a guerra. E isto é exatamente o que vamos fazer. Esta não foi uma decisão fácil. De fato, deve ter sido a decisão mais difícil em toda a minha carreira militar, porque, ao menos à primeira vista, pode parecer covardia. O computador de logística calcula que temos cerca de 62% de chances de sucesso caso tentemos destruir a base inimiga. Infelizmente, teríamos apenas 30% de chances de sobrevivência, já que alcançar tal sucesso envolve chocarmo-nos contra o Planeta Portal com a *Aniversário* à velocidade da luz.

– Santo Deus!

– Espero que nenhum de vocês jamais tenha de encarar tal decisão. Quando voltarmos para o Portal Estelar, serei, sem sombra de dúvida, submetido à corte marcial por covardia diante de ameaça inimiga. Contudo, acredito sinceramente que a informação que pode ser obtida por intermédio da análise do dano à *Aniversário* é mais importante do que a destruição desta única base tauriana – endireitou-se em sua cadeira – e mais importante que a carreira de um soldado.

Tive de conter meu impulso para não rir. Certamente, "covardia" nada tinha a ver com sua decisão. Certamente, o que havia nele era apenas o tão primitivo e antimilitar desejo de viver.

* * *

O pessoal da manutenção conseguiu remendar o enorme estrago na lateral da *Aniversário* e repressurizar aquela seção. Passamos o resto do dia limpando a área sem, é claro, modificar qualquer uma das preciosas evidências pelas quais o comodoro estava disposto a sacrificar sua carreira.

A pior parte era ter de se livrar dos corpos. Não era tão ruim, com exceção daqueles que tiveram os trajes rompidos.

Fui à cabine da Estelle no dia seguinte, assim que soube que ela estava de folga.

– Não seria de nenhuma serventia você ir vê-la agora. – Estelle tomou um gole de sua bebida, uma mistura de álcool etílico, ácido cítrico e água com uma gota de algum éster que lembrava aroma de casca de laranja.

– Ela está fora de perigo?

– Não por algumas semanas. Deixe-me explicar. – Ela largou o copo e apoiou o queixo nos dedos entrelaçados. – Este tipo de ferimento seria bem rotineiro sob circunstâncias normais. Após a transfusão de sangue, simplesmente espargiríamos um pouco do pó mágico em sua cavidade abdominal e a costuraríamos de volta. Em poucos dias, ela voltaria a mancar por aí. No entanto, existem complicações. Ninguém nunca foi ferido em um traje de pressão. Até então, nada muito incomum havia acontecido. Mas queremos monitorar suas vísceras atentamente por alguns dias. E também ficamos bastante preocupados com o risco de peritonite. Você sabe o que é peritonite?

– Sim. Bem, vagamente.

– Pois uma parte dos intestinos dela rompeu-se com a pressão. Não queríamos realizar uma profilaxia regular porque boa parte da... contaminação deu-se no peritônio sob pressão. Para agir de forma segura, esterilizamos completamente a cavidade abdominal e todo o sistema digestivo, do duodeno para baixo. Então, obviamente, tivemos que substituir toda a flora intestinal, agora morta, por uma cultura preparada. Ainda assim, é um procedimento padrão, embora não seja normalmente utilizado, exceto em casos mais graves.

– Entendo. – Aquilo estava me dando náuseas. Os médicos em geral parecem não perceber que a maioria de nós fica plenamente satisfeita por não se ver como sacos de pele animados cheios de gororoba.

– Isto em si já é motivo suficiente para você não vê-la por alguns dias. A troca da flora intestinal tem um efeito bem agressivo sobre o aparelho digestivo; não é algo perigoso, já que ela se encontra sob observação constante, mas cansativo e, bem, constrangedor. Dito isto, ela estaria completamente fora de perigo se não fosse a situação clínica atípica. Mas estamos desacelerando a uma velocidade constante de 1,5 gravidade, e seus órgãos internos têm sofrido com essas variações. Você deve saber que se houver aceleração, qualquer coisa acima de 2 gravidades, ela morrerá.

– Mas... mas fatalmente vamos acelerar a mais de 2 gravidades na aproximação final! O que...

– Eu sei, eu sei. Porém, isso só ocorrerá dentro de algumas semanas. Esperamos que ela tenha se recuperado até lá. William, você tem de encarar os fatos. Foi um milagre ela ter sobrevivido e sido operada. Portanto, há uma grande chance de que ela não retorne à Terra. É triste. Marygay é uma pessoa especial, *a* pessoa especial para você, talvez. Mas já tivemos tantas mortes... Você precisa se acostumar, aprender a lidar com isso.

Tomei um longo trago da minha bebida, idêntica à dela exceto pelo ácido cítrico.

– Você está ficando muito dura.
– Talvez... não. Apenas realista. Pressinto que teremos de enfrentar muito mais mortes e sofrimento.
– Eu não. Assim que chegarmos ao Portal Estelar, sou um civil.
– Não tenha tanta certeza. – O velho argumento familiar. – Aqueles palhaços que nos alistaram por dois anos podem simplesmente transformá-los em quatro anos ou...
– Ou seis ou vinte ou o quanto durar. Mas não vão. Haveria um motim.
– Não sei. Se conseguiram nos condicionar a matar sob sugestão, podem nos condicionar a fazer praticamente qualquer coisa. Realistar-nos.
Isso me dava calafrios.
Mais tarde tentamos fazer amor, mas ambos tínhamos muito em que pensar.

Pude visitar Marygay pela primeira vez cerca de uma semana mais tarde. Ela estava pálida, havia emagrecido bastante e parecia bem confusa. O dr. Wilson assegurou-me que era apenas efeito da medicação, que não constataram nenhum sinal de dano cerebral.
Ela ainda estava de cama, sendo alimentada por um tubo. Comecei a ficar muito nervoso com o calendário. Ela parecia melhorar dia após dia, mas, se ainda estivesse acamada quando sofrêssemos o impulso colapsar, não teria nenhuma chance. Nem o dr. Wilson nem Estelle me encorajavam. Eles diziam que tudo dependeria da resistência de Marygay.
No dia anterior ao impulso, eles a transferiram da cama para a poltrona de aceleração de Estelle, na enfermaria. Ela estava lúcida e se alimentando pela boca; contudo, ainda

não conseguia se mover pelas próprias forças, não a 1,5 gravidade. Fui vê-la.

– Ouviu falar da mudança de curso? Teremos que passar por Aleph-9 para voltarmos a Tet-38. Mais quatro meses neste maldito casco. Mas teremos mais seis anos de pagamento por combate quando voltarmos à Terra.

– Que bom.

– Ah, pense nas coisas fantásticas que poderemos...

– William.

Minha voz falhou. Nunca consegui mentir.

– Não tente me alegrar. Conte-me a respeito de soldagem no vácuo, sobre sua infância, qualquer coisa. Apenas não me diga babaquices sobre nosso retorno à Terra – disse ela, virando o rosto para a parede. – Ouvi os médicos conversando no corredor numa manhã em que pensaram que eu estivesse dormindo. Eles apenas confirmaram o que eu já sabia pelo jeito tristonho de todo mundo. Então me conte, você nasceu no Novo México em 1975. E depois? Continuou no Novo México? Era inteligente na escola? Tinha amigos ou era inteligente demais, como eu? Quantos anos tinha quando transou pela primeira vez?

Falamos sobre essas trivialidades por um tempo, com certo desconforto. Uma ideia me ocorreu enquanto conversávamos e, quando deixei Marygay, fui direto falar com o dr. Wilson.

– Ela tem 50% de chances de sobreviver, mas é bem arbitrário. Nenhum dado publicado sobre casos desse tipo encaixa-se na atual circunstância.

– Mas é seguro dizer que suas chances de sobrevivência são maiores quanto menor for a aceleração a que ela for exposta.

– Certamente. Mas de nada adianta saber. O comodoro disse que procurará ir da maneira mais suave possível, mas ainda assim atingiremos 4 ou 5 gravidades. Três já podem ser demais. Só vamos saber quando acontecer.

Acenei impacientemente com a cabeça.

– Sim, no entanto, acho que existe uma maneira de expô-la menos à aceleração.

– Se você desenvolveu um escudo contra aceleração – ele disse sorrindo –, é melhor se apressar e patentear. Poderia vendê-lo por consideráveis...

– Não, doutor, não seria de muita valia sob circunstâncias normais. Nossas cápsulas funcionam melhor e evoluíram a partir dos mesmos princípios.

– Explique melhor.

– Colocamos Marygay dentro de uma cápsula e a inundamos...

– Espere aí... não, de jeito nenhum. Pra começo de conversa, foi uma cápsula mal ajustada que provocou tudo isso. E, desta vez, ela teria de usar a de outra pessoa.

– Eu sei, doutor. Deixe-me explicar melhor. Não é preciso uma que se ajuste perfeitamente a ela, desde que as conexões do suporte vital possam funcionar. A cápsula não será pressurizada internamente, pois não será sujeita à pressão de milhares de quilos por centímetro quadrado do fluido externo.

– Não sei se estou entendendo direito.

– É apenas uma adaptação de... você estudou física, não?

– Um pouco, na faculdade de medicina. A pior matéria para mim, depois do latim.

– Você se lembra do princípio da equivalência?

– Eu me lembro de algo com esse nome. Algo a ver com relatividade, certo?

– Sim. Significa que... não há diferença entre estar em um campo gravitacional ou em uma estrutura de aceleração equivalente... Ou seja, quando a *Aniversário* atingir as cinco gravida-

des, o efeito sobre nós será o mesmo que se estivéssemos sentados em um grande planeta com 5 gravidades na superfície.
– Parece óbvio.
– Talvez seja. Significa que não seria possível fazer experimento algum na nave que indicasse se estava em movimento ou apenas pousada em um grande planeta.
– Claro que haveria. Os motores poderiam ser desligados, e se...
– Ou bastaria olhar para fora, claro. Mas me refiro a experimentos de laboratório, isolados.
– Claro. De acordo. E daí?
– Você conhece a lei de Arquimedes?
– Claro, a falsa coroa. É isso que sempre me chamou a atenção na física: faz-se grande alarde com coisas óbvias, mas quando se chega a partes mais complicadas...
– A lei de Arquimedes diz que, quando algo é imerso em um fluido, é forçado a flutuar por uma força equivalente ao peso do fluido deslocado.
– Perfeitamente.
– Isso é válido independentemente do tipo de gravidade ou aceleração. Em uma nave que acelera a 5 gravidades, a água deslocada pesa cinco vezes mais que a água normal a 1 gravidade.
– Concordo.
– Então, se alguém flutuar no meio de um tanque com água de modo que seu peso seja nulo, essa pessoa não terá peso quando a nave estiver a 5 gravidades.
– Espere um pouco, filho. Até aí entendi, mas não vai funcionar.
– Por que não? – Eu estava tentado a lhe dizer que cuidasse de pílulas e estetoscópios e deixasse que da física cuidava eu, mas foi bom eu não ter feito isso.

– O que acontece quando se joga uma chave inglesa dentro de um submarino?
– Submarino?
– Exato. Segue a lei de Arquim...
– Opa! Você está certo! Nossa! Não pensei nisso!
– A chave inglesa cai direto no chão, como se o submarino tivesse peso. – Ele olhou para o nada, batendo com um lápis na mesa. – O que você acaba de descrever é similar à maneira como tratamos, na Terra, pacientes com severos danos na pele, como queimaduras. Mas isso não dá nenhum suporte aos órgãos internos, da forma como as cápsulas de aceleração o fazem, então não funcionaria muito para Marygay...

Levantei-me para ir embora:
– Desculpe por ter desperdiçado...
– Espere um pouco... só um minuto. Podemos utilizar parte de sua ideia.
– Como assim?
– Eu também não estava conseguindo sacar. A forma como normalmente utilizamos as cápsulas está fora de questão para Marygay, é claro. – Eu não gostava de pensar a respeito. É preciso muito condicionamento hipnótico para se deitar lá e ter fluorcarbono oxigenado entrando por todos os orifícios naturais do corpo e também por um artificial. Rocei o dedo na válvula inserida acima do osso do meu quadril.
– Sim, é óbvio, isso a partiria... digo... quer dizer, sob baixa pressão...
– Isso mesmo! Não precisaríamos de milhares de atmosferas para protegê-la da aceleração linear de 5 gravidades, seria apenas para manobras e desvios... Vou contatar a manutenção. Dirija-se à ala do seu esquadrão, nós a usaremos. Dalton irá se encontrar com você lá.

* * *

Cinco minutos antes de entrar no campo colapsar, dei início à sequência de inundação. Marygay e eu éramos os únicos nas cápsulas. Minha presença na verdade não era essencial, já que a inundação e o esvaziamento poderiam ser feitos pelo Controle. No entanto, seria mais seguro ter redundância no sistema e, além do mais, eu queria estar ali.

Não foi tão ruim quanto de costume. Nada daquela sensação de compressão e inchaço. De repente, simplesmente nos sentimos inundados por aquela coisa com cheiro de plástico (não era perceptível nos primeiros instantes, quando substituía o ar dos pulmões) e, em seguida, houve uma pequena aceleração; aí voltamos a respirar ar novamente, aguardando que a cápsula fosse aberta. Então, foi só desplugar-se, despir-se e sair dali...

A cápsula de Marygay estava vazia. Fui até lá e vi sangue.

– Ela sofreu hemorragia. – A voz do dr. Wilson soou sepulcral. Virei-me com os olhos ardendo e o vi apoiado na porta que dava para o vestiário. Era inexplicável, horrível: ele estava sorrindo! – Isso era esperado. A dra. Harmony está cuidando de tudo. Ela ficará bem.

VINTE E UM

Marygay passou a caminhar depois de uma semana; em duas, já "socializava"; e foi considerada completamente curada em seis.

Dez longos meses no espaço, e foi exército, exército e mais exército o tempo todo. Ginástica, detalhes operacionais sem sentido, palestras obrigatórias. Até levantou-se a hipótese de que reinstaurariam a lista para dormir que tínhamos no início, mas isso nunca aconteceu, provavelmente por medo de uma rebelião. Um parceiro aleatório a cada noite não cairia bem para alguns de nós que já éramos mais ou menos parceiros permanentes.

Toda essa bobagem, essa insistência em disciplina militar, incomodava-me, sobretudo porque eu temia que fosse uma indicação de que não nos liberariam. Marygay disse que eu estava paranoico e que eles estavam fazendo isso apenas porque não havia outra forma de manter a ordem por dez meses.

A maioria das conversas, além das costumeiras merdas sobre o exército, era especulação sobre quanto a Terra deveria ter mudado e o que faríamos quando voltássemos. Estaríamos bem ricos: 26 anos de salário, tudo de uma vez e com juros; os 500 dólares pagos no primeiro mês no exército aumentaram para mais de 1,5 mil dólares.

Chegamos ao Portal Estelar no fim de 2023, data de Greenwich.

* * *

A base crescera espantosamente nos quase dezessete anos em que estivéramos em campanha na Yod-4. Era uma construção do tamanho da cidade de Tycho e abrigava quase 10 mil pessoas; 78 cruzadores do tamanho da *Aniversário* ou maiores, envolvidos em incursões em planetas portais taurianos; outros dez guardavam o próprio Portal Estelar e dois orbitavam, aguardando sua infantaria e tripulação para partir. Outra nave, a *Esperança da Terra II,* retornara de uma batalha e esperava outro cruzador para retornar.

Eles haviam perdido dois terços da tripulação, e não era econômico mandar um cruzador de volta à Terra com apenas 39 pessoas a bordo. Trinta e nove civis confirmados.

Aterrissamos no planeta em duas naves-patrulha.

VINTE E DOIS

O general Botsford (que fora major pleno apenas na primeira vez que o vimos, quando o Portal Estelar possuía somente duas cabanas e 24 sepulturas) nos recebeu em uma sala de reuniões mobiliada com elegância. Ele andava de um lado para o outro no extremo da sala, em frente a um imenso gráfico de operações holográficas.

– Vocês sabem... – começou falando bem alto e, depois, mais em tom de conversa –, vocês sabem que poderíamos distribuí-los em outras forças de ataque e mandá-los de novo para combate. O Ato de Conscrição de Elite foi modificado: agora são cinco anos de serviço em vez de dois. Não compreendo por que alguns de vocês não *querem* ficar! Mais alguns anos e juros compostos tornariam vocês ricos e independentes pelo resto da vida. Com certeza houve grandes perdas... mas era inevitável; vocês foram os primeiros. As coisas serão mais fáceis a partir de agora. Os uniformes de combate foram aperfeiçoados, sabemos mais a respeito das táticas taurianas, nosso armamento é mais eficaz... não há o que temer.

Ele se sentou na cabeceira da mesa e não olhou para ninguém em particular.

– Minhas memórias de combate têm mais de meio século de idade. Para mim era estimulante, fortalecedor. Devo ser um tipo de pessoa diferente de vocês.

Ou tem memória bem seletiva, pensei.

— Mas nada disso vem ao caso. Tenho uma alternativa para oferecer a vocês, uma que não envolve combate direto. Carecemos de instrutores qualificados. A Força oferecerá a vocês o cargo de tenente se aceitarem ir para a área de treinamento. Pode ser na Terra; na Lua, recebendo o dobro do pagamento; em Caronte, recebendo o triplo; ou aqui no Portal Estelar, recebendo o quádruplo. Além do mais, vocês não precisam decidir agora. Todos ganharão uma viagem gratuita de volta à Terra... Invejo vocês, pois não volto faz quinze anos e, provavelmente, não voltarei mais, e vocês poderão desfrutar da sensação de serem civis novamente. Se não gostarem, apenas dirijam-se a qualquer escritório da FENU e sairão de lá como oficiais, podendo escolher o seu destino. Alguns de vocês estão sorrindo, mas deveriam pensar duas vezes, pois a Terra não é mais o mesmo lugar que deixaram para trás.

Ele retirou um pequeno cartão de sua túnica e o olhou, sorrindo.

— A maioria de vocês possui em torno de 400 mil dólares, somando pagamentos e juros. Contudo, a Terra está em pé de guerra e, com certeza, são os cidadãos de lá que estão financiando a guerra. Ao chegarem, a taxação da renda de vocês será de 92%: 32 mil dólares devem durar cerca de três anos, mesmo fazendo economia. Ao final, vocês terão que arranjar emprego. Estão mais qualificados e treinados para este que têm agora, e não existem tantos assim disponíveis. A população da Terra é de quase 9 bilhões de pessoas, e 5 ou 6 bilhões estão desempregadas. Lembrem-se também de que seus amigos e pessoas queridas de dois anos atrás agora têm 21 anos a mais que vocês. Muitos de seus parentes terão falecido. Creio que vocês se sentirão extremamente solitários nesse mundo. Mas, para falar a respeito desse mundo, passarei a palavra para o capitão Siri, que acaba de chegar da Terra. Capitão?

– Obrigado, general. – Parecia que havia algo de errado com sua pele, com seu rosto. Então me dei conta de que ele usava pó compacto e batom. Suas unhas estavam pintadas com um branco suave e amendoado.

– Não sei por onde começar. – Ele mordeu o lábio superior e nos olhou, franzindo a testa. – As coisas mudaram muito desde a época em que eu era garoto. Tenho 23 anos; portanto, eu ainda usava fraldas quando vocês deixaram a Terra para ir a Aleph... Para começar, quantos de vocês são homossexuais?

– Ninguém.

– Isto realmente não me surpreende. Eu sou, é claro. Suponho que um terço das pessoas na Europa e na América também seja. A maioria dos governos incentiva a homossexualidade. As Nações Unidas mantêm-se neutras, a decisão cabe a cada país. Incentiva-se a opção por parceiros do mesmo sexo, principalmente por ser o único método seguro de controle de natalidade.

Aquilo me parecia apenas parcialmente razoável. Nosso método de controle de natalidade no exército era bem infalível: todos os homens faziam um depósito no banco de esperma para, então, serem submetidos a uma vasectomia.

– Como o general disse, a população mundial é de 9 bilhões. Mais do que dobrou desde que vocês foram convocados. E aproximadamente dois terços abandonam a escola apenas para serem sustentados pelo governo. Por falar em escola, quantos anos de ensino público o governo ofereceu a vocês?

Ele olhava para mim, então respondi:

– Catorze.

Ele acenou com a cabeça.

– Agora são dezoito. Mais, se não forem aprovados nos testes. E tais aprovações são requeridas por lei para conseguir qualquer tipo de emprego ou assistência social de primeira. E, irmãos, é difícil manter-se com qualquer coisa que não seja de primeira. Sim? – Hofstadter erguera a mão.

– Senhor, são dezoito anos de ensino público em todos os países? Onde arranjam escolas suficientes?

– Ah... a maioria das pessoas completa os últimos cinco ou seis anos em sua residência ou em um centro comunitário, via tela holográfica. As Nações Unidas possuem 40 ou 50 canais de informação, que oferecem instrução 24 horas por dia. No entanto, a maioria de vocês não terá de se preocupar com isso. Se estão na Força, já são mais inteligentes do que metade das pessoas.

Ele afastou o cabelo dos olhos com um trejeito extremamente feminino, fazendo meio que um beicinho.

– Deixe-me inteirá-los um pouco da história. Acho que o primeiro acontecimento realmente importante que se passou desde a partida de vocês foi a Guerra de Racionamento de Alimentos, que ocorreu em 2007. Muitas coisas aconteceram ao mesmo tempo: praga de gafanhotos na América do Norte, praga em plantações de arroz desde a Birmânia até o Mar da China Meridional, marés vermelhas por toda a costa da América do Sul. De repente, não havia comida suficiente para todos. As Nações Unidas intervieram e assumiram a distribuição de suprimentos. Para cada homem, mulher e criança foi estabelecida uma ração, permitindo-les o consumo de uma quantidade determinada de calorias por mês. Se eis excedessem o consumo mensal, simplesmente passariam fome no mês seguinte.

Algumas das pessoas que encontramos após Aleph usavam "eis, dei, les" em vez dos pronomes "eles/elas, dele/dela, lhes". Fiquei me perguntando se era assim em todo o mundo.

— Claro que surgiu um mercado ilegal, e, logo, houve grande desigualdade na quantidade de comida recebida por pessoas das várias camadas da sociedade. Um grupo equatoriano que buscava vingança, denominado "Imparciales", começou sistematicamente a assassinar pessoas que pareciam estar mais bem-alimentadas. A ideia pegou depressa, e em poucos meses instalou-se uma guerra de classes não declarada em todo o mundo. As Nações Unidas conseguiram controlar a situação depois de cerca de um ano. A essa altura, a população havia baixado para 4 bilhões, as plantações foram parcialmente recuperadas e a crise alimentar chegou ao fim. O racionamento foi mantido, mas nunca mais de forma tão severa. Por conveniência, o general converteu em dólares o dinheiro que vocês receberão. No entanto, no mundo de hoje existe apenas uma moeda: calorias. Seus 32 mil dólares equivalem a aproximadamente 3 bilhões de calorias. Ou 3 milhões de KCAL – quilocalorias. Desde a Guerra de Racionamento, as Nações Unidas incentivam a agricultura de subsistência onde quer que seja praticável. Comida cultivada por conta própria não é racionada, claro... Isto fez com que pessoas abandonassem as cidades e fossem para reservas agrícolas das Nações Unidas, o que ajudou a aliviar alguns problemas urbanos. Mas a agricultura de subsistência parece encorajar a formação de grandes famílias e, assim, a população mundial mais que dobrou desde a Guerra de Racionamento. Também não temos mais a abundância de energia elétrica de que lembro na minha infância... Provavelmente, bem menos do que vocês lembram. Há apenas alguns poucos lugares no mundo onde se pode ter energia dia e noite. Eles insistem em dizer que é uma situação temporária, mas perdura por mais de uma década.

Ele continuou falando por um longo tempo. Bem, que diabos, muito daquilo não era realmente nenhuma surpresa.

Provavelmente tínhamos passado os últimos dois anos discutindo sobre como a Terra estaria quando voltássemos mais do que qualquer outro assunto. Infelizmente, a maioria das coisas ruins que prevíramos parecia ter se tornado realidade; quanto às coisas boas, bem poucas.

Na minha opinião, o pior, creio, foi terem subdividido a maioria dos parques, transformando-os em pequenas fazendas. Quem quisesse encontrar algum tipo de ambiente selvagem, precisaria ir a algum lugar onde não fosse possível cultivar plantação alguma.

O general falou que as relações entre as pessoas que escolhem a vida homoafetiva e aquelas às quais ele se referia como "reprodutoras" eram bastante tranquilas, mas tive dúvidas. Nunca tive muito problema em aceitar os homossexuais, porém nunca havia precisado lidar com tantos deles.

Ele disse também, respondendo a uma pergunta pouco educada, que seu pó compacto e sua maquiagem nada tinham a ver com sua orientação sexual. Era apenas uma questão de estilo. Resolvi que seria anacrônico e continuaria de cara limpa.

Não acho que deveria ter me surpreendido com a mudança considerável da língua em vinte anos. Meus pais costumavam dizer que as coisas eram "da hora", baseados eram "erva", e assim por diante.

Tivemos de esperar várias semanas antes de podermos voltar à Terra. Retornaríamos na *Aniversário,* mas antes ela tinha de ser desmontada e montada novamente.

Enquanto isso, ficamos alojados em aconchegantes instalações para duas pessoas e dispensados de todas as obrigações militares. A maioria passava os dias na biblioteca, tentando se inteirar sobre os vinte anos de acontecimentos. E, à noite, encontrávamo-nos no Flowing Bowl, um clube para suboficiais. Os soldados, é claro, não deveriam estar lá, mas descobrimos que ninguém reclama com alguém que possui duas condecorações fluorescentes por ter participado de combate.

Fiquei surpreso: no bar, eram servidas doses de heroína. O garçom disse que davam uma dose compensatória para que a pessoa não se viciasse. Fiquei chapadão e experimentei uma. Nunca mais.

O submajor Stott ficou no Portal Estelar, onde eram acertados os detalhes de uma nova Força de Ataque Alfa. O restante de nós embarcou na *Aniversário* e tivemos uma jornada razoavelmente agradável de seis meses. Cortez não insistiu para que tudo fosse militar com M maiúsculo e, assim, a viagem foi muito melhor que aquela de Yod-4.

VINTE E TRÊS

Não dei muita bola para o fato, mas, com certeza, éramos celebridades na Terra: os primeiros veteranos de guerra voltando para casa. O secretário-geral parabenizou-nos no Kennedy e tivemos uma semana inteira de banquetes, recepções, entrevistas e tal. Foi tudo muito agradável... e rentável também (ganhei 1 milhão de quilocalorias das revistas Time-Life/Fax), mas vimos muito pouco da Terra. Só depois, quando as pessoas perderam um pouco do interesse pela novidade, pudemos meio que tocar a nossa vida.

Na Estação Central, peguei um trem para Washington, voltando para casa. Quando ainda estava no Kennedy, minha mãe foi ao meu encontro, súbita e desafortunadamente envelhecida, e contou-me que meu pai havia morrido em um acidente de avião. Eu ficaria com ela até conseguir emprego.

Ela estava morando em Columbia, uma cidade-satélite de Washington. Havia voltado a morar na cidade após a Guerra de Racionamento, mas o crime crescente e a precariedade dos serviços forçaram-na a partir novamente.

Minha mãe foi esperar por mim na estação de trem. Ao seu lado estava um homem imenso, loiro, que usava uniforme preto de vinil e carregava uma grande pistola na cintura e um soco-inglês com pontas na mão direita.

– William, este é Carl, meu guarda-costas e caríssimo amigo.

Carl retirou o soco-inglês da mão para me dar um cumprimento, surpreendentemente gentil.

– *Prazê* em *ti conhece*, *Sinhô* Mandella.

Entramos em um carro baixo que tinha o nome "Jefferson" escrito na cor laranja brilhante. Achei que fosse um nome um tanto estranho para dar a um carro, mas depois descobri que era o nome do prédio onde mamãe e Carl moravam. O carro era um dos muitos que pertenciam à comunidade, e ela pagava 100 quilocalorias por quilômetro para usá-lo.

Tive de admitir que Columbia era bem bonita: jardins, muitas árvores, muito gramado. Mesmo os prédios, cônicos amontoados de granito com árvores crescendo em locais estranhos, assemelhavam-se mais a montanhas que a construções. Carl dirigiu até o sopé de uma dessas montanhas, percorrendo um corredor bem iluminado onde muitos outros carros também estavam estacionados. Ele carregou minha única mala até a porta do elevador, onde a colocou no chão.

– Dona Mandella, se *estivé* tudo bem *co'* a *sinhora*, eu *priciso* ir *pegá* a dona Freeman por volta das cinco. Ela *tá* na Ala Oeste.

– Claro, Carl. William pode tomar conta de mim. Ele é um soldado, sabe?

Era verdade! Eu me lembrava de ter aprendido oito formas furtivas de matar um homem. Se porventura as coisas ficassem muito ruins, eu poderia conseguir um trabalho como o de Carl.

– *Tá* beleza, dona! *Comé* que é lá em cima, cara?

– Enfadonho, na maior parte do tempo – respondi automaticamente. – Quando você não está entediado, está com medo.

Ele acenou com a cabeça de forma discreta:

– Foi o que ouvi dizer. Dona Mandella, *tarei* livre *quaisqué* hora depois das seis, beleza?

– Está certo, Carl.

O elevador chegou, e um rapaz bem magro e alto saiu de dentro dele, com um baseado apagado balançando nos lábios. Carl passou os dedos sobre as pontas de seu soco-inglês, e o garoto acelerou o passo.

– Tem que *tomá* cuidado co'esses *viajante*. S'cuida, Dona Mandella.

Entramos no elevador e mamãe apertou o 47.

– O que é um viajante?

– Ah, são apenas jovens que ficam subindo e descendo pelos elevadores, procurando por pessoas indefesas sem guarda-costas. Eles não representam grande problema por aqui.

O 47º andar era um grande shopping cheio de lojas e escritórios. Fomos a uma loja de alimentos.

– Você já tem seu livro de ração, William?

Respondi que não, mas que a Força havia me dado alguns vales de viagem somando 100 mil "calorias" e que eu tinha usado apenas metade deles. Era um pouco confuso, mas explicaram para nós.

Quando o mundo decidiu adotar uma moeda única, procurou-se, de alguma maneira, coordená-la com o racionamento alimentar, na esperança de, algum dia, eliminar os livros de ração. Então criaram a nova moeda, kcal – quilocalorias, pois é a unidade que mede a energia dos alimentos. No entanto, uma pessoa que come 2 mil quilocalorias de bife por dia obviamente tem de pagar mais do que uma pessoa que come o mesmo tanto em pães. Então, instituíram uma coisa chamada "fator de ração", algo tão complicado que ninguém conseguia entender. Após algumas semanas, voltaram a usar os livros, mas chamando as quilocalorias alimentares de "calorias", numa tentativa de tornar as coisas menos confusas. Para mim, parecia que eles evitariam muitos problemas se tornassem a chamar o dinheiro de dólar, rublo ou sestércio... qualquer coisa menos quilocalorias.

O preço dos alimentos era absurdo, com exceção dos grãos e dos legumes. Apesar disso, insisti em nos darmos ao luxo de um pouco de boa carne vermelha: 1.500 calorias de carne moída custavam 1.730 quilocalorias. A mesma quantidade de bife falso (feito com grãos de soja) teria custado 80.

Também peguei um pé de alface por 140 quilocalorias e uma pequena garrafa de azeite por 175 quilocalorias. Mamãe disse que já tinha vinagre. Comecei a comprar alguns cogumelos, mas ela falou que uma vizinha os cultivava e que poderíamos trocá-los por algo da horta de sua varanda.

Seu apartamento ficava no 92º andar, e ela se desculpou pela falta de espaço. Não parecia tão pequeno para mim, porém, ela nunca havia vivido em uma espaçonave.

Apesar de o apartamento estar em um andar tão alto, havia barras nas janelas. A porta possuía quatro fechaduras, das quais uma não funcionava, pois alguém tentara arrombá-la com um pé de cabra.

Mamãe foi para a cozinha transformar a carne moída em almôndega. Eu me acomodei para ler as notícias vindas no fax da noite. Ela arrancou algumas cenouras de sua pequena horta e chamou a moça dos cogumelos; o filho dela veio até nós para fazer a troca. Ele tinha um rifle dependurado embaixo do braço.

– Mãe, onde está o resto do *Estrela*? – chamei-a na cozinha.

– Até onde eu saiba, está tudo aí. O que você estava procurando?

– Bem... encontrei a seção de classificados, mas nenhum "precisa-se".

Ela riu.

– Filho, há dez anos não sai um anúncio de "precisa-se". O governo é que cuida dos empregos... bem, da maioria deles.

– Todos trabalham para o governo?

– Não, não é isso.

Ela veio até mim, enxugando as mãos em uma toalha desgastada.

– O governo, ao menos é o que eles dizem, trata da distribuição de todos os recursos naturais. E poucos recursos são mais valiosos que vagas de empregos.

– Então vou falar com eles amanhã.

– Não se preocupe, filho. Quanto você disse que a Força vai pagar de aposentadoria?

– Vinte mil quilocalorias por mês. Não me parece que dá para muita coisa.

– Não, não dá. Mas a pensão que seu pai deixou para mim é metade disso, e não quiseram me arranjar emprego. Os empregos são distribuídos por ordem de necessidade. Você tem de estar vivendo a arroz e água para que a Comissão de Emprego o considere necessitado.

– Que diabos, é uma burocracia... Deve ter alguém que eu possa subornar para me encaixar em um bom...

– Não. Lamento, mas este setor das Nações Unidas é absolutamente incorruptível. A coisa toda é cibernética, intocável por almas humanas. Você não pode...

– Mas você disse que *tinha* emprego.

– Eu ia chegar lá. Se você realmente quiser, tem de procurar um negociante e, às vezes, pegar um subemprego.

– Subemprego? Negociante?

– Meu emprego é um exemplo, filho. Uma mulher chamada Hailey Williams trabalha em um hospital controlando uma máquina que analisa sangue, uma máquina cromatográfica. São seis noites de trabalho por semana, pelas quais se recebe 12 mil quilocalorias semanais. Ela se cansou do trabalho, contatou um negociante e informou que seu emprego estava disponível. Algum tempo antes disso, eu havia pago ao negociante uma taxa inicial de 50 mil quilocalorias para entrar na lista dele. Ele veio até mim, descreveu o tipo de trabalho e falei que tudo bem, que eu aceitava. O negociante sabia que eu aceitaria, e já tinha identidade e uniforme falsos. Ele distribui pequenos subornos aos vários supervisores que possam conhecer a srta. Williams de vista. A srta. Williams me ensina como operar a máquina e vai embora. O pagamento semanal de 12 mil quilocalorias continua sendo creditado em sua conta, mas ela me repassa a metade. Pago ao negociante 10% e acabo ficando com 5,4 mil quilocalorias por semana. Isto, somado às 9 mil quilocalorias que recebo mensalmente da pensão de seu pai, me deixa em uma situação bem confortável. Mas aí a coisa ficou complicada. Eu tinha bastante dinheiro, mas muito pouco tempo, então contatei o negociante novamente para que ele sublocasse metade do meu trabalho. No dia seguinte, apareceu uma moça que também se identificou como sendo Hailey Williams. Mostrei-lhe como operar a máquina, e ela ficou com as segundas, quartas e sextas-feiras. A metade do meu salário integral é 2.700 quilocalorias, então ela fica com metade dele, 1.350 quilocalorias, e paga ao negociante 135 quilocalorias.

Ela pegou um bloco de papel e uma caneta e fez alguns cálculos.

– Portanto, a verdadeira Hailey Williams recebe 6 mil quilocalorias semanais para não fazer nada. Eu trabalho três dias por semana por 4.050 quilocalorias. Minha assistente trabalha três dias por semana por 1.115 quilocalorias. O negociante fica com 100 mil quilocalorias em taxas e 735 quilocalorias por semana. Desproporcional, não é?

– Hum... É verdade. E ilegal também, creio.

– No caso do negociante. Se a Comissão de Emprego descobre, todos os envolvidos perdem o trabalho e têm de começar de novo. Mas o negociante sofre lavagem cerebral.

– Acho melhor eu procurar um negociante enquanto ainda posso arcar com os 50 mil. – Na verdade, eu ainda tinha mais de 3 milhões, mas planejava gastar a maior parte em pouco tempo. Diabos, fiz por merecer.

Eu estava me preparando para ir na manhã seguinte, quando minha mãe chegou com uma caixa de sapatos. Dentro havia uma pequena pistola em um coldre.

– Isto pertenceu a seu pai – ela disse. – É melhor levá-la, se planeja ir ao centro da cidade sem guarda-costas.

Era um revólver com balas ridiculamente finas. Peguei a arma e avaliei seu peso.

– Papai a usou alguma vez?

– Várias vezes... mas apenas para afugentar viajantes e trombadinhas. Ele nunca teve de atirar de verdade em ninguém.

– Você deve estar certa ao dizer que preciso de uma arma – falei, colocando-a de volta na caixa. – Mas vou precisar de algo mais potente. Posso comprar uma legalmente?

– Claro, há uma loja de armas lá embaixo, no shopping. Contanto que não tenha passagem pela polícia, você pode comprar qualquer coisa que queira.

– Ótimo. Eu pretendia comprar uma pequena arma a laser. Eu mal conseguiria acertar a parede com uma pistola propulsionada a pólvora.

– Mas... William, eu me sentiria muito mais tranquila se você contratasse um guarda-costas, pelo menos até conhecer bem as redondezas.

Havíamos conversado a respeito na noite passada. Sendo um oficial treinado para matar, eu me considerava mais durão que qualquer idiota que eu pudesse contratar para o trabalho.

– Vou ver, mãe. Não se preocupe... Nem vou ao centro hoje, só até Hyattsville.

– É tão ruim quanto o centro.

Quando o elevador chegou, já estava ocupado. Um homem um pouco mais velho do que eu, com a barba feita e bem-vestido, olhou-me de forma afável quando entrei. Ele deu um passo para trás para que eu tivesse acesso ao painel de botões. Apertei o 47 e, então, dando-me conta de que sua atitude poderia não ser apenas educação, virei-me e o flagrei lutando para tirar um cano metálico preso na cintura da calça. Estava escondido sob a capa.

– Vem cá, colega – falei, levando as mãos a uma arma que não existia. – Você quer levar chumbo? – Ele conseguiu tirar o cano, mas o deixou dependurado de lado.

– Levar chumbo?

– É. Ser morto. Termo do exército.

Dei um passo na direção dele, tentando recordar. Chutar pouco abaixo do joelho, depois virilha ou rins. Decidi que seria na virilha.

– Não! – Ele pôs o cano de volta na cintura. – Não quero "levar chumbo".

A porta se abriu no 47º andar e saí.

A loja de armas era toda de plástico branco brilhante e metal preto cintilante. Um pequeno homem careca aproximou-se para me atender. Ele carregava uma arma pendurada no ombro.

– E um bom-dia para o senhor também – falou, dando uma risadinha. – O que vai ser hoje?

– Uma arma a laser leve. Dióxido de carbono – falei.

Ele olhou para mim confuso e, depois, desanuviou a expressão.

– É *pra* já, senhor. – Mais risadinhas. – Oferta especial do dia: vem com algumas granadas de táquions.

– Certo. – Elas seriam úteis.

Ele olhou para mim, aguardando:

– E então? Qual o desfecho?

– Como é?

– A piada, cara. Você começou, agora termine. Laser... – Risadinhas.

Eu estava começando a entender.

– Quer dizer que não posso comprar uma arma a laser?

– *Claro* que não, gracinha – falou isto e ficou sério. – Você não sabia?

– Estive fora do país por um bom tempo.

– Do mundo, você quer dizer. Você esteve fora do mundo por um bom tempo.

Ele pôs a mão esquerda sobre o quadril rechonchudo em um gesto que, incidentalmente, tornava mais fácil sacar a arma. Coçou o meio do peito...

Eu fiquei bem paradinho.

– Tá certo. Acabei de sair da Força.

Seu queixo caiu.

– Ei, está de brincadeira? Você esteve mandando bala no espaço?

– Isso mesmo.

– Ei, todo aquele papo de que não se envelhece é mentira, né?

– É verdade. Eu nasci em 1975.

– Nossa... caramba! Você é quase tão velho quanto eu. – Ele deu uma risadinha. – Pensei que fosse mais uma história que o governo havia inventado.

– De qualquer forma... você disse que não posso comprar um laser...

– Ah, não. Não, não e não. Eu tenho um comércio legal.

– O que posso comprar?

– Ah... pistola, rifle, espingarda, faca, armadura corporal... menos lasers, explosivos ou armas totalmente automáticas.

– Deixe-me ver uma pistola. A maior que tiver.

– Ah, tenho a coisa certa.

Ele me levou a um mostruário e abriu-o pela parte de trás, tirando de lá um revólver enorme.

– Calibre 410 de seis disparos. – Ele o segurou com ambas as mãos. – Derruba até dinossauro. Autêntico estilo Velho Oeste. Balas ou dardos.

– Dardos?

– Exato!... Bem, é uma porção de dardos minúsculos. Você atira, e eles se espalham seguindo um padrão. Difícil de errar assim.

Parecia bem apropriada para mim.

– Posso testá-la em algum lugar?

– Claro, claro! Temos um local nos fundos. Deixe-me chamar meu assistente.

Ele soou uma campainha, e um rapaz veio tomar conta da loja enquanto íamos para os fundos. No caminho, ele pegou uma caixa vermelha e verde com balas de espingarda.

A área de testes era dividida em duas partes: uma pequena antessala com porta de plástico transparente e um longo corredor do outro lado da porta com uma mesa em um canto e alvos no outro. Atrás dos alvos, havia uma folha de metal que, evidentemente, desviava as balas, fazendo com que caíssem em uma banheira com água.

Ele carregou a arma e pousou-a sobre a mesa.

– Por favor, só pegue a arma depois que a porta estiver fechada.

Dirigiu-se para a antessala, fechou a porta e apanhou um microfone.

– Ok! Como é sua primeira vez, é melhor segurá-la com as duas mãos.

Foi o que fiz, elevando-a e alinhando-a com o alvo central, um quadrado de papel que parecia ter o tamanho de uma foto 3x4. Duvidei de que sequer chegaria perto. Puxei o gatilho, ele respondeu facilmente, mas nada aconteceu.

– Não, não – ele falou pelo microfone, com uma risadinha. – Autêntico estilo Velho Oeste. Você tem de puxar a trava na parte de trás.

Claro, como nos filmes. Puxei a trava, alinhei novamente e pressionei o gatilho.

O barulho foi tão alto que fiz até uma careta. A arma deu um tranco tão grande que quase me acertou na testa. Mas os três alvos centrais tinham ido pelos ares: apenas minúsculos fragmentos de papel flutuavam no ar.

– Vou levar.

O homem aproveitou para me vender um coldre de cintura, vinte balas, um colete à prova de balas e uma espécie de adaga que ficava na bainha da bota. Senti como se estivesse mais fortemente armado do que quando usava o uniforme de combate, porém, sem Waldos para ajudar na locomoção.

Nos trens, havia dois guardas em cada vagão. Comecei a achar que toda a minha artilharia pesada era desnecessária, até o momento em que desci na estação de Hyattsville.

Todos que desciam em Hyattsville ou estavam fortemente armados ou tinham um guarda-costas. As pessoas que se demoravam na estação estavam todas armadas. A polícia portava lasers.

Pressionei um botão "chamar táxi", e o leitor avisou que o meu seria o de número 3856. Perguntei a um policial, e ele me orientou a aguardar o carro lá embaixo, na rua. Ele daria apenas duas voltas no quarteirão.

Durante os cinco minutos que esperei, por duas vezes ouvi o som seco de disparos, ambos a uma boa distância. Fiquei feliz por ter comprado o colete.

Dali a pouco, chegou o táxi. Ele parou próximo ao meio-fio quando acenei, abrindo a porta à medida que parava. Parecia que funcionava da mesma maneira que os autotáxis dos quais me lembrava. A porta se manteve aberta enquanto ele conferia minhas impressões digitais para verificar se eu era mesmo a pessoa que havia chamado o táxi, depois a porta bateu com força para fechar. O táxi era feito de uma camada grossa de aço. A vista através das janelas era opaca e distorcida. Provavelmente plástico grosso à prova de balas. Diferente do que eu me lembrava.

Tive de folhear um livro meio encardido para encontrar o código do endereço do bar em Hyattsville onde eu me encontraria com o negociante. Digitei rapidamente e recostei-me para observar a cidade.

Aquela parte da cidade era bem residencial: prédios de tijolos acinzentados construídos mais ou menos na metade do último século disputando espaço com arranjos modulares mais modernos e, ocasionalmente, casas individuais rodeadas por altos muros, de tijolo ou concreto, com cacos de vidro e arame farpado no topo. Algumas poucas pessoas pareciam ir a algum lugar, caminhando depressa pelas calçadas, com as mãos nas armas. A maioria das pessoas que vi estava sentada na entrada de suas casas, fumando, ou vagando diante de lojas em grupos de, no mínimo, seis pessoas. Tudo em volta era sujo e atravancado. As sarjetas estavam entulhadas de lixo e havia imensa quantidade de papéis esvoaçando no vento produzido pelo trânsito leve.

Era compreensível, apesar de tudo. Varrer ruas devia ser uma profissão de alto risco.

O táxi parou em frente ao Bar e Grill Tom & Jerry e desci após pagar 430 quilocalorias. Pisei na calçada já com a mão na pistola, mas não havia ninguém em volta. Entrei logo no bar.

Era surpreendentemente limpo do lado de dentro. A luz era fraca e a decoração feita com couro e pinheiro falsos. Fui em direção ao balcão, tomei uma dose de falso Bourbon e, presumivelmente, água verdadeira por 120 quilocalorias. A água custou vinte calorias. Uma garçonete aproximou-se com uma bandeja.

– Vai uma, irmão?

A bandeja estava cheia de antigas agulhas hipodérmicas.

– Hoje não, obrigado.

Se eu fosse "tomar uma", usaria aerossol. As agulhas pareciam anti-higiênicas e dolorosas.

Ela colocou as drogas no balcão e acomodou-se em um banquinho perto de mim. Apoiou o queixo em uma das mãos e olhou para seu reflexo no espelho atrás do bar.

– Meu Deus... terça-feira...

Resmunguei qualquer coisa.

– Quer ir lá atrás dar uma rapidinha?

Olhei para ela com um olhar que eu esperava fosse neutro. Ela vestia apenas uma saia curta feita de tecido fino que formava um pequeno V na parte da frente, expondo os ossos de seus quadris e alguns pelos pubianos descoloridos. Fiquei imaginando o que segurava a saia. Ela não era feia, devia ter entre 20 e 40 anos. Como era inimaginável o que se podia conseguir com as cirurgias cosméticas e as maquiagens hoje em dia, ela talvez fosse até mais velha do que minha mãe.

– Obrigado, de qualquer maneira.
– Hoje não?
– Exatamente...
– Posso conseguir um rapaz se...
– Não. Não, obrigado! – Que mundo!

Ela fez beicinho diante do espelho, uma expressão que era provavelmente mais antiga do que o *Homo sapiens*.

– Você não gosta de mim.
– Eu acho você bem atraente, mas não foi para isso que vim.
– Bem... cada um se diverte do seu jeito – deu de ombros. – Ei, Jerry, traz uma cerveja pequena para mim.

Ele trouxe.

– Ai, caramba, minha bolsa está no armário. Você pode me emprestar quarenta calorias?

Eu tinha vales de racionamento suficientes para um banquete. Saquei um vale de 50 e o dei ao barman.

– Nossa! – Ela olhou para mim. – Como conseguiu um livro inteiro já no final do mês?

Contei-lhe, com o mínimo de palavras possível, quem eu era e por que tinha tantas calorias. Havia livros para dois meses esperando por mim em minha caixa de correio, e eu ainda nem tinha usado as calorias que a Força havia me dado. Ela se ofereceu para comprar um livro meu por 10 mil, mas eu não queria me envolver em mais de um empreendimento ilegal por vez.

Dois homens entraram, um desarmado e o outro com uma pistola e uma metralhadora. O guarda-costas sentou-se perto da porta e o outro veio até mim.

– Sr. Mandella?

– Isso mesmo.

– Podemos nos sentar em uma cabine? – Nem falou seu nome.

Ele tomou uma xícara de café, e eu dei uns goles em uma caneca de cerveja.

– Não mantenho registros escritos, mas tenho excelente memória. Diga-me em que tipo de trabalho você está interessado, quais são as suas qualificações, que salário aceitaria e por aí vai.

Falei que preferiria esperar por um trabalho no qual pudesse utilizar meus conhecimentos de física – ensino ou pesquisa, até mesmo engenharia. Eu não precisaria de trabalho por dois ou três meses, já que planejava viajar e gastar dinheiro por um tempo. Queria pelo menos 20 mil quilocalorias mensais, mas o quanto eu aceitaria dependeria da natureza do trabalho.

Ele não disse uma palavra até eu terminar.

– Muito bem! Infelizmente... não será fácil conseguir um emprego na área de física. Lecionar está fora de questão. Não posso providenciar uma ocupação em que a pessoa estará constantemente exposta ao público. Pesquisa, bem, seu diploma já tem quase um quarto de século. Você teria de voltar a estudar, talvez por mais cinco ou seis anos.

– Talvez eu faça isso – respondi.

– A única característica realmente "vendável" que você tem é a experiência de combate. Talvez eu possa colocá-lo no cargo de supervisão em uma agência de guarda-costas até por mais de 20 mil. Você também poderia ganhar quase esse valor sendo guarda-costas.

– Obrigado, mas eu não iria querer me arriscar para proteger outra pessoa.

– Está certo, então. Não posso dizer que o reprovo. – Ele terminou seu café em um gole longo e ruidoso. – Bom... tenho de correr, tenho um milhão de coisas para fazer. Pensarei no seu caso e falarei com algumas pessoas.

– Ótimo! A gente se vê em alguns meses.

– Maravilha. Não precisa marcar um encontro. Venho aqui todos os dias às onze horas para um café. Simplesmente apareça.

Terminei minha cerveja e chamei um táxi para levar-me de volta para casa. Eu queria dar uma volta pela cidade, mas mamãe tinha razão: deveria arranjar um guarda-costas primeiro.

VINTE E QUATRO

Cheguei em casa e o telefone estava piscando em um azul pálido. Eu não sabia o que fazer, então apertei "telefonista".

O rosto de uma moça bem jovem materializou-se no cubo.

– Telefonista Jefferson. Em que posso ajudar? – ela perguntou.

– Sim... O que significa quando o cubo está piscando em azul?

– Perdão?

– O que significa quando o telefone...

– Está falando sério? – Eu estava me cansando desse tipo de coisa.

– É uma longa história. Não sei mesmo.

– Quando pisca azul, você deve chamar a telefonista.

– Ok, foi o que fiz.

– Não, eu não, a telefonista *de verdade*. Pressione nove, depois zero.

Fiz isso e apareceu uma bruxa velha:

– Opa, opa, opa!

– Aqui é William Mandella no 301-52-574-3975. Disseram para eu ligar para você.

– Só um minutinho. – Ela saiu do campo de visão e digitou alguma coisa. –'Cê tem uma ligação do 605-19-556-2027.

Rabisquei o número no bloco de anotações próximo ao telefone.

– Onde fica isso?

– Só um minutinho. Dakota do Sul.

– Obrigado. – Eu não conhecia ninguém em Dakota do Sul.

Uma senhora de aparência agradável atendeu o telefone.

– Sim?

– Recebi uma chamada deste número... bem... eu sou...

– Ah! Sargento Mandella! Só um segundo.

Fiquei observando a barra diagonal do sinal de espera por um segundo, depois por mais uns cinquenta. E então uma cabeça apareceu. Marygay.

– William! Tive muita dificuldade em encontrar você.

– Querida, eu também. O que está fazendo em Dakota do Sul?

– Meus pais vivem aqui, em uma pequena comunidade. Por isso demorei tanto para chegar ao telefone. – Ela mostrou as mãos sujas. – Colhendo batatas.

– Mas quando cheguei... os registros diziam... os registros em Tucson informavam que seus pais estavam mortos.

– Não, são apenas desistentes... Você sabe o que são desistentes? Novo nome, nova vida. Quem me deu o toque foi um primo meu.

– Bem... então, como tem passado? Gostando da vida no interior?

– Esta é uma das razões por que venho tentando contatá-lo. Willy, estou entediada. É tudo muito saudável e agradável, mas quero fazer algo dissoluto, depravado. Naturalmente pensei em você.

– Fico lisonjeado. Pego-a às oito?

Ela consultou um relógio acima do telefone.

– Não, olha só, melhor termos uma boa noite de sono. Além do mais, tenho de terminar de colher as batatas. Encontre-me no... no aeroporto Ellis Island amanhã às dez. Hum... no balcão de informações da Trans-World.

— Combinado. Faço reservas para onde?

Ela deu de ombros.

— Fique à vontade para escolher.

— Londres costumava ser bem legal...

— Parece ótimo. Primeira classe?

— O que mais? Vou reservar uma suíte em um dos dirigíveis.

— Ótimo! Decadente. Devo fazer as malas para quanto tempo?

— Compramos roupas pelo caminho. Bagagem leve. Basta cada um levar a carteira recheada.

Ela riu.

— Maravilha! Amanhã às dez.

— Ótimo... Marygay, você tem uma arma?

— Está assim tão ruim?

— Aqui em Washington está.

— Bom, eu consigo uma. Papai tem algumas guardadas em cima da lareira. Acho que trouxeram quando vieram de Tucson.

— Tomara que não precisemos.

— Willy, você sabe que a levarei apenas a título de decoração. Não consegui sequer matar um tauriano.

— Claro.

Apenas nos olhamos por alguns segundos.

— Amanhã às dez, então — confirmei.

— Certo. Eu te amo.

— Ahn...

Ela riu novamente e desligou.

Era coisa demais para pensar ao mesmo tempo.

* * *

Comprei duas passagens para darmos a volta ao mundo num dirigível, com paradas ilimitadas contanto que mantivesse a trajetória leste. Levei mais de duas horas para chegar a Ellis de táxi e trem. Cheguei cedo, e Marygay também.

Ela estava conversando com a moça do balcão e não me viu chegar. Suas roupas eram bem interessantes: um macacão de plástico bem apertado com estampa de mãos entrelaçadas; à medida que o ângulo de visão mudava, várias mãos estrategicamente posicionadas ficavam transparentes. O corpo dela tinha um bronzeado rosado. Não sei dizer se o sentimento que tomou conta de mim foi puro e simples desejo ou algo mais complexo. Cheguei rapidamente por trás dela.

Sussurrei:

– O que vamos fazer por três horas?

Ela se virou, deu-me um abraço rápido e agradeceu à moça do balcão. Então, pegou minha mão e puxou-me para uma calçada rolante.

– Hum... para onde estamos indo?

– Não faça perguntas, sargento. Apenas me siga.

Descemos em uma rotatória e pegamos outra esteira que ia para leste.

– Quer comer ou beber alguma coisa? – perguntou inocentemente.

Ensaiei um olhar malicioso.

– Alguma alternativa?

Ela riu alegremente. Diversas pessoas ficaram nos olhando.

– Só um minuto... aqui!

Descemos. Havia um corredor com uma placa indicando "quartos". Marygay me entregou uma chave.

Aquele maldito macacão de plástico era pura eletricidade

estática. Como o quarto era nada mais do que uma grande cama d'água, quase quebrei o pescoço no primeiro contato.

Recuperei-me.

Ficamos deitados de bruços olhando através da parede de vidro reflexivo as pessoas que andavam apressadas na intersecção. Ela me passou um baseado.

– William, você *já* usou aquele negócio?
– Que negócio?
– Aquela porcaria... a pistola.
– Disparei apenas uma vez, na loja em que a comprei.
– Você realmente acha que seria capaz de apontá-la para alguém e atirar?

Dei um trago superficial e passei o baseado de volta.

– Não pensei muito a respeito, na verdade. Até termos conversado ontem à noite.
– E...?
– Eu... realmente não sei. A única vez que matei foi em Aleph, sob compulsão hipnótica. Mas acho que não... me incomodaria muito... não muito, não se a pessoa estivesse tentando me matar. Por que deveria?
– A vida – ela disse lamuriosa –, a vida é...
– A vida é um monte de células que andam por aí com um propósito em comum. Se este propósito em comum for me ferrar...
– Ah, William. Você parece o velho Cortez falando.
– Cortez nos manteve vivos.
– Poucos de nós – ela respondeu com aspereza.

Virei de barriga para cima e analisei o telhado. Ela fez pequenos desenhos em meu peito, afastando o suor com a ponta de seus dedos.

– Desculpe-me, William. Acho que nós dois só estamos tentando nos adaptar.

— Está tudo bem. De certa forma, você tem razão.

Conversamos por um bom tempo. O único centro urbano em que Marygay havia estado desde nossa série de exposições publicitárias (que ocorreram em locais bem protegidos) foi nas Cataratas de Sioux. Ela foi com os pais e o guarda-costas da comunidade. Parecia uma versão de Washington, mas em menor escala: os mesmos problemas, mas não tão intensos.

Falamos sobre tudo que nos incomodava: violência, alto custo de vida, muita gente em todos os lugares. Eu ainda acrescentaria a vida homoafetiva, mas Marygay disse que eu não entendia a nova dinâmica social que havia levado a isso; era inevitável. Ela disse que só era contra porque havia tirado de circulação muitos dos homens mais bonitos.

E o mais preocupante era que tudo parecia ter piorado um pouco ou, na melhor das hipóteses, permanecido igual ao que era antes. Esperava-se que ao menos alguns aspectos da vida cotidiana evoluíssem consideravelmente em 22 anos. O pai dela argumentava que a guerra estava por trás disso tudo: qualquer um que demonstrasse uma pitada de talento era tragado pela FENU; os melhores caíram nas redes do Ato de Conscrição de Elite e terminaram como bucha de canhão.

Era difícil não concordar com ele. As guerras no passado geralmente aceleravam reformas sociais, traziam benefícios tecnológicos, até mesmo estimulavam atividades artísticas. Esta de agora, no entanto, parecia ser talhada para não proporcionar nenhum desses subprodutos positivos. Tais avanços, como aqueles observados na tecnologia do final do século 20 (como bombas de táquions e naves de guerra de 2 quilômetros de comprimento), eram, na melhor das hipóteses, criações interessantes para as quais concorreu a sinergia do dinheiro e das técnicas de engenharia existentes. Reforma social? O mundo estava tecnicamente sob lei marcial. Com relação à arte, não tenho certeza se sei distinguir entre o bom e o ruim. No entanto, os artistas têm de refletir, até certo ponto, o espírito dos tempos. As pinturas e esculturas eram tortuosas e cheias de obscuras reflexões; os filmes pareciam estáticos e destituídos de trama; a música era dominada por revivalismos nostálgicos; a arquitetura preocupava-se sobremaneira em encontrar lugar para pôr todo mundo; a literatura beirava o incompreensível. Muita gente parecia gastar a maior parte de seu tempo tentando achar maneiras de burlar o governo, tentando filar algumas calorias extras ou vales de alimentação sem colocar a vida em demasiado risco.

E, no passado, as pessoas de países em guerra tinham constantemente contato com a guerra. Os jornais eram cheios de notícias a respeito; veteranos retornavam do front; às vezes, o front movia-se diretamente para as cidades; invasores marchavam pelas ruas principais e bombas zuniam no ar noturno... Mas sempre havia a sensação de caminhada em direção à vitória, ou, pelo menos, de adiamento da derrota. O inimigo era tangível, um monstro criado pela propaganda que podíamos compreender e odiar.

Mas esta guerra... o inimigo era um curioso organismo compreendido de modo vago, mais comumente assunto de charges que de pesadelos. O principal efeito da guerra era econômico, destituído de emoção – mais impostos, porém, mais trabalho também. Após 22 anos, apenas 27 voltaram como veteranos, não o bastante para fazer uma parada decente. Para a maioria das pessoas, o fato mais importante sobre a guerra era que, se ela terminasse de repente, a economia da Terra entraria em colapso.

* * *

O acesso ao dirigível era feito por meio de uma pequena aeronave com hélice que buscava equiparar as trajetórias e se acoplava na lateral. Um ajudante levou nossas bagagens; deixamos nossas armas com o comissário de bordo, depois saímos.

Quase todo mundo no voo estava de pé no tombadilho, observando Manhattan mover-se lentamente na direção do horizonte. Era uma visão lúgubre. O dia estava bem calmo. Os primeiros trinta ou quarenta andares dos edifícios encontravam-se ocultos em meio a uma mistura de neblina e fumaça. A cidade parecia ter sido construída sobre uma nuvem, uma nuvem carregada que flutuava. Ficamos ainda mais um tempo contemplando a paisagem e depois fomos para dentro comer.

A refeição, simples, era elegantemente servida: filé de carne, dois vegetais e vinho. Queijo, frutas e mais vinho para sobremesa.

Nada de vales de alimentação. Uma brecha na lei de racionamento sugeria que não eram necessários no caso de refeições consumidas durante o trajeto em transportes intercontinentais.

Passamos três dias preguiçosos e confortáveis cruzando o Atlântico. Os dirigíveis eram novidade quando deixamos a Terra, e agora haviam se tornado um dos poucos novos investimentos financeiros do final do século 20 que alcançaram sucesso... A empresa que os criou havia comprado algumas armas nucleares obsoletas; um pedaço de plutônio do tamanho de uma bomba seria capaz de manter toda a frota no ar durante anos. E, uma vez lançados, eles não pousavam mais. Hotéis flutuantes, supridos e mantidos por serviços regulares; eram o último vestígio de luxo em um mundo no qual 9 bilhões de pessoas tinham alguma coisa para comer, e quase ninguém tinha o suficiente.

Vista de cima, Londres não era tão sombria quanto Nova York. O ar era limpo, mesmo com o Tâmisa envenenado. Pegamos nossas bagagens de mão, pedimos nossas armas e pousamos no topo do Hotel Hilton de Londres. Alugamos um par de triciclos no hotel e, com os mapas em mão, partimos em direção à rua Regent, planejando jantar no venerável Café Royal.

Os triciclos eram pequenos veículos blindados, estabilizados giroscopicamente, para evitar que tombassem. Isso parecia ser precaução em excesso para a parte de Londres que visitávamos, mas eu supunha que devessem existir alguns lugares da cidade que eram tão perigosos quanto Washington.

Pedi um prato de carne de veado marinada, e Marygay pediu salmão; ambos muito bons, mas assustadoramente caros. De início, fiquei um pouco impressionado com o imenso salão cheio de plumas, espelhos e detalhes dourados desbotados; era muito silencioso mesmo com uma dúzia de mesas ocupadas, e conversamos sussurrando até nos darmos conta de que era bobagem.

Durante o café, perguntei a Marygay qual era o problema com os pais dela.

– Ah, isso acontece com bastante frequência – ela falou. – Papai se envolveu em um lance com vales de alimentação. Arranjou uns vales no mercado negro, só que eram falsificados. Custou-lhe o emprego e ele, provavelmente, teria ido para a cadeia, mas, enquanto aguardava julgamento, um arrebatador o resgatou.

– Arrebatador?

– Exato. Todas as organizações comunitárias os têm. A função deles é conseguir mão de obra confiável para a fazenda, pessoas que não sejam elegíveis para revezamento... pessoas que não possam simplesmente largar as ferramentas e sair andando quando as coisas apertam. No entanto, quase todo mundo consegue assistência suficiente para continuar vivo, qualquer um que não esteja na lista nojenta do governo.

– Então, ele fugiu antes do julgamento?

Ela confirmou com a cabeça.

– Era o caso de escolher entre a vida na comunidade, que ele sabia que não seria fácil, e receber ajuda do governo após alguns anos de trabalho em uma fazenda da prisão; ex-detentos não conseguem trabalhos legais. Eles perderam o imóvel, que havia servido como fiança, mas o governo teria confiscado de qualquer forma depois que meu pai fosse preso. Então, o arrebatador ofereceu a meus pais novas identidades, transporte para a comunidade, um chalé e um pedaço de terra. Eles aceitaram.

– E qual foi o preço?

– O arrebatador mesmo não deve ter recebido nada. A comunidade ficou com os vales de alimentação. Foi-lhes permitido conservar o dinheiro, embora eles não tivessem muito...

– O que acontece se forem pegos?

– Sem chance – disse Marygay, rindo. – As comunidades respondem por mais da metade da produção nacional... Eles são, na verdade, um braço não oficial do governo. Tenho certeza de que sabem exatamente onde eles estão... Papai resmunga que esta, de certa forma, é apenas uma forma poética de prisão.

– Que situação estranha...

– Bom, faz com que a terra seja cultivada. – Ela empurrou o prato de sobremesa a apenas 1 centímetro de distância. – E eles podem comer melhor do que muitos por aí, melhor do que jamais conseguiram na cidade. Minha mãe conhece cem diferentes maneiras de preparar frango com batatas.

Depois do jantar, fomos a uma apresentação de música. O hotel nos havia providenciado ingressos para uma "releitura cultural" da antiga ópera rock *Hair*. O programa explicava que foram tomadas algumas liberdades com a coreografia original, porque na época não era permitido coito de verdade no palco. A música era agradável e antiga, mas nenhum de nós era tão velho a ponto de ficar com os olhos marejados de nostalgia com aquilo. Ainda assim, era muito melhor que os filmes que eu havia visto, e algumas proezas físicas eram um tanto inspiradoras. Dormimos até tarde na manhã seguinte.

Assistimos obedientes à troca da guarda no Palácio de Buckingham, percorremos o Museu Britânico, comemos peixe com batatas fritas, fomos até Stratford-on-Avon e vimos, no Old Vic, uma peça incompreensível sobre um rei louco. Não entramos em nenhuma enrascada até o dia anterior à nossa viagem para Lisboa.

Eram mais ou menos duas da manhã e dirigíamos nossos triciclos por uma rua quase deserta. Viramos uma esquina e vimos uma gangue de garotos espancando uma pessoa. Gritei alto e saltei do veículo, disparando minha arma acima de suas cabeças.

Era uma garota que eles estavam atacando – era estupro. A maioria fugiu, mas um deles sacou uma pistola do casaco e atirei. Lembro de ter tentado mirar em seu braço. O disparo o atingiu no ombro, arrancando o braço e o que parecia ser metade do peito. Ele foi arremessado a uns 2 metros contra a lateral de um prédio e devia já estar morto antes de tocar o chão.

Os outros correram. Um deles ainda tentava atirar em mim com uma pequena pistola. Fiquei bastante tempo observando ele tentar me matar antes de pensar que deveria revidar. Disparei apenas uma vez para cima, e ele desapareceu em um beco.

A garota olhava aturdida em volta. Viu o corpo do agressor mutilado e, cambaleando, saiu correndo e gritando, nua da cintura para baixo. Eu sabia que devia tentar detê-la, mas não conseguia falar, e meus pés pareciam enterrados na calçada. Uma porta do triciclo bateu, e Marygay foi ao meu encontro.

– O que acont... – Ela engasgou, vendo o cadáver do rapaz. – O que ele estava fazendo?

Fiquei ali parado, estupefato. Certamente, eu vira muitas mortes nos últimos dois anos, porém, aquilo era diferente... Não havia nada de nobre em ser esmagado até a morte porque houve falha em algum componente eletrônico, em ser congelado vivo por causa de um problema com o traje ou mesmo em morrer em uma troca de tiros com o inimigo incompreensível... Mas a morte parecia natural naquele cenário. Não em uma singular ruazinha da antiquada Londres, não por tentar roubar algo que a maioria daria de graça.

Marygay puxava meu braço.

– Temos de sair daqui. Eles vão fazer *lavagem cerebral* em você!

Ela tinha razão. Virei, dei um passo e caí no concreto. Olhei para a perna que havia me traído, e sangue vermelho e brilhante pulsava de um pequeno buraco em minha panturrilha. Marygay rasgou uma tira de sua blusa e começou a fazer uma bandagem. Lembro-me de ter pensado que não era um ferimento grande o bastante para eu entrar em choque, mas meus ouvidos começaram a zunir, fiquei zonzo e tudo se tornou vermelho e desfocado. Antes que eu desmaiasse, ouvi uma sirene ao longe.

Felizmente, a polícia pegou a garota também, que estava vagando a algumas quadras dali. Eles compararam a versão dela com a minha, ambos sob o efeito de hipnose. Liberaram-me logo em seguida, mas somente após uma severa advertência para que eu deixasse que o serviço da polícia fosse executado por profissionais da polícia.

Eu queria sair das cidades, colocar uma mochila nas costas e caminhar no meio do mato por um tempo para colocar a cabeça em ordem. Marygay também queria. Tentamos fazer alguns planos, mas descobrimos que o interior estava pior do que as cidades. As fazendas eram praticamente campos armados; as áreas vizinhas estavam dominadas por gangues nômades que sobreviviam fazendo incursões-relâmpago em vilas e fazendas, assassinando e roubando em poucos minutos para depois desaparecer na floresta antes que chegasse qualquer ajuda.

Mesmo assim, os britânicos chamavam sua ilha de "o país mais civilizado da Europa". Pelo que ouvimos a respeito da França, Espanha e Alemanha (especialmente a Alemanha), eles deviam estar certos.

Conversei com Marygay e decidimos interromper nossa viagem e voltar para os Estados Unidos. Poderíamos retomar nossa jornada depois que nos acostumássemos com as mudanças do século 21. Era "estrangeirismo" demais para absorver de uma só vez.

A empresa do dirigível reembolsou a maior parte do nosso dinheiro e tomamos um convencional voo suborbital de volta para casa. A altitude fez minha perna latejar, embora estivesse quase curada. Avançara-se muito no tratamento de ferimentos a arma de fogo nos últimos vinte anos. Muita prática.

Nós nos separamos em Ellis. A descrição que ela fez da vida na comunidade atraiu-me mais que a da cidade. Fiz planos para encontrá-la dali a uma semana e voltei para Washington.

VINTE E CINCO

Toquei a campainha, e uma estranha atendeu a porta, abrindo-a alguns poucos centímetros, olhando-me pelo vão.

– Com licença – falei. – Aqui não é a residência da sra. Mandella?

– Ah, você deve ser William! – Ela fechou a porta, tirou o trinco e a abriu bem. – Beth, olhe quem está aqui!

Minha mãe veio da cozinha para a sala, secando as mãos em uma toalha.

– Willy... o que está fazendo em casa tão cedo?

– Bom, é... é uma longa história.

– Sente-se, sente-se – a outra mulher convidou. – Deixe-me pegar uma bebida para você, não comece até eu voltar.

– Espere – pediu minha mãe. – Eu nem mesmo os apresentei. William, esta é Rhonda Wilder. Rhonda, este é William.

– Eu queria muito conhecê-lo... – ela falou. – A Beth me contou tudo sobre você... Uma cerveja gelada, certo?

– Certo.

Rhonda era uma mulher de meia-idade agradável e bem-arrumada. Fiquei imaginando por qual razão ainda não a havia conhecido. Perguntei a minha mãe se era alguma vizinha.

– Hum... na verdade, ela é um pouco mais do que isso, William. Ela mora comigo já faz alguns anos. Por isso eu tinha um quarto extra quando você voltou. Não é permitido a uma pessoa solteira ter uma residência com dois quartos.

— Mas por quê...

— Não lhe contei antes porque não queria que você sentisse que a estava expulsando do quarto enquanto estivesse aqui. E de fato não estava. Ela...

— Isso mesmo. — Rhonda voltou com a cerveja. — Tenho parentes na Pensilvânia, no interior. Posso ficar com eles a qualquer hora.

— Obrigado. — Peguei a cerveja. — Na verdade, não vou ficar aqui por muito tempo. Estou meio que de mudança para Dakota do Sul. Posso encontrar outro lugar para dormir.

— Ah, não — Rhonda disse. — Posso ficar com o sofá.

Eu era um homem à moda antiga e não podia permitir tal coisa. Discutimos o assunto por um minuto e fiquei com o sofá.

Falei para Rhonda quem era Marygay; contei-lhe sobre nossas experiências perturbadoras na Inglaterra e que retornamos para nos recuperar. Esperava que minha mãe fosse ficar horrorizada com o fato de eu ter matado um homem, mas ela aceitou sem fazer nenhum comentário. Rhonda falou alguma coisa sobre andarmos na cidade após a meia-noite, ainda mais sem guarda-costas.

Conversamos sobre esse e outros assuntos até tarde da noite, quando mamãe chamou seu guarda-costas e saiu para trabalhar.

Algo me incomodou durante a noite toda: o jeito como minha mãe e Rhonda se tratavam. Decidi perguntar abertamente, assim que minha mãe partiu.

— Rhonda... — Acomodei-me na cadeira diante dela.

Eu não sabia exatamente como iniciar o assunto.

— Qual... qual é exatamente sua relação com minha mãe?

Ela deu um bom gole em sua bebida.

— Boas amigas. – Ela olhou para mim com um misto de desafio e resignação. – Muito boas amigas. Algumas vezes amantes.

Senti-me vazio e perdido. Minha mãe?

— Ouça – ela continuou. – É melhor você parar de tentar viver nos anos 1990. Talvez este não seja o melhor dos mundos, mas é nele que está inserido.

Ela veio em minha direção e pegou minha mão, quase se ajoelhando na minha frente. Sua voz ficou mais suave.

— William... veja, sou apenas dois anos mais velha que você... nasci dois anos antes... o que quero dizer é que posso entender como você se sente. Bem... sua mãe entende também. Nosso... relacionamento não é segredo para ninguém. É perfeitamente normal. Muita coisa mudou nestes últimos vinte anos. Você tem de mudar também.

Não falei nada.

Ela se ergueu e disse em tom firme:

— Você acha que, pelo fato de sua mãe ser sexagenária, não necessita de amor? Ela precisa mais do que você. Mesmo agora. Especialmente agora.

Havia acusação em seus olhos.

— Especialmente agora, com você retornando do passado, relembrando-a quão velha ela é. Quão... que sou vinte anos mais jovem. – Sua voz ficou trêmula e falha, e ela correu para o quarto.

Deixei um bilhete para minha mãe dizendo que Marygay havia me ligado. Uma emergência aparecera, e eu precisava ir imediatamente a Dakota do Sul. Chamei um guarda-costas e parti.

Um ônibus velho, desconjuntado, barulhento e com vazamento de ozônio me deixou na intersecção de uma estrada ruim com outra pior ainda. Levei uma hora para percorrer os 2 mil quilômetros até as Cataratas de Sioux, duas horas para pegar um heiicóptero até Geddes, a 150 quilômetros dali, e três horas esperando e sacolejando dentro de um ônibus caindo aos pedaços durante os últimos 12 quilômetros até Freehold, a organização de comunidades na qual a família Potter tinha seu pedaço de terra. Fiquei me perguntando se a progressão continuaria e se eu teria que caminhar mais quatro horas por aquela estrada de terra até a fazenda.

Demorou meia hora para que eu avistasse uma construção. Minha mala estava começando a ficar intoleravelmente pesada, e a pistola volumosa esfolava meu quadril. Percorri um caminho de pedras até a porta de um domo simples feito de plástico e puxei uma corda que fez uma campainha soar do lado de dentro. Alguém espiou pelo olho mágico.

– Quem é? – perguntou uma voz amortecida pela madeira grossa.

– Estranho pedindo informações.

– Pergunte. – Não dava para saber se era mulher ou criança.

– Estou procurando a fazenda da família Potter.

– Só um segundo. – Passos se afastaram e retomaram. – Siga pela estrada por mais 1,9 quilômetro. Muitas batatas e vagens à sua direita. Provavelmente, você sentirá o cheiro das galinhas.

– Obrigado.

– Se quiser água, temos uma bomba nos fundos. Não posso deixá-lo entrar sem a presença de meu marido.

– Eu entendo. Muito obrigado.

A água tinha gosto metálico, mas estava deliciosamente fresca.

Eu não reconheceria uma plantação de batatas ou vagens nem se estivesse logo abaixo dos meus pés, mas sabia dar passos de meio metro. Então resolvi contar até 3.800 e respirar fundo. Achei que conseguiria distinguir entre o cheiro de fezes de frango e a ausência dele.

Lá pelo passo 3.650, havia um caminho sulcado que levava a um complexo de abóbadas de plástico e construções retangulares aparentemente feitas de relva. Havia um cercado em torno de uma pequena explosão demográfica de frangos. Eles tinham um cheiro característico, mas não era forte.

Na metade do caminho, uma porta se abriu e Marygay veio correndo até mim, vestindo um pedaço minúsculo de pano. Após um evasivo, mas gratificante abraço, ela perguntou o que eu estava fazendo ali tão cedo.

– Ah, minha mãe tinha amigos hospedados na casa dela. Eu não queria expulsá-los de lá. Acho que eu deveria ter ligado antes, né?

– Com certeza... Teria economizado esta longa e poeirenta caminhada... Mas temos bastante espaço, não se preocupe.

Marygay me levou para dentro para conhecer seus pais, que me cumprimentaram de modo efusivo e, definitivamente, fizeram-me sentir que estava vestindo muita roupa. Seus rostos, mesmo com poucas rugas, revelavam a idade, mas seus corpos eram firmes.

Como aquele jantar era uma ocasião especial, deixaram os frangos vivos, abriram uma lata de carne e a cozinharam com repolho e algumas batatas. Para o meu paladar pouco refinado, aquela comida parecia igual à servida no dirigível e em Londres.

Enquanto tomávamos café e comíamos queijo de cabra (eles se desculparam por não ter vinho; a comunidade teria uma nova safra em algumas semanas), perguntei que tipo de trabalho eu poderia realizar.

– Will – disse o sr. Potter –, não me acanho em dizer que sua vinda foi uma benção. Temos cinco acres que estão ociosos, meu caro, porque falta mão de obra. Você pode começar amanhã mesmo, arando um acre por vez.

– Mais batatas, pai? – perguntou Marygay.

– Não, não... não nesta estação. Soja... servirá como moeda de troca e é boa para o solo. E, Will, à noite, nós nos revezamos para montar guarda. Como somos quatro agora, poderemos dormir bem mais. – Ele tomou um grande gole de café. – Agora, o que mais...?

– Richard – interrompeu-o a sra. Potter –, fale a respeito da estufa.

– Isso mesmo, a estufa. A comunidade tem uma estufa de dois acres a cerca de 1 quilômetro daqui, próximo ao centro recreativo. Uvas e tomates, na maior parte. Todos passam uma manhã ou uma tarde por semana lá. Por que vocês não vão lá esta noite? Mostre ao Will a fabulosa vida noturna de Freehold... Às vezes, é possível participar de um emocionante jogo de damas.

– Ah, papai... não é tão ruim assim!

– Tem razão. Eles têm uma biblioteca razoável e um terminal ligado à Biblioteca do Congresso que funciona à base de moedas. Marygay me contou que você gosta muito de ler. Isso é ótimo!

– Parece fascinante! – Realmente. – Mas e com relação à guarda?

– Sem problemas. A sra. Potter (April) e eu vamos ficar com as primeiras quatro horas... Ah! – ele disse, levantando-se. – Deixe-me mostrar as instalações.

Fomos para os fundos, até a "torre", uma cabana feita

com sacos de areia sobre estacas. Subimos uma escada de cordas e passamos por um buraco no meio da cabana.

– Aqui é um pouco pequeno para duas pessoas – disse Richard. – Sente-se!

Havia um velho banco de piano ao lado do buraco no chão. Sentei-me nele.

– É útil poder avistar todo o campo sem ficar com torcicolo. Apenas não gire na mesma direção o tempo todo.

Ele abriu um caixote de madeira e revelou um fuzil lustroso, envolto em trapos oleosos.

– Reconhece isto?

– Claro. – Eu tivera de dormir com um durante o treinamento básico. – Um T-16, modelo militar, semiautomático, calibre 12... Onde diabos o senhor arranjou um destes?

– A comunidade foi a um leilão do governo. É uma antiguidade agora, filho. – Ele me passou a arma e a desmontei. Limpa, muita limpa.

– Já foi usada alguma vez?

– Não em quase um ano. Munição custa muito para ficar praticando tiro ao alvo. Mas você pode dar alguns tiros, caso queira se certificar de que ainda funciona.

Verifiquei a mira e vi apenas um verde brilhante. Pronta para a noite. Recoloquei no logaritmo zero, ajustei a ampliação para dez e remontei a arma.

– Marygay não quis experimentá-la. Disse que já teve sua cota... Eu não quis pressioná-la, mas uma pessoa tem de confiar em seu equipamento.

Desativei a trava de segurança e apontei para um monte de terra que o medidor acusava estar entre 100 e 120 metros de distância. Ajustei para 110, apoiei o cano do fuzil nos sacos de areia, centralizei o monte na mira e apertei o gatilho. O tiro saiu assobiando e espalhando terra para todos os lados.

– Ótimo.

Ajustei novamente para uso noturno, ativei a trava de segurança e a entreguei de volta a Richard.

– O que aconteceu um ano atrás?

Ele a embrulhou com bastante cuidado, mantendo os trapos longe da lente.

– Alguns salteadores invadiram. Desferi alguns disparos e os espantei.

– Legal... E o que é um salteador?

– É, você não sabe. – Ele bateu as cinzas de um cigarro de tabaco e me passou a caixa. – Não sei por que simplesmente não os chamam de ladrões, é o que de fato são. Assassinos também, às vezes. Eles sabem que a maior parte dos membros da comunidade está bem de vida. Se você planta para vender, consegue ficar com metade do dinheiro; além disso, muitos de nossos membros eram prósperos quando vieram para cá. De qualquer forma, os salteadores tiram vantagem de nosso relativo isolamento. Eles vêm da cidade e tentam agir furtivamente, geralmente atacam um lugar e fogem em seguida. Na maioria das vezes, não vêm até tão longe, mas as fazendas que ficam mais próximas da estrada... Ouvimos tiros a cada quinze dias em média. Normalmente, são só para espantá-los. Mas, quando os tiros não cessam, é ligada uma sirene e a comunidade entra em alerta.

– Não parece muito justo com as pessoas que vivem perto da estrada.

– Existem compensações. Eles apenas contribuem com a metade do que contribuímos. E possuem artilharia mais pesada.

Marygay e eu pegamos as duas bicicletas da família e pedalamos até o centro recreativo. Caí apenas duas vezes, pois a estrada era esburacada e estava escuro.

O centro era um pouco mais animado do que Richard descrevera. Uma jovem moça nua dançava sensualmente junto a alguns tambores caseiros, próximos ao outro extremo do domo. Ela ainda estava na escola; tratava-se de um projeto para a aula de "relatividade cultural".

Na verdade, a maioria das pessoas ali era jovem, e por isso ainda estava na escola. Contudo, consideravam os estudos uma brincadeira. Após aprender a ler e a escrever e ser aprovada no teste básico de alfabetização, a pessoa tinha de cursar apenas uma matéria por ano; e, em algumas delas, para ser aprovado bastava ter-se inscrito. Tinha a ver com os "dezoito anos de educação compulsória" com que nos amedrontaram no Portal Estelar.

Outras pessoas estavam entretidas com jogos de tabuleiro, lendo, assistindo à performance da garota ou apenas conversando. Havia um bar que servia soja, café e uma leve cerveja caseira. Não vi um único vale de alimentação; tudo era feito pela comunidade ou comprado fora com vales dela.

Travamos uma discussão sobre a guerra com uma porção de pessoas que sabiam que Marygay e eu éramos veteranos. É difícil descrever a atitude delas, que era bem semelhante. Estavam irritadas com o fato de termos consumido tanto dinheiro do contribuinte e estavam convencidas de que os taurianos nunca seriam um perigo para a Terra, mas sabiam que quase metade dos empregos no mundo estava associada à guerra e que, se ela terminasse, tudo ruiria.

Para mim, tudo já estava caótico, mas eu não havia crescido neste mundo. E eles nunca tinham conhecido um "período de paz".

Fomos para casa lá pela meia-noite. Marygay e eu ficamos duas horas de guarda cada um. No meio da manhã seguinte, desejei ter dormido mais.

O arado era uma grande lâmina sobre rodas com dois cabos que permitiam guiá-lo, era movido a energia atômica. Mas não exigia muita força, só o suficiente para movê-lo para a frente lentamente caso a lâmina estivesse em terra fofa. Não é preciso dizer que não havia muita terra fofa nos cinco acres de terra ociosa. O arado entrava alguns centímetros, ficava preso, eu liberava a lâmina até voltar à superfície, então avançava mais alguns centímetros. Terminei um décimo de acre no primeiro dia e, com o tempo, aumentei para um quinto de acre por dia.

Era trabalho duro, pesado, mas agradável. Eu tinha um fone de ouvido que tocava músicas de fitas velhas da coleção de Richard, e o sol me bronzeava. Eu estava começando a pensar que poderia viver assim para sempre, quando, de repente, tudo acabou.

Certa noite, Marygay e eu estávamos lendo no centro recreativo quando ouvimos disparos ao longe, na estrada. Decidimos que seria mais sensato voltar para casa. Estávamos a menos da metade do caminho quando os tiros começaram a vir pela nossa esquerda, em uma linha que parecia estender-se da estrada até o centro recreativo: um ataque coordenado. Tivemos de abandonar as bicicletas e rastejar sobre as mãos e os joelhos pela vala de drenagem ao lado da estrada, com balas silvando sobre nossas cabeças. Um veículo pesado passou fazendo estrondo, atirando para a direita e para a esquerda. Rastejamos mais de vinte minutos até chegar em casa. Passamos por duas fazendas que ardiam em chamas. Fiquei aliviado por nossa casa não ser feita de madeira.

Percebi que nossa torre não estava desferindo disparos de retaliação, mas não disse nada. Entramos correndo em casa, passando por dois corpos estranhos estirados na entrada.

April estava caída no chão, ainda viva, mas sangrando por uma centena de minúsculos ferimentos. A sala de estar estava cheia de pó e escombros; alguém deve ter jogado uma bomba pela porta ou pela janela. Deixei Marygay com a mãe e corri para a torre. A escada não estava baixada, então tive de subir por uma das estacas.

Richard estava sentado, curvado sobre o fuzil. No pálido brilho esverdeado que vinha da mira da arma, pude ver um buraco acima de seu olho esquerdo. Um pouco de sangue havia escorrido da ponta de seu nariz e secado.

Deitei seu corpo no chão e cobri sua cabeça com minha camisa. Enchi meus bolsos com pentes de balas e levei o fuzil para dentro de casa.

Marygay tentou ajeitar a mãe de forma confortável. Elas conversavam bem baixo. Ela segurava minha pistola e havia outra arma no chão, ao seu lado. Quando entrei, olhou-me e acenou seriamente, sem chorar.

April sussurrou alguma coisa, e Marygay perguntou:

– Minha mãe quer saber se... papai sofreu muito. Ela sabe que ele está morto.

– Não. Tenho certeza de que não sentiu nada.

– Que bom.

– Já é alguma coisa. – Devia ter mantido minha boca fechada. – É bom, sim.

Chequei as portas e as janelas, procurando um bom ponto de observação. Não encontrava lugar nenhum que não permitisse que um pelotão inteiro me pegasse desprevenido.

– Vou para fora, subir no topo da casa. – Não podia voltar à torre.

– Não atire, a menos que entre alguém... Talvez pensem que o lugar está deserto.

Quando consegui subir até o telhado feito de grama, o caminhão estava voltando pela estrada. Pela mira, pude ver que havia quatro homens dentro dele: quatro na cabine e um na caçamba, portando uma metralhadora, rodeado por objetos saqueados. Ele estava agachado entre dois refrigeradores, mas eu conseguia mirá-lo claramente. Esperei, por não querer chamar a atenção. O caminhão parou em frente da casa por alguns instantes e deu a volta. A janela do veículo provavelmente era à prova de balas, mas consegui uma visão perfeita do rosto do motorista e fiz um disparo. Ele deu um salto quando a bala ricocheteou, fazendo um zunido e deixando uma estrela opaca no plástico, e o homem que estava na caçamba abriu fogo. Uma intensa saraivada de balas passou zunindo sobre minha cabeça; eu podia ouvir o impacto das balas nos sacos de areia da torre. Ele não me viu.

O caminhão estava a menos de 10 metros quando os tiros cessaram. Ele evidentemente estava recarregando, escondido atrás do refrigerador. Mirei com cuidado e, assim que ele apareceu para atirar, acertei-o na garganta. A bala saiu pela parte superior do seu crânio.

O motorista virou o caminhão fazendo um grande arco, de maneira que, quando parou, a porta da cabine estava alinhada com a porta da casa. Isso os protegeu da torre e de mim, embora eu duvidasse que soubessem onde eu estava. Um T-16 quase não faz barulho e não emite clarão. Tirei meus sapatos e me aproximei, cuidadosamente, do topo da cabine, esperando que o motorista saísse pela porta a seu lado. Uma vez que ela fosse aberta, eu poderia encher a cabine com balas que ricocheteariam.

Não deu certo. A outra porta, oculta pela saliência do teto, abriu primeiro. Esperei pelo motorista e torci para que

Marygay estivesse bem escondida. Eu não deveria ter me preocupado.

Pude ouvir um estrondo ensurdecedor, depois outro, e mais outro. O caminhão balançou com o impacto de milhares de pequenos dardos. Ouvi um grito curto que o segundo tiro calou.

Saltei do caminhão e corri para a porta dos fundos. Marygay estava com a cabeça da mãe pousada em seu colo, e alguém estava chorando baixinho. Dirigi-me até elas. Pude sentir o rosto de Marygay seco sob minhas mãos.

– Bom trabalho, querida.

Ela não disse nada. Era possível ouvir um contínuo gotejar vindo da porta. O ar estava acrimonioso com a fumaça e o cheiro de carne fresca. Ficamos amontoados até o amanhecer.

Pensei que April estivesse dormindo, mas sob a luz fraca seus olhos estavam bem abertos e enevoados; sua respiração estava fraca e a pele, pálida e com sangue ressecado. Ela não respondia quando falávamos com ela.

Um veículo surgiu na estrada. Então peguei o rifle e saí. Era um caminhão velho com um dos lados coberto por um lençol branco. Um homem de pé na parte de trás, com um megafone, repetia: "Feridos, feridos". Acenei para eles, e o caminhão aproximou-se. Levaram April em uma maca improvisada e nos disseram para qual hospital estavam indo. Queríamos ir junto, mas simplesmente não havia espaço: a caçamba do caminhão estava cheia de pessoas feridas de diferentes maneiras.

Marygay não queria voltar para dentro de casa, pois estava ficando claro e ela veria os homens que matara. Voltei para pegar alguns cigarros e me forcei a encarar aquilo. Estava tudo um grande caos, mas isso não me incomodou tanto. *Aquilo* sim me incomodou: defrontar-me com uma pilha de carne humana e, principalmente, reparar nas moscas, nas formigas e no mau cheiro. A morte é muito mais asseada no espaço.

Enterramos o pai dela nos fundos da casa e, quando o caminhão voltou com o pequeno corpo de April envolto em uma mortalha, nós a enterramos ao lado dele. O saneamento da comunidade apareceu pouco tempo depois, e alguns homens com máscaras de gás deram um jeito nos corpos dos salteadores.

Sentamo-nos ao sol e, finalmente, Marygay chorou, por um longo tempo, silenciosamente.

VINTE E SEIS

Saímos do avião em Dulles e pegamos um trem para Columbia.

Era uma agradável mistura de vários tipos de construções dispostas em torno de um lago rodeado por árvores. Todos os edifícios eram ligados, por calçada rolante, a um local mais amplo: um grande salão com lojas, escolas e escritórios.

Poderíamos ter pego a calçada fechada que levava até o prédio onde morava a minha mãe, mas, em vez disso, caminhamos pela lateral externa, ao ar livre e frio com cheiro de folhas caídas. As pessoas deslizavam do outro lado do plástico, tomando cuidado para não encararem umas às outras.

Mamãe não atendeu à porta, mas ela tinha me dado um cartão de entrada. Estava dormindo em seu quarto, então Marygay e eu nos acomodamos na sala de estar e ficamos lendo por algum tempo.

De repente, fomos surpreendidos por um acesso de tosse alta vindo do quarto. Corri até lá e bati na porta.

– William? Eu não... – Mais tosse. – Entre, eu não sabia que você...

Ela estava escorada na cama, a luz acesa, cercada de remédios, a cara pálida e enrugada. Acendeu um baseado, o que pareceu abrandar a tosse.

– Quando vocês chegaram? Eu não sabia...

— Faz só alguns minutos. Há quanto tempo...? Você está...?
— Ah, é só uma virose que peguei após Rhonda ter ido visitar os filhos. Estarei bem em alguns dias.

Ela começou a tossir novamente e tomou um líquido vermelho e grosso de um vidro de remédio. Todos os seus remédios pareciam ser variedades comerciais.

— Você foi ao médico?
— Médico? Céus, não, Willy. Eles não têm... não é nada sério... não...
— Nada sério? Aos 84 anos! Pelo amor de Deus, mamãe!

Fui até o telefone na cozinha e, com certa dificuldade, consegui ligar para o hospital.

Uma garota não muito bonita, com cerca de 20 anos, apareceu no cubo.

— Enfermeira Donalson, serviços gerais.

Seu sorriso não mudava, sinal de sinceridade profissional. Mas todos sorriam.

— Minha mãe precisa de um médico. Ela está com...
— Nome e número, por favor.
— Beth Mandella — soletrei. — Que número?
— Número de serviços médicos, é claro. — Ela sorriu.

Chamei minha mãe e perguntei-lhe qual era o número.

— Ela disse que não lembra.
— Tudo bem, senhor. Tenho certeza de que consigo encontrar o registro dela. — A enfermeira virou o sorriso para um teclado a seu lado e digitou um código.
— Beth Mandella? — falou, o sorriso tornando-se confuso. — *Você é* filho dela? Ela deve ter por volta de 80 anos.
— Por favor, é uma longa história. Ela realmente precisa de um médico.
— Isso é algum tipo de piada?
— Como assim? — A tosse chegava do quarto abafada, es-

tava piorando. – Sério... parece ser bem sério o que ela tem. Você precisa...

– Mas, senhor, a sra. Mandella tem taxa de prioridade zero desde 2010.

– *Que diabos significa isso?*

– Se-nhor... – O sorriso estava começando a parecer forçado.

– Olha só. Finja que vim de outro planeta. O que é "taxa de prioridade zero"?

– Outro... ah! Eu conheço você! – Desviou o olhar para a esquerda. – Sonya... dê um pulinho aqui. Você não vai acreditar quem...

Outro rosto ocupou o cubo, uma moça loira, insípida, cujo sorriso era igual ao da outra enfermeira.

– Lembra dele? No noticiário desta manhã?

– Claro! – ela falou. – Um dos soldados... Nossa, isto é o máximo! – A cabeça dela afastou-se.

– Ah, sr. Mandella – ela disse efusivamente. – Não é à toa que você está confuso. Mas é bem simples.

– E então?

– Faz parte do Sistema Universal de Seguro Médico. Todo mundo recebe uma avaliação em seu 70º aniversário. Vem automaticamente de Genebra.

– O que isso avalia? O que significa? – A terrível verdade era óbvia.

– Bem, diz o quanto a pessoa é importante e qual o nível de tratamento que lhe é permitido. Classe 3 é o mesmo que todo mundo; classe 2 é o mesmo, exceto pelo prolongamento de vida...

– E classe zero é nenhum tipo de tratamento.

– Exato, sr. Mandella. – Em seu sorriso não havia nenhum traço de piedade ou compreensão.

– Obrigado.

Desliguei logo em seguida. Marygay estava atrás de mim, chorando baixinho, com a boca muito aberta.

Encontrei um tubo de oxigênio para montanhistas em uma loja de artigos esportivos e consegui arranjar alguns antibióticos contrabandeados por intermédio de um sujeito em um bar em Washington. Porém, minha mãe estava longe de conseguir responder a um tratamento amador. Ela viveu apenas mais quatro dias. As pessoas no crematório tinham o mesmo sorriso fixo.

Tentei contatar meu irmão, Mike, na Lua, mas a companhia telefônica só me deixou fazer a ligação depois que assinei um contrato e depositei uma taxa de 25 mil. Tive de obter uma transferência de crédito de Genebra e levei meio dia para tratar da papelada.

Finalmente consegui falar com meu irmão. Sem preâmbulos:

– Mamãe está morta.

Por uma fração de segundo, as ondas de rádio direcionaram-se à Lua e, noutra fração, voltaram. Ele espantou-se e, então, acenou lentamente com a cabeça.

– Não é surpresa. Todas as vezes que desci à Terra nos últimos dez anos, eu me perguntava se ela ainda estaria por aí. Nenhum de nós tinha dinheiro suficiente para manter um contato mais próximo.

Ele nos disse que, em Genebra, mandar uma carta da Lua para a Terra custa 100 calorias... mais 5 mil de impostos! Isso desencorajava a comunicação com o que as Nações Unidas consideravam ser um monte de anarquistas lamentavelmente necessários.

Solidarizamo-nos por alguns instantes, e em seguida Mike disse:

– Willy, a Terra não é lugar para você e Marygay; agora você sabe disso. Venha para a Lua, onde você ainda pode ser alguém, onde não jogamos para fora da câmara de compressão pessoas que completam 70 anos.

– Teríamos de voltar para a FENU.

– Verdade, mas não teriam de lutar. Eles disseram que precisam de vocês mais para treinamento. Você poderia estudar em suas folgas, atualizar seus conhecimentos de física... talvez acabar fazendo pesquisa.

Conversamos mais um pouco, num total de três minutos. Recebi mil calorias de volta.

Marygay e eu conversamos sobre o assunto à noite. Talvez nossa decisão tivesse sido diferente se não estivéssemos ali, cercados pela vida e morte de minha mãe. Contudo, quando amanheceu, o orgulho, a ambição e a beleza cuidadosa de Columbia tornaram-se sinistros e agourentos.

Arrumamos nossas malas, transferimos nosso dinheiro para a União de Crédito de Tycho e pegamos um trem para o Cabo.

– Caso tenham interesse em saber, vocês não são os primeiros veteranos de combate a voltar.

O oficial recrutador era um tenente musculoso, de sexo indefinido. Lancei uma moeda mentalmente e deu coroa...

– Na última vez que ouvi falar, haviam sido nove – prosseguiu ela com voz rouca de tenor. – Todos optaram pela Lua... Talvez vocês encontrem alguns de seus amigos por lá. – Deslizou dois simples formulários sobre a mesa. – Assinem e vocês estarão dentro de novo. Segundos-tenentes.

O formulário era uma simples solicitação para voltar à ativa. Nunca estivéramos realmente fora da Força, já que eles haviam estendido a lei de recrutamento... Estávamos apenas inativos. Analisei o documento com atenção.

— Não há aqui nenhuma referência às garantias que nos foram dadas no Portal Estelar.

— Não será necessário. A Força...

— Acho necessário sim, tenente. — Devolvi o formulário; Marygay também.

— Deixe-me dar uma olhada. — Ela se levantou e desapareceu, entrando em uma sala. Após algum tempo, ouvimos o barulho de uma impressora.

A tenente nos trouxe de volta as mesmas duas folhas, com uma informação adicional escrita embaixo de nossos nomes: GARANTIDA A LOCALIDADE ESCOLHIDA [LUA] E A ATRIBUIÇÃO ESCOLHIDA [ESPECIALISTAS EM TREINAMENTO DE COMBATE].

Fomos submetidos a um check-up completo e nos ajustaram em novos trajes de combate. Fizemos nossos arranjos financeiros e embarcamos no transporte da manhã seguinte. Aguardamos acima de um porto terrestre, curtindo a gravidade zero por algumas horas. Depois, pegamos uma condução para a Lua e pousamos na Base Grimaldi.

Na porta que dava para o Quartel de Oficiais Transitórios, algum engraçadinho havia escrito: "Abandonai toda a esperança vós que entrais". Encontramos nosso cubículo para duas pessoas e começamos a nos trocar para a refeição.

Duas batidas soaram na porta, avisando que havia mensagens para nós.

Abri a porta, e o sargento que ali estava me saudou. Apenas olhei para ele por um segundo, então lembrei que eu era um oficial e devolvi a saudação. Ele me estendeu dois faxes idênticos. Entreguei um deles a Marygay, e nós dois ficamos boquiabertos ao mesmo tempo:

** ORDENS ** ORDENS ** ORDENS **

O PESSOAL NOMEADO ABAIXO:
MANDELLA, WILLIAM 2º TEN [11 575 278] COCOMND D CO GRITRABN E POTTER, MARYGAY 2º TEN [17 386 907] CO-COMND B CO GRITRABN ESTÃO POR MEIO DESTA REDE-SIGNADOS PARA:
TEN MANDELLA: COMND 2º PL FORÇA DE ATAQUE POR-TAL ESTELAR THETA.
TEN POTTER: COMND 3º PL FORÇA DE ATAQUE PORTAL ESTELAR THETA.
DESCRIÇÃO DE TAREFAS:
COMANDO DE PELOTÃO DE INFANTARIA NA CAMPANHA EM TET-2.
O PESSOAL ACIMA NOMEADO SE REPORTARÁ IMEDIATA-MENTE AO BATALHÃO DE TRANSPORTE GRIMALDI PARA SER ENCAMINHADO AO PORTAL ESTELAR.

EMITIDO NO PORTAL ESTELAR TACBD/1298-8684-1450/20 AGO 2019.
ASS.:
PELO COMANDANTE DO COMANDO AUTOMÁTICO DA FORÇA DE ATAQUE.

* * ORDENS * * ORDENS * * ORDENS * *

– Eles não perderam tempo, não é mesmo? – disse Marygay, amargamente.
– Deve ser uma ordem prévia. O comando da força de ataque está a semanas-luz de distância daqui. Eles ainda nem têm como saber que fomos reintegrados.

– E a nossa... – Ela não conseguiu terminar a frase.
– A garantia. Bem, recebemos as atribuições que escolhemos. Mas ninguém garantiu que as teríamos por mais de uma hora.
– É tão desprezível.
Dei de ombros.
– É tão militar.
Mas eu não podia afastar a sensação de que estávamos voltando para casa.

TENENTE MANDELLA

2024-2389 D.C.

VINTE E SETE

– Rápido e sujo!

Eu estava olhando para o sargento do meu pelotão, Santesteban, mas falava comigo mesmo e com qualquer um que estivesse ouvindo.

– É isso aí! – disse ele. – Temos de fazer nos primeiros minutos, senão nos ferramos legal. – Ele era prosaico, lacônico... Drogado.

A soldado Collins apareceu com Halliday. Estavam de mãos dadas, à vontade.

– Tenente Mandella? – A voz dela estava um pouco falha. – Podemos ter um momento para nós?

– Só um minuto – respondi abruptamente. – Temos de partir em cinco. Sinto muito.

Difícil olhar aquelas duas juntas agora. Nenhuma delas tinha experiência de combate, mas sabiam o que todos sabiam, quão pequena era a chance de um dia ficarem juntas novamente. Elas correram para um canto e sussurraram algumas palavras, trocaram carícias de maneira mecânica, sem paixão ou conforto. Os olhos de Collins brilhavam, mas ela não estava chorando. Halliday só parecia sombria, entorpecida. Normalmente, ela era de longe a mais bonita das duas, mas sua vivacidade tinha se esvaído, deixando apenas uma couraça apática.

Acostumei-me com a homossexualidade feminina aberta poucos meses depois de deixarmos a Terra. Até parei de me aborrecer com a perda de parceiras em potencial. No entanto, ver homens juntos ainda me dava arrepios.

Tirei a roupa e vesti meu traje, que mais parecia uma concha. Estes trajes novos eram muito mais complicados, com todos os novos itens para manutenção biométrica e manutenção relativa a trauma. No entanto, valia a pena o esforço de vesti-los, para o caso de sermos detonados um pouquinho. Aí, voltaríamos para casa com uma pensão confortável e uma prótese heroica. Eles até falavam na possibilidade de regeneração, pelo menos para pernas e braços amputados. Melhor trabalharem nisso logo, antes que o Paraíso fique cheio de pessoas mutiladas. Paraíso era o novo planeta hospital ou de descanso e recreação.

Terminei a sequência de ajustes, e o traje se fechou sozinho. Cerrei os dentes prevendo a dor que seria provocada pelos sensores internos e tubos de fluidos fincados em meu corpo, mas não a senti. Por causa do desvio do condicionamento neural, sentíamos apenas um deslocamento leve e incômodo, em vez de um monte de cortes.

Collins e Halliday estavam entrando em seus trajes agora, e os outros doze estavam quase prontos. Fui até a plataforma do terceiro pelotão dizer adeus novamente a Marygay.

Ela já estava dentro do seu traje e veio em minha direção. Tocamos nossos capacetes, em vez de usar os rádios. Privacidade.

– Está se sentindo bem, amor?

– Tudo bem – respondeu ela. – Tomei minha pílula.

– É, bons tempos.

Eu também havia tomado a minha, com a premissa de que me faria sentir mais otimista sem interferir na minha capacidade de julgamento. Sabia que a maioria de nós provavelmente morreria, mas não me sentia muito mal por causa disso.

– Dorme comigo esta noite?
– Se nós dois estivermos aqui... – ela respondeu com neutralidade. – Temos de tomar uma pílula para isso também. – Ela tentou rir. – Para dormir, quero dizer. Como os novatos estão encarando? Você tem dez?
– Isso mesmo, dez. Eles estão bem. Dopei-os com um quarto de dose.
– Fiz o mesmo, para tentar deixá-los relaxados.

De fato, Santesteban era o único outro veterano combatente em meu pelotão. Os quatro cabos estiveram na FENU por um tempo, mas nunca haviam lutado.

O alto-falante no osso da minha face chiou: era o comandante Cortez.

– Dois minutos. Alinhem seu pessoal!

Terminamos de nos despedir e voltei para checar meu grupo. Todos tinham vestido o traje sem problemas, então eu os alinhei. Esperamos por um tempo que pareceu eterno.

– Tá legal! Carregando! – Ao final da palavra "carregando", a porta do compartimento à minha frente se abriu (todo o ar da plataforma já tinha sido removido) e encaminhei meu pessoal para a nave de ataque.

As novas naves eram feias como o diabo. Uma mera estrutura aberta com braçadeiras para manter as pessoas no lugar, com lasers giratórios na proa e na popa e pequenas centrais taquiônicas sob os lasers. Tudo automatizado. A máquina permitiria que pousássemos o mais rápido possível para podermos atacar o inimigo. Era uma nave teleguiada descartável que só poderia ser utilizada uma vez. O veículo que nos resgataria, caso sobrevivêssemos, estava bem ao lado, e era muito mais bonito.

Prendemo-nos às braçadeiras, e a nave de ataque partiu da *Sangre y Victoria* impulsionada pelos motores de propulsão. A voz da máquina fez uma breve contagem regressiva, e partimos a uma aceleração de 4 gravidades direto para baixo.

O planeta, para o qual não nos preocupamos em dar nome, era um pedaço de rocha preta sem nenhuma estrela por perto que pudesse lhe fornecer calor. Inicialmente, só podíamos avistá-lo por causa da ausência de estrelas, pois sua massa impedia a passagem da luz, mas, à medida que nos aproximávamos, podíamos ver sutis variações no negror de sua superfície. Pousaríamos no hemisfério contrário ao posto avançado dos taurianos.

Nossa expedição de reconhecimento mostrou que sua base estava localizada no meio de uma planície de lava de centenas de quilômetros de diâmetro. Era bem primitiva se comparada a outras bases taurianas que a FENU havia encontrado, porém nesta não havia como pegá-los de surpresa. Faríamos um deslocamento pelo horizonte por uns 15 quilômetros. Quatro naves convergiriam simultaneamente vindas de diferentes direções. Todos desaceleraríamos como loucos, na esperança de pousar diretamente no colo deles já atirando. Não teríamos como nos esconder.

Eu não estava preocupado, claro. Mas, de certa maneira, preferia não ter tomado aquela pílula.

Nós nos nivelamos a aproximadamente 1 quilômetro da superfície e aceleramos bem mais rápido do que a velocidade de escape do planeta, constantemente corrigindo a rota para evitar que nos afastássemos. A superfície abaixo de nós passava veloz como se fosse um borrão cinza-escuro. Irradiávamos uma pequena luz pseudo-cherenkov produzida pelo nosso exaustor taquiônico, que saía apressada da nossa realidade para uma realidade própria.

A engenhoca pouco graciosa deslizou e pulou por uns dez minutos. De repente, o jato frontal foi acionado e fomos lançados para a frente dentro de nossos trajes. Nossos olhos quase saltaram das órbitas por causa da rápida desaceleração.

– Preparar para ejetar – disse a voz mecânica e feminina. – Cinco, quatro...

Os lasers da nave começaram a atirar, flashes a cada milissegundo congelando a terra lá embaixo em um movimento estroboscópico e espasmódico. Era uma mistura esburacada e confusa de fissuras e rochas negras a poucos metros abaixo de nossos pés. Descemos lentamente.

– Três...

A contagem não pôde ser completada. Surgiu um clarão muito brilhante e vi o horizonte sumir à medida que a cauda da nave caía... Então, atingiu o chão, fazendo-nos rolar terrivelmente. Pedaços de nave e de pessoas se espalharam por todo lado. Depois de rolar, paramos em um ponto acidentado. Tentei me soltar, mas minha perna estava presa embaixo de um destroço da nave. Senti uma dor lancinante e pude ouvir quando a barra de metal esmagou minha perna. Então, a manutenção de traumas acionou *cortar*. Houve mais dor, depois a dor sumiu, e rolei livremente, com a perna amputada deixando um rastro de sangue que, ao congelar, adquiria uma cor preta e brilhante sobre as rochas negras. Senti um gosto de bronze na boca, e minha vista ficou embaçada, com tudo avermelhado; depois foi ficando marrom, como argila de rio; tornou-se mais escuro... e desmaiei, sob o efeito da pílula, pensando *não é tão ruim...*

O traje é feito para resguardar seu corpo o máximo possível. Se você perder uma parte do braço ou da perna, uma das dezesseis íris afiadas como lâmina envolve o membro com a força de uma prensa hidráulica, amputando-o e lacrando o traje antes que você morra por descompressão explosiva. Depois, a "manutenção de trauma" cauteriza o ferimento, repõe o sangue perdido e enche você com "suco da felicidade" e medicação antichoque. Então, ou você morre feliz, ou, se seus camaradas vencerem a batalha, é levado posteriormente de volta para a estação de tratamento da nave.

Vencemos aquele round enquanto eu dormia enfaixado em um algodão escuro. Acordei na enfermaria. Estava lotada. Encontrava-me no meio de uma longa fila de macas, cada uma com uma pessoa que tinha perdido um quarto (ou mais) do corpo, mas que fora salva pelo recurso de manutenção de trauma. Éramos ignorados pelos dois médicos da nave, que estavam absorvidos em rituais sangrentos, sob a luz brilhante das mesas de operação. Fiquei observando-os por um longo tempo, meio cego por conta da luz forte. O sangue em suas túnicas verdes bem que poderia ser graxa; os corpos enfaixados, máquinas esquisitas e maleáveis que estavam sendo consertadas. Mas as máquinas gritavam enquanto dormiam, e os mecânicos murmuravam palavras de consolo enquanto operavam com suas ferramentas besuntadas. Observei, dormi e acordei em diferentes lugares.

Finalmente despertei em um compartimento normal. Estava preso por cintas e era alimentado por um tubo. Eletrodos com biossensores estavam conectados aqui e ali, mas não havia médicos por perto. A única pessoa na pequena sala era Marygay, dormindo na cama ao meu lado. Seu braço estava amputado um pouco acima do cotovelo.

Não quis acordá-la. Apenas olhei para ela por um longo tempo e tentei definir meus sentimentos, procurando filtrar os efeitos das drogas de humor. Olhar para o que sobrava do seu braço não provocava em mim nem empatia nem repulsa. Tentei forçar uma reação, depois outra, mas nada acontecia. Era como se ela sempre tivesse sido daquela maneira. Eram as drogas, o condicionamento, o amor? Teria de esperar para ver.

Subitamente, seus olhos se abriram. E eu soube que ela estava acordada havia algum tempo, dando-me tempo para pensar.

– Olá, brinquedo quebrado – falou.

– Como... como você está se sentindo? – Pergunta inteligente.

Ela pôs os dedos nos lábios, beijando-os, em um gesto familiar.

– Estúpida, entorpecida. Feliz por não ser mais soldado. – Ela sorriu. – Já lhe disseram? Vamos para Paraíso.

– Não. Eu sabia que seria para lá ou para a Terra.

– Paraíso será melhor... qualquer coisa será melhor. Eu queria que já estivéssemos lá.

– Quanto tempo? – perguntei. – Quanto tempo mais até chegarmos lá?

Ela rolou na cama e olhou para o teto.

– Não disseram. Você não conversou com ninguém?

– Acabei de acordar.

– Há uma nova diretriz que não nos informaram antes. A *Sangre y Victoria* foi incumbida de quatro missões. Temos de continuar lutando até que as quatro sejam concluídas. Ou até que tenhamos tantas baixas que seja impraticável continuar.

– Quantas seriam?

– Não sei exatamente. Já perdemos mais ou menos um terço. Mas estamos a caminho de Aleph-7. Incursão calcinha.

Essa era a nova gíria para o tipo de operação cujo principal objetivo era capturar artefatos taurianos e prisioneiros, se possível. Tentei descobrir a origem do termo, mas a única explicação que consegui era muito imbecil.

Com uma batida na porta, o dr. Foster entrou, agitando as mãos.

– Ainda em *camas* separadas? Marygay, pensei que estivesse mais recuperada.

Foster era um cara legal. Era uma mariposa exagerada, mas aceitava a heterossexualidade de forma bem-humorada.

Ele examinou o "toco" de Marygay, depois o meu. Enfiou termômetros em nossas bocas, então não podíamos falar. Quando falou, foi sério e áspero.

– Não vou pegar leve com vocês. Estão sob efeito de drogas até o último fio de cabelo, e a perda que sofreram não os incomodará até a hora em que eu privá-los da medicação. Para minha conveniência, eu os manterei drogados até chegarem a Paraíso. Tenho de tomar conta de 21 amputados. Não temos como lidar com 21 casos psiquiátricos. Aproveitem sua paz de espírito enquanto ainda a têm. Vocês dois, em especial, já que provavelmente vão querer ficar juntos. As próteses que serão implantadas em vocês em Paraíso funcionarão perfeitamente, mas a cada vez que um olhar para a perna ou o braço mecânico do outro, vai pensar como o outro é sortudo. Vocês constantemente despertarão memórias de dor e perda um no outro... Talvez queiram esganar-se em uma semana. Ou poderão compartilhar um tipo de amor taciturno pelo resto da vida. Ou ainda consigam superar tudo isso e dar força um ao outro. Apenas não tentem se enganar, caso não dê certo.

Ele checou o leitor dos termômetros e fez anotações em seu caderno.

– O médico sempre sabe das coisas, mesmo que ele seja um pouco estranho para seus padrões antiquados. Tenham isso em mente.

Tirou o termômetro de minha boca, deu um tapinha no meu ombro e no de Marygay e disse, quando estava à porta:

— Teremos uma inserção colapsar em cerca de seis horas. Uma das enfermeiras os levará até os tanques.

Fomos para os tanques (muito mais confortáveis e seguros que as antigas cápsulas individuais de aceleração), e nos lançaram no campo colapsar de Tet-2, já iniciando as insanas manobras evasivas a 50 gravidades que nos protegeriam dos cruzadores inimigos quando surgíssemos em Aleph-7 um microssegundo mais tarde.

Previsivelmente, a campanha em Aleph-7 foi um fracasso total. Saímos combalidos de lá com apenas duas campanhas concluídas, mas que somavam 54 mortes e 39 mutilados que seguiriam para Paraíso. Apenas doze soldados ainda conseguiam lutar, só que não estavam extremamente empolgados com a ideia.

Foram três saltos colapsares até chegar a Paraíso. Nenhuma nave jamais ia diretamente de uma batalha para lá, mesmo que às vezes o atraso custasse mais algumas vidas. Esse era um dos locais, sem contar a Terra, que os taurianos não podiam encontrar.

Paraíso era um gracioso e intacto planeta, similar à Terra; talvez o que a Terra teria sido, se o homem a tivesse tratado com compaixão em vez de ambição. Florestas virgens, praias brancas, desertos imaculados. As poucas cidades ou harmonizavam-se perfeitamente com o ambiente (uma delas era totalmente subterrânea) ou revelavam de forma gritante a engenhosidade humana: Oceanus, em um recife de corais com seis braças de água sobre seu teto transparente; Boreas, construída no topo de uma montanha aplainada em território polar; e a fabulosa Skye, uma imensa cidade resort que flutuava de um continente a outro, levada pelos ventos alísios.

Pousamos em Limiar, a cidade-floresta, como de costume. Com três quartos ocupados por um hospital, é, de longe, a maior cidade do planeta, mas não dava para constatar isso observando-a de cima, descendo da órbita. O único sinal de civilização era uma pequena pista de pouso e decolagem que aparecia subitamente, um pequeno trecho branco reduzido à insignificância pela estonteante floresta tropical que se estendia desde o leste e um imenso oceano que dominava o outro horizonte.

Sob a cobertura arbórea, a cidade ficava muito mais em evidência. Prédios baixos de pedra e madeira nativas descansavam entre troncos de árvores medindo 10 metros de espessura. Eles eram ligados por discretos caminhos de pedra, com um largo calçadão que levava à praia. A luz do sol era filtrada por entre as folhas, e o ar misturava a doçura da floresta com o cheiro de sal marinho.

Mais tarde, fiquei sabendo que a cidade se estendia por mais de 200 quilômetros quadrados e que era possível pegar metrô para qualquer lugar mais distante. A ecologia de Limiar era cuidadosamente equilibrada e mantida para assemelhar-se à floresta externa, com todos os elementos perigosos e desconfortáveis eliminados. Um poderoso campo de força de repulsão mantinha distantes grandes predadores e insetos que não fossem necessários para a saúde das plantas.

Andamos, mancamos e rodamos em cadeiras de rodas até o edifício mais próximo, onde ficava a recepção do hospital. O resto ficava embaixo, trinta andares subterrâneos. Cada pessoa era examinada e encaminhada para seu quarto. Tentei arranjar um duplo para ficar com Marygay, mas não havia nenhum.

O "ano terráqueo" era 2189. Então eu estava com 215 anos! Nossa, olhe só para este velho rabugento! Alguém me passe o chapéu... Não, não é necessário. O médico que me examinou disse que meu pagamento acumulado seria transferido da Terra para Paraíso. Com juros compostos, eu era quase um bilionário. Ele fez questão de dizer que eu encontraria diversas maneiras de gastar meu bilhão em Paraíso.

Primeiro, eles trataram dos feridos mais graves, por isso demorou vários dias até que eu fosse encaminhado para a cirurgia. Posteriormente, acordei em meu quarto e descobri uma prótese implantada em meu "toco", uma estrutura articulada de metal brilhante que, para meus olhos desacostumados, parecia exatamente o esqueleto de uma perna e um pé. Era esquisito demais estar ali deitado em um saco transparente com fluido e fios conectando-se a uma máquina que ficava no pé da cama.

Um assistente entrou.

– Como está se sentindo, senhor?

Quase disse ao rapaz para parar com aquela baboseira de "senhor"; eu não estava mais no exército, e agora isso era definitivo. Mas devia ser legal para ele continuar tendo a sensação de que eu tinha um posto mais elevado.

– Não sei. Dói um pouco.

– Vai doer pra cacete. Espere até os nervos começarem a crescer.

Nervos?

– Claro. – Ele estava mexendo em alguma coisa na máquina, lendo os indicadores no outro lado. – Como terá uma perna sem nervos? Não serviria pra nada.

– Nervos? Tipo nervos de verdade? Quer dizer que poderei simplesmente pensar "mova-se" e a coisa vai se mover?

– Claro que sim. – Olhou para mim, confuso, e voltou-se, em seguida, para seus ajustes.

Que maravilha!

– As próteses avançaram muito, hein?!

– Pró-o-quê?

– Você sabe, artific...

– Ah, sim, como nos livros. Pernas-de-pau, ganchos e coisas do tipo.

Como diabos ele tinha conseguido emprego?

– Sim, próteses. Como essa coisa na extremidade da minha perna.

– Veja, senhor. – Ele baixou a prancheta em que fazia anotações. – Esteve longe por muito tempo. Isto será uma perna, como a outra, exceto pelo fato de que não quebrará mais.

– Vocês fazem isso com braços também?

– Claro, com qualquer membro. – Ele voltou a escrever. – Fígados, rins, estômagos, todo tipo de coisa. Ainda estamos trabalhando com coração e pulmões; até este momento temos de usar substitutos mecânicos.

– Fantástico! – Marygay ficaria inteira novamente também.

Ele deu de ombros.

– Acho que sim. Esse tipo de coisa é feito desde antes de eu nascer. Quantos anos o senhor tem?

Eu disse, e ele assobiou.

– *Caramba*! Deve estar nessa desde o início.

Seu sotaque era muito estranho. Todas as palavras estavam certas, mas soavam esquisito.

– Sim. Participei do ataque em Épsilon. Campanha de Aleph.

Eles haviam começado a nomear os colapsares com as letras do alfabeto hebraico, por ordem de descobrimento, mas as malditas coisas começaram a aparecer por toda parte, então tiveram de agregar números às letras. O último que ouvira já era Yod-42.

– Nossa, história antiga. Como era tudo antes?

– Não sei. Menos populoso, mais agradável. Voltei para a Terra um ano atrás... diabos, um século atrás. Depende do ponto de vista. Estava tão ruim que decidi me alistar novamente, sabe? Um bando de zumbis. Sem querer ofender.

Ele sacudiu os ombros mais uma vez.

– Nunca estive lá. As pessoas que vêm de lá parecem sentir saudades. Talvez tenha melhorado.

– O quê? Você nasceu em outro planeta? Paraíso? – Agora dava para explicar o sotaque.

– Nascido, criado e alistado. – Ele pôs a caneta de volta no bolso e dobrou a prancheta até atingir o tamanho de uma carteira. – Sim, senhor. Pertenço à terceira geração de anjos. Este é o melhor planeta de toda a FENU. – Ele disse letra por letra e não como se fosse uma palavra, do modo que sempre ouvi. – Olha só, tenho de correr, tenente. Tenho dois outros monitores para checar ainda. – Dirigiu-se à porta. – Se precisar de algo, há uma campainha ali na mesa.

Terceira geração de anjos. Seus avós tinham vindo da Terra, provavelmente quando eu era um jovem centenário. Quantos outros mundos foram colonizados enquanto eu estava por aí? Perde-se um braço, cresce outro novo?

Seria bom se eu sossegasse e vivesse um ano inteiro por cada ano que se passasse.

O rapaz falara sério quanto à dor. E não era só na perna nova, embora ela doesse como óleo fervente. Para que os novos tecidos "pegassem", tiveram de subverter minha resistência corpórea a células alienígenas. Tive câncer em seis partes diferentes do corpo, que foram tratadas uma de cada vez, dolorosamente.

Começava a me sentir bem fatigado, mas ainda assim achava fascinante ver minha perna crescendo. Fios brancos transformavam-se em veias e em nervos. Primeiro ficavam um pouco frouxos, depois se moviam para seus lugares à medida que os músculos cresciam ao redor do osso metálico.

Acabei me acostumando a ver aquilo crescer, então tal visão nunca me causou repulsa. Porém, quando Marygay veio me visitar, foi um golpe... Ela havia sido liberada do repouso antes que a pele de seu novo braço começasse a crescer. Parecia uma demonstração de anatomia ambulante. Recuperei-me do choque, e sempre passávamos algumas horas por dia nos divertindo com algum jogo, fofocando ou apenas sentados, lendo. Enquanto isso, seu braço crescia lentamente dentro de um molde plástico.

Minha pele já estava crescendo havia uma semana antes de tirarem o molde da nova perna e levarem a máquina embora. Era feia como o diabo, sem pelos, de uma cor branca pálida e rija como uma haste metálica. Mas funcionava até certo ponto. Eu conseguia me levantar e arrastar os pés.

Transferiram-me para a ortopedia, para "reeducação motora" (nome bonito para tortura chinesa). Eles amarram você em uma máquina que flexiona tanto a perna antiga quanto a nova, simultaneamente. A nova resiste.

Marygay estava em uma sessão ali perto, tendo seu braço retorcido metodicamente. Deve ter sido ainda pior para ela, pois parecia abatida e envelhecida todas as tardes quando nos encontrávamos para subir ao andar superior e tomar banho de sol.

À medida que os dias passavam, a terapia parecia menos tortura e mais um exercício extenuante. Nós dois começamos a nadar cerca de uma hora sempre que o dia estava ensolarado, nas calmas e protegidas águas da praia. Eu ainda mancava em terra, mas na água me virava muito bem.

O único momento de real prazer que tínhamos em Paraíso (prazer para nossas sensibilidades embotadas pela guerra) era naquelas águas cuidadosamente protegidas. Eles tinham de desligar o campo de força de repulsão por uma fração de segundos cada vez que uma nave pousava; do contrário, ela ricochetearia sobre o oceano. De vez em quando, algum animal se esgueirava para dentro do campo, mas os perigosos animais terrestres eram muito lentos para passar a barreira. Os do mar, nem tanto.

O mestre indiscutível dos oceanos de Paraíso é uma criatura horrível ao qual os anjos, em um lapso de originalidade, deram o nome de "tubarão". Porém, ele poderia comer uma pilha dos tubarões terráqueos no café da manhã.

O que entrou era um tubarão branco de tamanho médio. Ele vinha batendo na barreira do campo de força havia dias, atormentado por toda aquela proteína no lado de dentro. Felizmente, uma sirene de alerta soa dois minutos antes de o campo ser desativado, portanto ninguém estava na água quando ele avançou com rapidez. E na fúria de seu ataque infrutífero, ele quase encalhou na praia.

Ele possuía 12 metros de músculos flexíveis, com uma cauda em forma de lâmina em uma das pontas e uma coleção de presas compridas na outra. Seus olhos, grandes globos amarelos, ficavam em tentáculos a mais de 1 metro da cabeça. Sua boca era tão grande que, aberta, um homem poderia ficar de pé confortavelmente dentro dela. Seria uma foto e tanto para seus descendentes.

Eles não podiam simplesmente desligar o campo de força de repulsão e esperar que o tubarão fosse embora. Então, o Comitê Recreacional organizou um grupo de caça.

Eu não estava muito entusiasmado com a ideia de me oferecer como aperitivo para um peixe gigante, mas Marygay havia pescado muito com lanças quando criança, na Flórida, e estava superempolgada com a possibilidade. Eu me uni ao grupo quando descobri como seria; parecia seguro o suficiente.

Esses "tubarões" supostamente nunca atacam pessoas em barcos. Duas pessoas que acreditavam mais em histórias de pescador do que eu foram até a fronteira do campo de força em um barco a remo, armadas apenas com um pedaço de carne. Jogaram a carne ao mar, e o tubarão apareceu num piscar de olhos.

Essa era a dica para cairmos dentro. Vinte e três de nós esperavam na praia com pé de pato, máscara, respiradores e uma lança cada um. As lanças eram formidáveis: possuíam motores de propulsão e ogivas explosivas.

Mergulhamos e nadamos em grupo, sob a água, em direção ao bicho que se alimentava. Quando ele nos viu, não nos atacou. Tentou esconder sua refeição, talvez para evitar que algum de nós a comesse enquanto ele tentava lidar com os demais. Mas toda vez que tentava descer a águas mais profundas, batia no campo de força. Obviamente, estava ficando irritado.

No final, ele simplesmente deixou a carne de lado, deu meia-volta e veio a todo vapor. Grande esporte esse! Ele parecera ser do tamanho de um dedo, lá embaixo na outra extremidade do campo; de repente, ficou tão grande quanto o cara ao meu lado e se aproximava rapidamente.

Cerca de dez lanças o atingiram – a minha não –, retalhando-o. Mas, mesmo depois de um hábil, ou afortunado, tiro no cérebro que arrancou o topo de sua cabeça e um olho, mesmo com metade de sua carne e suas entranhas espalhadas em um caminho de sangue atrás dele, invadiu nossa linha e cravou suas mandíbulas em uma mulher, extirpando-lhe as pernas antes de morrer.

Quase sem vida, nós a carregamos de volta à praia, onde uma ambulância estava esperando. Apressaram-se para fazer uma transfusão de sangue e lhe ministrar remédio antichoque. Levaram-na correndo ao hospital. Ela sobreviveu e, provavelmente, passaria pela agonia de desenvolver novas pernas. Decidi que, a partir de então, deixaria a caçada de peixes para outros peixes.

Muito da nossa estada em Limiar, a partir do dia em que a terapia se tornou suportável, era bastante agradável. Sem disciplina militar, pilhas de coisas para ler e um monte de coisas com que matar o tempo. Só que havia um "porém": era óbvio que não estávamos fora do exército; éramos apenas peças de equipamento quebrado que estavam sendo consertadas para voltar ao campo de batalha. Marygay e eu tínhamos ainda três anos, cada um, para servir como tenentes.

Porém, ainda tínhamos seis meses de descanso e recreação pela frente, depois que nossos novos membros foram declarados aptos para o trabalho. Marygay foi liberada dois dias antes, mas esperou por mim.

Meu pagamento chegou à cifra de 892.746.012 dólares. Não em forma de fardos de notas, felizmente. Em Paraíso, usavam-se valores de crédito eletrônicos, então eu carregava minha fortuna em uma pequena máquina com leitor digital. Para comprar alguma coisa, era só digitar o número de crédito do vendedor e o montante da compra; a soma era automaticamente transferida de uma conta a outra. A máquina era do tamanho de uma carteira fina e codificada para aceitar a digital do polegar.

A economia em Paraíso era regida pela presença contínua de milhares de soldados ricos que se encontravam ali em descanso ou recreação. Um simples petisco custava cem pratas; um quarto para uma noite, pelo menos dez vezes esse valor. Como a FENU construiu e era a proprietária de Paraíso, essa inflação galopante era claramente uma maneira simples de colocar nosso pagamento acumulado em circulação.

Procuramos nos divertir... uma diversão desesperada. Alugamos um veículo voador e equipamentos de acampamento e ficamos semanas explorando o planeta. Havia rios gelados para nadar e florestas verdejantes onde se embrenhar; prados, montanhas, estepes polares e desertos.

Podíamos estar completamente protegidos do ambiente ajustando nossos campos de força individuais (o que permitia dormir sem roupa em uma nevasca) ou aproveitar a natureza como de fato era. Por sugestão de Marygay, a última coisa que fizemos antes de voltar para a civilização foi escalar um cume no deserto, jejuando vários dias para ampliar nossa sensibilidade (ou confundir nossas percepções, ainda não sei ao certo); e nos sentar um de costas para o outro sob o calor abrasador, contemplando o lânguido fluxo da vida.

Depois, partimos para a luxúria. Conhecemos cada cidade do planeta, e cada uma tinha seu charme em particular, até, finalmente, voltarmos para Skye e lá passarmos o resto do tempo da nossa licença.

Comparado com Skye, o resto do planeta era fichinha. Nas quatro semanas em que nos hospedamos no domo dos prazeres aéreos, Marygay e eu gastamos cerca de meio bilhão de dólares cada um. Apostamos – às vezes perdendo 1 milhão ou mais por noite –, comemos e bebemos do melhor que o planeta tinha a oferecer e experimentamos todos os serviços e produtos que não eram muito bizarros para nossos gostos confessadamente arcaicos. Cada um de nós tinha um assistente particular, cujo salário era maior que o de um general.

Diversão desesperada, conforme já disse. A menos que a guerra mudasse radicalmente, nossas chances de sobreviver aos próximos três anos eram mínimas. Éramos notavelmente vítimas saudáveis de uma doença terminal, tentando nos empanturrar das sensações de uma vida toda em seis meses.

Ainda assim, tínhamos o consolo, não pequeno, de que, por mais que o restante de nossa vida não fosse longo, ao menos estaríamos juntos. Por alguma razão, nunca me ocorreu que até aquilo poderia ser tirado de nós.

Estávamos saboreando um almoço leve no "primeiro andar" transparente de Skye, observando o oceano passar por baixo de nós, quando um mensageiro chegou alvoroçado e nos entregou dois envelopes: nossas ordens.

Marygay havia sido promovida a capitã, e eu, a major, com base em nossos registros militares e em testes a que nos submeteram em Limiar. Eu era comandante, e ela era subcomandante, mas nossas companhias não eram as mesmas. Ela faria parte de uma nova companhia que seria formada ali mesmo em Paraíso. Eu voltaria para o Portal Estelar para "doutrinação e educação" antes de assumir o comando.

Por um longo período, ficamos mudos.

– Vou protestar – falei, finalmente, de forma débil. – Não podem me transformar em comandante.

Ela continuava entorpecida. Aquilo não era apenas uma separação. Mesmo que a guerra terminasse e voltássemos para a Terra com apenas alguns minutos de diferença, em naves diferentes, a geometria dos saltos colapsares acumularia anos entre nós. Quando o outro chegasse à Terra, seu parceiro estaria, provavelmente, meio século mais velho ou, mais provavelmente, morto.

Ficamos ali sentados por algum tempo, sem tocar na deliciosa comida, ignorando a beleza à nossa volta, conscientes somente um do outro e das duas folhas de papel que nos separavam com um abismo tão imenso e real quanto a morte.

Voltamos para Limiar. Protestei, mas meus argumentos foram ignorados. Tentei fazer com que Marygay fosse designada para minha companhia, como minha subcomandante. Disseram que todo o meu pessoal já havia sido lotado. Ressaltei que a maioria deles ainda nem havia nascido. No entanto, lotados, responderam. Levaria quase um século, argumentei, até eu chegar ao Portal Estelar. Replicaram dizendo que o Comando da Força de Ataque *planeja* em termos de séculos, não em termos de pessoas.

Tínhamos um dia e uma noite juntos. Quanto menos disséssemos, melhor. Não se tratava apenas de perder uma amante. Marygay e eu éramos, um para o outro, a única ligação com o mundo real, com a Terra dos anos 1980 e 90. Não o mundo grotesco e perverso que estávamos supostamente lutando para preservar. Quando a nave dela foi lançada, foi como se um caixão tivesse sido lançado no interior de uma cova.

Requisitei um computador e descobri os elementos orbitais de sua nave e a hora da partida. Descobri que poderia vê-la partir do "nosso" deserto.

Pousei no cume do monte onde havíamos jejuado juntos e, algumas horas antes de o sol nascer, vi uma nova estrela surgir a oeste no horizonte, observei o brilho ficar mais intenso e diminuir à medida que se afastava, tornando-se apenas mais uma estrela, depois uma estrela quase apagada, então nada. Caminhei até a beirada e olhei para a base da face rochosa e escarpada, as ondulações das dunas obscuras e congeladas estendiam-se por meio quilômetro. Sentei-me com os pés balançando na beirada, sem pensar em nada, até os raios oblíquos do sol iluminarem as dunas em um suave e tentador claro-escuro de baixo relevo. Duas vezes joguei meu peso para a frente, ameaçando pular. Não o fiz não por medo da dor ou da perda: a dor seria breve e a perda seria do exército, e seria a vitória final deles sobre mim... tendo comandado minha vida por tanto tempo, forçá-la a um fim.

Aquilo eu devia ao inimigo.

MAJOR MANDELLA

2458-3143 D.C.

VINTE E OITO

Como era mesmo aquele velho experimento de biologia que nos ensinaram no colégio? Pegue uma minhoca e ensine-a a andar por um labirinto. Então amasse-a e sirva como alimento a outra minhoca, e... surpresa! A segunda minhoca também será capaz de andar pelo labirinto.

Eu sentia um gosto ruim de general de divisão em minha boca.

Na verdade, acho que refinaram as técnicas desde meus dias de colégio. Com a dilatação temporal, foram cerca de 450 anos de pesquisa e desenvolvimento.

No Portal Estelar, as ordens diziam que era para eu me submeter à "doutrinação e educação" antes de comandar minha própria Força de Ataque, que era como ainda chamavam as companhias.

Durante minha educação no Portal Estelar, generais de divisão não foram triturados e servidos com molho holandês. Não me alimentaram com *nada,* exceto glicose por três semanas. Glicose e eletricidade.

Rasparam cada pelo do meu corpo, aplicaram-me uma injeção que me deixou feito um trapo, fixaram dúzias de eletrodos na minha cabeça e no meu corpo, imergiram-me em um tanque de fluorcarbono oxigenado e me conectaram a um CSVA, ou seja, "computador de situação vital acelerada". Isso me manteve ocupado.

Acho que demorou uns dez minutos para a máquina revisar tudo o que eu aprendera anteriormente sobre *artes* (desculpe a expressão) marciais. Em seguida, iniciou-se a sequência das novas abordagens.

Aprendi as melhores maneiras de usar cada arma, desde uma pedra a uma bomba-nova. Não apenas intelectualmente – para isso serviam todos aqueles eletrodos. Cinestesia de resposta negativa ciberneticamente controlada; sentia a arma em minhas mãos e assistia às minhas performances com ela. E repetia vez após outra até conseguir fazer direito. A ilusão de realidade era total. Usei um arremessador de lanças com um grupo de guerreiros massai em uma incursão a um vilarejo e, quando olhei para baixo, meu corpo era alto e negro. Reaprendi esgrima com um homem de aparência cruel em roupas espalhafatosas, em um pátio francês do século 18. Sentei-me silenciosamente em uma árvore com um fuzil Sharps e atirei em homens com uniformes azuis que rastejavam em um campo lodoso em direção a Vicksburg. Em três semanas, matei vários regimentos de fantasmas eletrônicos. Para mim pareceu um ano, mas a csva faz coisas estranhas com nossa noção de tempo.

Aprender a usar armas exóticas e inúteis constituía apenas uma pequena parte do treinamento. Na verdade, era a parte relaxante. Quando eu não estava em cinestesia, a máquina mantinha meu corpo completamente inerte e atacava meu cérebro com quatro milênios de fatos e teorias militares. E eu não conseguia esquecer nada, não enquanto estivesse no tanque.

Quer saber quem foi Scipio Aemilianus? Eu não. A luz brilhante da Terceira Guerra Púnica. *A guerra é a província do perigo e, por conseguinte, a coragem, acima de tudo, é a primeira qualidade de um guerreiro,* afirmava Von Clausewitz. Nunca esquecerei a poesia de "o grupo de avanço normalmente move-se em formação de coluna sob a liderança do qg do pelotão, seguido pelo esquadrão de lasers, esquadrão de armas pesadas e o restante do esquadrão de lasers; a coluna conta com a observação para preservar a segurança de seu flanco, exceto quando o terreno e a visibilidade ditam a necessidade de pequenos destacamentos de segurança para os flancos. Nesse caso, o comandante do grupo de avanço designará um sargento de pelotão..." e assim por diante. Consta do *Manual para líderes de pequenas unidades de comando da força de ataque,* se é que dá para se chamar de manual algo que ocupa dois cartões de microfichas, 2 mil páginas.

Se você quiser se tornar um especialista totalmente eclético em algum assunto pelo qual sente repulsa, venha para a FENU e se aliste para o treinamento oficial.

Havia 119 pessoas, e eu era responsável por 118 delas – contando comigo, mas não com a comodoro que, presumia-se, podia tomar conta dela mesma.

Não conheci ninguém da minha companhia durante as duas semanas de reabilitação física que se seguiram à sessão de CSVA. Antes do nosso primeiro encontro, eu deveria me reportar ao oficial de orientação temporal. Liguei para agendar um horário, e seu subordinado disse que o coronel me encontraria no Clube dos Oficiais no sexto andar, após o jantar.

Cheguei ao clube cedo, pensando em jantar por lá, mas eles não ofereciam nada além de petiscos. Então, masquei alguma coisa de fungo que lembrava vagamente escargot e ingeri o resto de minhas calorias em forma de álcool.

– Major Mandella?

Eu estava ocupado, tomando a sétima cerveja, e não vi o coronel se aproximar. Comecei a me levantar, mas ele acenou para eu continuar sentado, e desabou na cadeira que estava à minha frente.

	TABELA DE ORGANIZAÇÃO FORÇA DE ATAQUE GAMA SADE – CAMPANHA 138			
1ESC:	MAJ Mandella	COMOD Antopol		
2ESC:	CAP Moore			
3ESC:	1º-TEN Hilleboe			
4ESC:	2º TEN Riland 2º TEN Rusk 2º TEN MÉDICO Alsever			
5ESC:	2º TEN Borgstedt	2º TEN Brill	2º TEN Gainor	2º TEN Heimoff
6ESC:	SARG-CHEFE Webster	SARG-CHEFE Gillies	SARG-CHEFE Abrams	SARG-CHEFE Dole
7ESC:	SARG Dolins CABO Geller	SARG Bell CABO Kahn	SARG Anderson CABO Kalvin	SARG Noyes CABO Spraggs
8ESC:	SOLD Boas SOLD Lingeman SOLD Rosevear SOLD Wolfe, R. SOLD Lin SOLD Simmons SOLD Winograd SOLD Brown SOLD Bloomquist SOLD Wong SOLD Louria SOLD Gross SOLD Asadi SOLD Horman SOLD Fox	CABO Weiner SOLD Ikle SOLD Schon SOLD Shubik SOLD Duhl SOLD Perloff SOLD Moynihan SOLD Frank SOLD Graubard SOLD Orlans SOLD Mayr SOLD Quarton SOLD Hin SOLD Stendahl SOLD Erikson SOLD Bora	SOLD Miller SOLD Reisman SOLD Coupling SOLD Rostow SOLD Huntington SOLD De Sola SOLD Pool SOLD Nepala SOLD Schuba SOLD Ulanov SOLD Shelley SOLD Lynn SOLD Slaer SOLD Schenk SOLD Deelstra SOLD Levy	SOLD Conroy SOLD Yakata SOLD Burris SOLD Cohen SOLD Graham SOLD Schoellple SOLD Wolfe, E. SOLD Karkoshka SOLD Majer SOLD Dioujova SOLD Armaing SOLD Baulez SOLD Johnson SOLD Orbrecht SOLD Kayibanda SOLD Tschudi

Apoio: 1º TEN Williams (NAV); 2º TENS Jarvil (MED), Laasonen (MED), Wilber (PSI), Szydlowska (MANUT), Gaptchenko (ARTILH), Gedo (COM), Gim (COMP); 1º SARGS Evans (MED), Rodriguez (MED), Kostidinov (MED), Rwabwogo (PSI), Blazynski (MANUT), Turpin (ARTILH); SARGS-CHEFES Carreras (MED), Kousnetzov (MED), Waruinge (MED), Rojas (MED), Botos (MANUT), Orban (COZ), Mbugua (COMP); SARGS Perez (MED), Seales (MANUT), Anghelov (ARTILH), Vugin (COMP); CABOS Daborg (MED), Corrêa (MED), Kajdi (SEX), Valdez (SEX), Muranga (ARTILH); SOLDS Kottysch (MANUT), Rudkoski (COZ), Minter (ARTILH).

APROVADO PORTAL ESTELAR COMANDO FORÇA DE ATAQUE 12 MAR 2458 PARA:
GENERAL DE BRIGADA DA FORÇA DE ATAQUE DE COMANDO OLGA TORISCHEVA

– Estou em dívida com você – falou. – Você me livrou de pelo menos meia noite de tédio. – Ele me ofereceu sua mão. – Jack Kynock, a seu serviço.

– Coronel...

– Não precisa me chamar de coronel e não chamarei você de major. Nós, velhos fósseis, temos de... manter a perspectiva, William.

– Por mim, tudo bem.

Ele pediu um tipo de bebida de que nunca ouvi falar.

– Por onde devo começar? A última vez que você esteve na Terra foi em 2007, de acordo com os registros.

– Isso mesmo.

– Não gostou muito, não é mesmo?

– Não. – Zumbis, robôs felizes.

– Bem, melhorou. Depois piorou de novo. Obrigado. – Um soldado trouxe sua bebida, uma borbulhante mistura verde no fundo do copo e amarelada em cima. Ele bebericou um gole. – Aí melhorou de novo, depois piorou, depois... sei lá. Ciclos.

– Como está agora?

– Bem... não sei ao certo. São pilhas de relatórios e coisas do tipo, mas é difícil filtrar a propaganda. Não volto lá faz quase duzentos anos. Estava bem ruim na época. Depende do que você gosta.

– O que quer dizer?

– Ah, deixe-me ver. Havia vários tipos de entretenimento. Já ouviu falar do movimento pacifista?

– Creio que não.

– Hum, o nome engana. Na verdade, foi uma guerra, uma guerra de guerrilha.

– Achei que eu fosse capaz de mencionar nome, escalão e número de série de todas as guerras, de Troia para a frente. – Ele sorriu. – Acho que se esqueceram desta.

– Por uma boa razão. Foi iniciada por veteranos; sobreviventes de Yod-38 e Aleph-40, pelo que ouvi dizer. Eles pediram baixa juntos e decidiram tomar toda a FENU, na Terra. Receberam grande apoio da população.

– Mas não venceram.

– Ainda estamos aqui. – Ele agitou sua bebida, e as cores trocaram de posição. – De fato, tudo o que sei é o que ouvi dizer. Na última vez em que estive na Terra, a guerra havia terminado, exceto por sabotagens esporádicas. E esse não era exatamente um assunto seguro sobre o qual conversar.

– Isso me surpreende um pouco – falei. – Bem, não só um pouco. O fato de a população da Terra fazer algo... contra os desejos do governo.

Ele emitiu um som neutro.

– Sobretudo uma revolução. Quando estivemos lá, ninguém dizia uma única palavra contra a FENU... ou contra qualquer um dos governos locais. As pessoas estavam totalmente condicionadas a aceitar as coisas como eram.

– Ah... Essa é uma coisa cíclica também. – Ele se recostou em sua cadeira. – Não é uma questão de técnica. Se o governo da Terra quisesse, poderia ter controle total sobre... cada pensamento ou ação não triviais de cada cidadão, do berço à sepultura. Eles não o fazem porque seria fatal, porque há uma guerra em curso. Veja o seu caso: você recebeu algum condicionamento motivacional enquanto estava no tanque?

Pensei por alguns instantes.

– Se eu tivesse recebido, não saberia necessariamente.

– É verdade. Parcialmente verdade. Mas ouça o que lhe digo: não mexeram nesta parte do seu cérebro. Qualquer mudança em sua atitude com relação à FENU ou à guerra, ou às guerras em geral, resulta apenas de novos conhecimentos. Ninguém alterou suas motivações básicas. E você deveria saber o motivo.

Nomes, datas e números chacoalharam no labirinto do novo conhecimento.

– Tet-17, Sed-21, Aleph-14. Lazlo... O relatório da Comissão de Emergência de Lazlo. Junho de 2106.

– Exato. E, por extensão, a sua própria experiência em Aleph-1. Robôs não são bons soldados.

– Eram, no século 21. O condicionamento comportamental teria sido a resposta para os sonhos de um general. Criar um exército com as melhores características da SS, da Guarda Pretoriana, da Horda Dourada e dos Boinas Verdes.

Ele riu por cima do copo.

– Agora ponha esse exército contra um esquadrão de homens em trajes de combate modernos. Estariam acabados em questão de minutos.

– Desde que cada homem do esquadrão mantivesse o foco e lutasse como doido para continuar vivo.

A geração de soldados que provocara os relatórios de Lazlo fora condicionada desde o nascimento para se adequar à visão de alguém sobre o combatente ideal. Trabalhavam lindamente como equipe, totalmente sedentos por sangue, não dando grande importância à própria sobrevivência... e os taurianos fizeram picadinho deles. Os taurianos também lutavam sem levar em consideração o próprio eu, mas eram melhores nisso e sempre estavam em maior número.

Kynock tomava sua bebida e observava suas cores.

– Vi seu perfil psiquiátrico – ele falou –, tanto antes da sua vinda como posteriormente ao tanque. É essencialmente o mesmo, antes e depois.

– Isso é tranquilizante. – Fiz sinal pedindo outra cerveja.

– Talvez não devesse ser.
– O quê? Indica que não serei um bom oficial? Avisei desde o início. Não sou um líder.
– Certo e errado. Quer saber o que o perfil diz?
Encolhi os ombros.
– É confidencial, não é?
– Sim. Mas você agora é um major. Pode acessar o perfil de qualquer um sob seu comando.
– Suponho que não haja grandes surpresas.
Mas eu estava um pouco curioso. Que animal não se sente fascinado por um espelho?
– Não. Diz que é um pacifista. Um pacifista fracassado, o que gera em você uma neurose branda. E que você lida com isso projetando o peso da sua culpa no exército.
A cerveja estava tão gelada que meus dentes doíam.
– Até agora nenhuma surpresa.
– E com relação a ser um líder, você tem certo potencial, mas como professor ou ministro. Você teria de liderar pela empatia e pela compaixão. Você tem o desejo de impor suas ideias a outras pessoas, mas não suas vontades. Quer dizer que você tem razão: será um péssimo oficial, a menos que entre na linha.
Tive de rir.
– A FENU devia saber tudo isso quando me encaminhou para treinamento.
– Existem outros parâmetros – explicou ele. – Por exemplo, você é adaptável, razoavelmente inteligente, analítico. E é uma das onze pessoas que sobreviveram a toda a guerra.
– Sobrevivência é uma virtude na vida militar. – Não pude resistir. – Mas um oficial deveria oferecer um exemplo heroico: afundar junto com o navio, andar a passadas largas pelo parapeito como se nada temesse.

O coronel pigarreou, corrigindo:
— Não quando se está a mil anos-luz de distância de seus substitutos.
— Mas isso não faz sentido. Por que tiveram todo o trabalho de me trazer de Paraíso, apostando nas chances de me pôr "na linha", quando provavelmente um terço das pessoas aqui no Portal Estelar dariam melhores oficiais? Deus, o pensamento militar!
— Imagino que ao menos a mente burocrática tenha a ver com isso. Você tem experiência demais para ser um simples soldado de infantaria.
— É tudo questão de dilatação temporal. Participei apenas de três campanhas.
— Irrelevante. Além do mais, a maioria dos soldados sobrevive duas vezes e meia, ou menos. Os propagandistas, provavelmente, vão torná-lo uma espécie de herói folclórico.
— Herói folclórico? — Tomei um gole de cerveja. — Onde está John Wayne agora que realmente precisamos dele?
— John Wayne? — Ele balançou a cabeça. — Nunca estive no tanque, sabe? Não sou especialista em história militar.
— Deixa pra lá.
Kynock terminou sua bebida e pediu ao soldado que trouxesse — juro por Deus — um "rum Antares".
— Bem, fui incumbido de ser seu oficial de orientação temporal. O que quer saber sobre o presente? O que se passa no presente.
Ainda estava na minha cabeça:
— Você nunca esteve no tanque?
— Não. É apenas para oficiais de combate. A energia consumida pelo computador e pelas instalações em três semanas poderia suprir toda a Terra durante vários dias. Caro demais para nós, que ficamos apenas esquentando cadeira.

– Suas condecorações indicam que é combatente.
– Honorário. Eu fui.

O rum Antares era um copo alto e fino com uma pedra de gelo flutuando em cima, cheio de um líquido pálido, cor de âmbar. No fundo, havia um globo vermelho brilhante do tamanho de uma unha de polegar; alguns filamentos avermelhados saíam dele.

– O que é essa coisa vermelha?
– Canela. Ah, alguns ésteres com canela. Bem gostoso... Quer experimentar?
– Não, fico com a cerveja, obrigado.
– Lá embaixo, no primeiro andar, a biblioteca eletrônica possui um arquivo de orientação temporal que meu pessoal mantém atualizado. Você pode consultá-lo para perguntas específicas. Eu gostaria, sobretudo, de... prepará-lo para conhecer sua Força de Ataque.
– O quê? São todos ciborgues? Clones?

Ele riu.

– Não. É ilegal clonar humanos. O principal problema é que você... bem, é heterossexual.
– Ah, não tem problema, sou tolerante.
– Sim, seu perfil mostra que você... pensa ser tolerante, mas não é esse exatamente o problema.
– Hum.

Eu já sabia o que ele diria; não os detalhes, mas a essência.

– Apenas pessoas emocionalmente estáveis são designadas para a FENU. Sei que deve ser difícil aceitar, mas a heterossexualidade é considerada uma disfunção emocional, mas relativamente fácil de curar.
– Se pensam que vão me *curar*...
– Relaxe, você é velho demais. – Ele tomou um pequeno gole. – Não vai ser tão difícil acostumar-se com eles quanto...

— Espere aí. Quer dizer que ninguém... todos em minha companhia são homossexuais? Menos eu?

— William, todos na Terra são homossexuais, com exceção de alguns milhares de veteranos e incuráveis.

— Ah... — O que eu podia dizer? — Parece uma maneira drástica de solucionar o problema populacional.

— Talvez, mas funciona. A população da Terra está estável em pouco menos de 1 bilhão. Quando uma pessoa morre ou sai do planeta, outra é gerada.

— Não "nascida".

— Nascida, sim, mas não da maneira antiga. O termo antigo para isso era "bebê de proveta", mas é claro que não se utilizam tubos de ensaio.

— Bom, já é alguma coisa.

— Parte de cada creche é um útero artificial que toma conta de uma pessoa nos primeiros oito ou dez meses após ter sido gerada. O que você chamaria de nascimento ocorre em um período de dias. Não é mais aquele evento drástico e súbito de antigamente.

Admirável mundo novo, pensei.

— Sem traumas de nascimento. Um bilhão de homossexuais perfeitamente ajustados.

— Perfeitamente ajustados aos padrões atuais da Terra. Você e eu podemos achá-los um pouco estranhos.

— Isso é eufemismo. — Tomei o resto da minha cerveja. — Você, você é... homossexual?

— Ah, não — respondeu.

Relaxei.

— Mas, na verdade, tampouco sou heterossexual. — Deu um tapa nos quadris, produzindo um som estranho. — Fui ferido, acabei desenvolvendo uma doença rara no sistema linfático e não posso me regenerar. Nada além de metal e plástico da cintura para baixo. Usando suas palavras, sou um ciborgue.

Lembrei-me da minha mãe dizendo: "Ai, soldado". Chamei o garçom.

– Traga-me um tal de Antares. – Eu sentado aqui em um bar com um ciborgue assexuado, provavelmente a única outra pessoa normal nesta porcaria de mundo. – Duplo, por favor.

VINTE E NOVE

Eles pareciam bastante normais ao entrarem no salão de palestras onde ocorreu nosso primeiro encontro no dia seguinte. Bem jovens e meio tensos.

A maioria tinha deixado as creches havia apenas sete ou oito anos. A creche era um ambiente controlado e isolado ao qual apenas alguns especialistas – pediatras e professores, em sua maioria – tinham acesso. Quando uma pessoa deixa uma creche com a idade de 12 ou 13 anos, ela escolhe seu primeiro nome (o sobrenome é o mesmo do progenitor-doador com melhor avaliação genética) e se torna um adulto probatório, com estudos equivalentes aos que eu tinha depois do primeiro ano de faculdade. A maioria é encaminhada para uma educação especializada, mas algumas delas são designadas para algum tipo de emprego e vão direto para o trabalho.

Elas são observadas atentamente, e qualquer uma que demonstre algum sinal de sociopatia, tal como inclinação heterossexual, é encaminhada para uma instituição correcional. A pessoa é curada ou mantida lá pelo resto da vida.

Todos são recrutados para a FENU quando completam 20 anos. A maioria trabalha internamente por cinco anos, depois é dispensada. Algumas almas sortudas, cerca de 1 em 8 mil, são convidadas a se apresentar voluntariamente para o treinamento de combate. Recusar é sinal de "sociopatia", mesmo que signifique se inscrever para mais cinco anos. E as chances de sobreviver a esses dez anos são insignificantes; ninguém conseguiu. Sua melhor chance é se a guerra terminar antes do fim dos seus dez anos (subjetivos) de serviço. E torça para que a dilatação temporal introduza muitos anos entre uma batalha e outra.

Já que o mais provável era entrar em batalha mais ou menos uma vez a cada ano subjetivo, e como uma média de 34% sobrevive a cada batalha, é fácil calcular as chances de conseguir lutar por dez anos. Dá uma média de 2 milésimos de 1%. Ou, em outros termos, pegue um revólver antigo de seis balas e jogue roleta russa com quatro dos seis tambores carregados. Se conseguir fazer isso dez vezes direto sem decorar a parede oposta, parabéns! Você é novamente um civil!

Como havia uns 60 mil soldados combatentes na FENU, era de se esperar que cerca de 1,2 deles sobrevivesse aos dez anos. Eu, sinceramente, não planejava ser um desses sortudos, mesmo sabendo que já estava com meio caminho andado.

Quantos desses jovens soldados que adentravam o auditório sabiam que estavam destinados a morrer? Tentei associar os rostos com os dossiês que viera olhando por toda a manhã, mas era difícil. Todos haviam sido selecionados pela mesma bateria de parâmetros estritos e eram, impressionantemente, parecidos: altos, mas não tanto; musculosos, mas não pesados; inteligentes, mas não meditativos... e a Terra era muito mais homogênea racialmente do que fora em meu século. A maioria parecia ligeiramente polinésia. Apenas dois, Kayibanda e Lin, pareciam representantes puros de tipos raciais. Fiquei imaginando se os outros haviam encrencado com eles.

A maior parte das mulheres era extremamente bela, mas eu não estava em condição de julgar. Eu estava celibatário havia mais de um ano, desde que dissera adeus a Marygay em Paraíso.

Fiquei me perguntando se alguma delas tinha um traço atávico ou se poderia atender às excentricidades do comandante. *É totalmente proibido a um oficial manter ligações sexuais com seus subordinados.* Que forma agradável de dizer! *A violação desta norma é punida com o embargo de todos os fundos e rebaixamento à posição de soldado ou, se a relação interferir na eficiência combativa da unidade, execução sumária.* Se todos os regulamentos da FENU pudessem ser violados de modo tão casual e consistente quanto este, seria um exército muito condescendente.

Mas nenhum dos rapazes me atraía. Não sei bem o que acharia após um ano. Eu não tinha certeza.

– Sen-tido!

Era a tenente Hilleboe. Meus novos reflexos mereciam o crédito por eu não ter dado um salto. Todos no auditório o fizeram.

– Meu nome é tenente Hilleboe e sou a segunda-oficial de campo. – Costumava ser "primeiro-sargento de campo". Um bom sinal de que um exército já existe há muito tempo é quando ele começa a ficar abarrotado de oficiais.

Hilleboe veio até mim como um soldado profissional bem durão. Provavelmente gritava ordens diante do espelho todas as manhãs, enquanto se "barbeava". Porém, eu havia consultado seu perfil e sabia que ela havia estado em ação apenas uma vez e por alguns minutos. Perdera um braço e uma perna e fora promovida, assim como eu, com base no resultado de testes aplicados na clínica de regeneração.

Que diabos, talvez ela fosse uma pessoa muito agradável antes de passar por tal trauma! Já era ruim o suficiente ter um único membro recriado.

Ela estava fazendo o costumeiro discurso de encorajamento do primeiro-sargento, severo, mas justo: não desperdice meu tempo com coisas irrelevantes, respeite a cadeia de comando, a maioria dos problemas pode ser resolvida no 5º escalão.

Desejei ter tido mais tempo para conversar com ela antes. O Comando da Força de Ataque realmente nos apressara para esse primeiro encontro (agendaram nosso embarque para o dia seguinte) e troquei apenas algumas poucas palavras com meus oficiais.

Não foi o suficiente, pois estava ficando claro que Hilleboe e eu tínhamos ideias bem discrepantes sobre como reger uma companhia. Era verdade que *reger* competia a ela, eu apenas comandava. Mas ela criava uma potencial situação do tipo "mocinho e bandido" ao usar a cadeia de comando para se isolar dos homens e das mulheres abaixo dela. Minha ideia era não me manter distante, reservando uma hora todo dia para que qualquer soldado pudesse vir até mim diretamente com reclamações e sugestões, sem necessitar da permissão de seus superiores.

Nós dois havíamos recebido as mesmas informações durante as três semanas no tanque. Era interessante como havíamos chegado a conclusões tão distintas sobre liderança. Essa política de Portas Abertas, por exemplo, teve bons resultados em exércitos "modernos" da Austrália e da América. E parecia-me especialmente apropriada à nossa situação, em que todos seriam engaiolados por meses, ou mesmo anos. Usáramos esse sistema na *Sangre y Victoria,* a última nave espacial em que estive, e parecia que as tensões haviam sido aliviadas.

Hilleboe os manteve em posição de descanso enquanto dizia sua arenga organizacional. Logo, ela ordenaria que ficassem em posição de sentido e me apresentaria. Sobre o que eu falaria? Pensei em dizer apenas algumas palavras previsíveis e explicar minha política de Portas Abertas. Então, eu passaria a palavra à comodoro Antopol, que diria algo sobre a *Masaryk II*. Mas era melhor eu adiar minha explicação até depois que tivesse uma longa conversa com Hilleboe. Na verdade, seria melhor se fosse ela quem apresentasse a tal política àqueles homens e mulheres, assim não daria a impressão de que nós dois estávamos em desavença.

Meu subcomandante, o capitão Moore, salvou-me. Ele entrou às pressas por uma porta lateral – estava sempre correndo, um meteoro gorducho –, fez uma saudação rápida e me entregou um envelope que continha nossas ordens de combate. Tive uma pequena conversa em voz baixa com a comodoro e ela concordou que não faria mal nenhum dizer-lhes para onde estávamos indo, mesmo que soldados rasos, tecnicamente, não "precisassem saber".

Uma coisa com que não precisávamos nos preocupar nesta guerra era com a possibilidade de agentes inimigos infiltrados. Com uma boa demão de pintura, um tauriano poderia se passar por um cogumelo ambulante. Com certeza, levantaria suspeitas.

Hilleboe ordenou que ficassem em posição de sentido e, obedientemente, foi dizendo como eu seria um bom comandante, que eu estava na guerra desde o início e que, se eles pretendiam sobreviver enquanto estivessem recrutados, era melhor seguirem meu exemplo. Ela não mencionou que eu era um soldado medíocre com talento para não ser pego, nem que pedi baixa do exército na primeira oportunidade e apenas voltei porque as condições na Terra eram insuportáveis.

– Obrigado, tenente. – Tomei seu lugar no palco. – Descansar. – Desdobrei a folha que continha nossas ordens e a ergui. – Tenho uma notícia boa e uma ruim. – O que costumava ser uma piada cinco séculos atrás, agora era simplesmente uma constatação. – Estas são nossas ordens de combate para a campanha de Sade-138. A boa notícia é que, provavelmente, não iremos lutar, ao menos não imediatamente. A má notícia é que seremos alvo.

Eles se exaltaram um pouco, mas ninguém disse uma só palavra nem tirou os olhos de mim. Boa disciplina ou talvez simples fatalidade: eu não sabia quão realista era a imagem que faziam do futuro. Da falta de futuro, quero dizer.

– Nossas ordens são... encontrar o maior planeta portal que orbita o colapsar de Sade-138 e construir uma base. Depois, ficaremos na base até sermos dispensados. Isso deve levar uns dois ou três anos. Durante esse tempo, quase certamente seremos atacados. Como a maioria de vocês deve saber, o Comando da Força de Ataque descobriu que o inimigo se movimenta de colapsar em colapsar segundo um padrão. Eles pretendem, eventualmente, rastrear esse padrão complexo no tempo e no espaço e localizar o planeta natal dos taurianos. Por ora, podem apenas mandar forças de interceptação para conter a expansão inimiga. Em poucas palavras, essas são nossas ordens. Seremos uma entre as várias dezenas de forças de ataque empregadas nessas manobras de bloqueio na fronteira inimiga. Impossível enfatizar com frequência e intensidade suficientes o quanto esta missão é importante... Se a FENU conseguir conter a expansão inimiga, talvez consigamos cercá-los e ganhar a guerra. Tomara que antes de estarmos todos mortos. Uma coisa quero deixar clara: podemos ser atacados já no dia em que pousarmos, ou, simplesmente, ocupar o planeta por dez anos e voltar para casa. – Sem chance... – O que quer que aconteça, cada um de nós tem de estar na sua melhor forma o tempo inteiro. Em trânsito, manteremos um programa regular de ginástica e faremos uma revisão de nosso treinamento. Especialmente de técnicas de construção. Temos de estabelecer a base e suas instalações de defesa no tempo mais curto possível.

Deus, eu estava começando a falar como um oficial.

– Alguma pergunta? – Não havia. – Então, quero lhes apresentar a comodoro Antopol. Comodoro?

A comodoro nem tentou disfarçar seu tédio enquanto falava das características e capacidades da *Masaryk II* para aquela sala cheia de recrutinhas. Aprendi a maior parte daquilo durante o intensivão no tanque, mas suas últimas palavras chamaram a minha atenção:

– Sade-138 será o colapsar mais distante a que o homem já foi. Nem sequer está na galáxia propriamente dita; pertence à Grande Nuvem de Magalhães, a uns 150 mil anos-luz de distância. Nossa jornada irá requerer quatro saltos colapsares e durará cerca de quatro meses. Manobrar para uma inserção colapsar nos fará recuar cerca de trezentos anos no calendário do Portal Estelar na data em que chegarmos a Sade-138.

E mais uns setecentos anos passariam, se eu vivesse para retornar. Não que isso fizesse alguma diferença. Era como se Marygay estivesse morta, e não havia outra pessoa viva que significasse algo para mim.

– Como o major disse, vocês não devem se deixar enganar por estes números. O inimigo também está se dirigindo para Sade-138. Talvez todos cheguemos lá no mesmo dia. A matemática da situação é complicada, porém, podem acreditar: será uma disputa acirrada.

– Major, mais alguma coisa?

Comecei a me levantar.

– Bem...

– Sen-tido! – Hilleboe gritou.

Eu tinha de me acostumar com aquilo.

– Apenas gostaria de pedir aos oficiais mais graduados, do escalão 4 para cima, que fossem à minha sala por alguns minutos. Os sargentos de pelotão estão incumbidos de levar suas tropas à plataforma 67 às 4h de amanhã. Até lá, aproveitem o tempo como quiserem. Dispensados.

Convidei os cinco oficiais para meu alojamento e abri uma garrafa de brandy francês legítimo. Custara-me dois meses de pagamento, mas o que mais eu podia fazer com o dinheiro? Investir?

Distribuí os copos, mas Alsever, a médica, recusou. Em vez da bebida, ela quebrou uma pequena cápsula sob o nariz e inalou profundamente. Depois tentou, sem muito sucesso, disfarçar a expressão de euforia.

– Primeiro, tratemos de um problema pessoal básico – falei, servindo-os. – Todos vocês sabem que não sou homossexual?

Um coro misto de "sim, senhor" e "não, senhor".

– Vocês acham que isso... dificultará minha situação como comandante? Ao lidar com os soldados rasos?

– Senhor, eu não... – começou Moore.

– Não há necessidade de formalidades – falei –, não neste círculo fechado. Fui soldado quatro anos atrás, em meu próprio tempo. Quando não houver tropas por perto, sou apenas Mandella, ou William.

Tive a sensação de estar cometendo um erro ao dizer aquilo.

– Continue.

– Bem, William – ele prosseguiu –, isso deve ter sido um problema cem anos atrás. Você sabe como as pessoas pensavam naquele tempo.

– Na verdade, não sei. Tudo que sei do período entre o século 21 e o atual é relacionado à história militar.

– Ah... bom, era... era, como posso dizer? – Ele começou a mexer as mãos nervosamente.

– Era crime – Alsever disse laconicamente. – Foi quando o Conselho de Eugenia começou a fazer com que as pessoas se acostumassem à ideia de homossexualidade universal.

– Conselho de Eugenia?

– Parte da FENU que possui autoridade apenas na Terra. – Ela cheirou a cápsula vazia, aspirando profundamente. – A intenção era evitar que as pessoas fizessem bebês da maneira biológica. Primeiro, porque as pessoas mostravam uma lamentável falta de bom-senso ao escolher seus parceiros genéticos. Segundo, o Conselho viu que as diferenças raciais tinham um efeito divisor desnecessário na humanidade; com controle total sobre os nascimentos, foi possível tornar todos uma só raça em poucas gerações.

Eu não sabia que haviam chegado tão longe. Mas deduzi que fosse algo lógico.

– E você aprova? Como médica.

– Como médica? Não tenho certeza.

Ela pegou outra cápsula do bolso e rolou entre o polegar e o indicador, olhando para o nada, ou para algo que os outros não conseguiam ver.

– De certa maneira, torna meu trabalho mais fácil. Muitas doenças simplesmente não existem mais. Mas não acho que eles entendam tanto de genética quanto pensam. Não é uma ciência exata. Poderiam estar fazendo algo muito errado, e os resultados só apareceriam após alguns séculos.

Ela quebrou a cápsula sob o nariz e deu umas inspiradas profundas.

– Como mulher, no entanto, sou completamente a favor. – Hilleboe e Rusk concordaram com veemência.

– Por não ter de passar pelas dores do parto?

– Também por isso. – Ela revirou os olhos comicamente, olhando para a cápsula, dando uma última cheirada. – Mas, sobretudo, por não... ter de... ter um homem dentro de mim. Você entende. É nojento.

Moore riu.

– Se você tivesse experimentado, Diana...

– Ah, cale a boca! – Ela jogou a cápsula vazia nele, de forma brincalhona.

– Mas é perfeitamente natural – protestei.

– Pular de árvore em árvore também é, assim como cavar com uma vareta para encontrar raízes. Progresso, meu bom major, progresso.

– De qualquer forma – disse Moore –, foi crime apenas por um curto período. Depois, foi considerado, ahn, disfunção...

– Curável – completou Alsever.

– Obrigado. E agora, bem, é tão raro... Duvido que algum homem ou alguma mulher tenha grandes preocupações com isso.

– É apenas uma excentricidade – falou Diana, magnanimamente. – Não é como se você comesse bebês.

– Isso mesmo, Mandella – falou Hilleboe. – Não sinto nada de diferente em relação a você por causa disso.

– Eu... fico feliz.

Que ótimo. Eu estava me dando conta de que não tinha a menor ideia de como me conduzir socialmente. Muito do meu comportamento "normal" era baseado em um complexo código implícito de etiqueta social. Era para eu tratar homens como mulheres e vice-versa? Ou tratar todos como irmãos e irmãs? Era tudo muito confuso.

Terminei meu copo e o pousei sobre a mesa.

– Bem, obrigado por me tranquilizarem. Isso era basicamente o que eu gostaria de perguntar... Tenho certeza de que vocês todos têm coisas para fazer, despedidas e coisas do gênero. Não quero ficar prendendo vocês aqui.

    Todos saíram, exceto Charlie Moore. Ele e eu decidimos tomar uma bebedeira monumental, passando por cada bar e cada clube de oficiais no setor. Conseguimos encarar doze e, provavelmente, teríamos entrado em todos eles, mas decidi tirar algumas horas de sono antes do dia seguinte.

    Na única vez em que Charlie se insinuou para mim, foi muito educado. Torci para que minha recusa também tivesse sido educada... mas percebi que ainda teria de adquirir muita prática no assunto.

TRINTA

As primeiras espaçonaves projetadas pela FENU possuíam certa beleza aracnídea e delicada. Mas com o desenvolvimento tecnológico, a força estrutural passou a ser mais importante do que a conservação da massa (as naves antigas teriam se dobrado como uma sanfona se fossem submetidas a uma manobra de 25 gravidades), e isso se refletiu em seu design: sólidas, pesadas e funcionais. O único enfeite era o nome *Masaryk II* estampado no casco escuro com tinta fosca azul.

Nossa nave de transporte deslizou sobre o nome enquanto se dirigia para o terminal de carga, e havia uma equipe de minúsculos homens e mulheres fazendo a manutenção do casco. Tendo eles como referência, era possível calcular que cada letra devia ter mais de 100 metros de altura. A espaçonave tinha mais de 1 quilômetro de comprimento (1036,5 metros, minha memória parecia soprar), e pelo menos um terço disso de largura (319,4 metros).

Isso não queria dizer que teríamos espaço sobrando. Em seu bojo, havia seis grandes caças com propulsores de táquions e cinquenta drones robôs. A infantaria ficaria espremida em um dos cantos. *A guerra é o território do atrito*, disse Chuck von Clausewitz; e eu pressentia que iríamos provar que ele estava certo.

Tínhamos cerca de seis horas antes de entrarmos no tanque de aceleração. Deixei meus pertences na pequena cabine que seria meu lar pelos próximos vinte meses e saí para explorar.

Charlie havia chegado ao lounge dos oficiais antes de mim e me tirou o privilégio de ser o primeiro a avaliar a qualidade do café disponível na *Masaryk II*.

– Parece bile de rinoceronte – comentou.

– Pelo menos não é soja – falei, tomando meu primeiro gole com cuidado. Constatei que eu iria sentir falta de soja dentro de uma semana.

O lounge dos oficiais era um cubículo de cerca de 3 por 4 metros, com piso e paredes metálicas, uma máquina de café e uma biblioteca digital. Nele havia seis cadeiras duras e uma mesa com uma máquina de escrever.

– Lugar agradável, não? – De forma indolente, ele deu uma olhada no índice geral da biblioteca digital. Um monte de teorias militares.

– É bom para refrescar a memória.

– Você se inscreveu para o treinamento de oficiais?

– Eu? Não. Ordens.

– Ao menos você tem uma desculpa. – Ele apertou o botão de ligar e desligar e ficou observando a intensidade da luz verde diminuir. – Eu me inscrevi. Eles não me disseram que seria assim.

– É...

Ele não se referia a um problema simples como o peso da responsabilidade ou coisa parecida.

– Dizem que esquecemos gradualmente.

Toda aquela informação que obrigam você a absorver; um sussurro constante e silencioso.

– Ah... aí estão vocês – Hilleboe entrou e nos cumprimentou. Ela inspecionou rapidamente a sala, e era óbvio que aqueles padrões espartanos tiveram sua aprovação. –

Vai querer falar à companhia antes de nos dirigirmos aos tanques de aceleração?

– Não. Não vejo por que isso seria... necessário – quase disse "desejável". Dar bronca em subordinados é uma arte delicada. Percebi que eu precisaria sempre relembrar a Hilleboe que ela não estava no comando. Ou eu podia apenas trocar de insígnias com ela, deixá-la experimentar as delícias do comando. – Você poderia, por favor, agrupar todos os líderes de pelotão e repassar a sequência de imersão com eles? Em breve, faremos alguns exercícios de aceleração. Mas, por ora, acho que as tropas podem aproveitar estas horas restantes para descansar.

Como se eles estivessem com tanta ressaca quanto seu comandante.

– Sim, senhor.

Ela se virou e foi embora. Um pouco zangada, pois o que pedi que fizesse era um trabalho mais apropriado para Riland ou Rusk.

Charlie pousou seu corpo rechonchudo em uma das cadeiras duras e suspirou.

– Vinte meses nessa máquina besuntada. Com ela. Merda.

– Bem, se você for bonzinho comigo, não vou te colocar no mesmo alojamento que ela.

– Está bem. Serei seu escravo eternamente. Começando, vejamos, na próxima sexta-feira. – Ele olhou para dentro de sua xícara e decidiu não tomar o resto. – Sem brincadeira, ela vai dar trabalho. O que você fará com ela?

– Não sei.

Charlie também estava sendo insubordinado, é claro. Mas ele era meu subcomandante e estava fora da cadeia de comando. Além do mais, eu tinha de ter ao menos *um* amigo.

– Talvez ela amoleça quando estivermos a caminho – sugeri.

– Pode ser.

Tecnicamente, já estávamos rastejando em direção ao colapsar Portal Estelar, acelerando a 1 gravidade. Mas aquilo era apenas para conveniência da tripulação. É difícil correr às escotilhas em queda livre. A viagem só começaria, de verdade, quando estivéssemos nos tanques.

O refeitório era muito deprimente, então Charlie e eu usamos as horas restantes para explorar a nave.

A ponte se parecia com qualquer outro computador. Dispensaram o uso de janelas, considerando-as um luxo desnecessário. Permanecemos a uma distância respeitável enquanto observávamos Antopol e seus oficiais fazerem uma última vez toda a série de inspeções, antes de entrarmos nos tanques e deixarmos nosso destino nas mãos de máquinas.

Na verdade, havia uma escotilha, uma bolha de plástico grosso, na sala de navegação em frente. O tenente Williams não estava ocupado. A parte de seu trabalho que incluía a pré-inserção era totalmente automática; portanto, ele teve prazer em nos mostrar as instalações.

Ele deu uma batidinha na escotilha com a unha.

– Espero que não tenhamos de usá-la nesta viagem.

– Por quê? – indagou Charlie.

– Só usamos quando nos perdemos. – Se o ângulo de inserção estivesse fora da rota por um milésimo de radiano, poderíamos parar do outro lado da galáxia. – Assim conseguimos ter uma ideia aproximada de nossa posição analisando os espectros das estrelas mais brilhantes. Elas têm uma espécie de impressão digital. Identificando três, podemos fazer uma triangulação.

– E daí encontramos o colapsar mais próximo e voltamos para a rota – completei.

– Aí é que está o problema. Sade-138 é o único colapsar que conhecemos na Nuvem de Magalhães. E só o conhecemos graças a dados que interceptamos dos inimigos. Mesmo se conseguíssemos encontrar outro colapsar, se nos perdêssemos na nuvem, não saberíamos como nos inserir.

– Que legal.

– Não é como se estivéssemos realmente perdidos – ele falou com uma expressão perversa no rosto. – Poderíamos entrar nos tanques, mirar a Terra e partir a toda potência. Chegaríamos lá em cerca de três meses, tempo da nave.

– Claro – falei. – Mas 150 mil anos no futuro. A 25 gravidades, chega-se a 0,9 da velocidade da luz em menos de um mês. A partir daí, você está nos braços de Santo Alberto.

– Bem, seria uma desvantagem, mas ao menos saberíamos quem ganhou a guerra.

Aquilo nos levou a perguntar quantos soldados haviam escapado da guerra dessa maneira. Havia 42 forças de ataque perdidas em algum lugar, das quais não se tinha notícia. Era possível que todas elas estivessem vagando pelo espaço à velocidade da luz e apareceriam na Terra ou no Portal Estelar uma a uma, com o passar dos séculos.

Essa com certeza era uma maneira conveniente de escapar sem permissão oficial, já que, uma vez fora da cadeia de saltos colapsares, seria praticamente impossível rastreá-las. Infelizmente, nossa sequência de saltos fora pré-programada pelo Comando da Força de Ataque. O navegador humano apenas entraria em ação se um erro de cálculo nos fizesse cair no "buraco de minhoca" errado e fôssemos parar em uma parte qualquer do espaço.

Charlie e eu fomos inspecionar a sala de ginástica, ampla o bastante para cerca de doze pessoas por vez. Pedi a ele que fizesse uma lista para que todos pudessem se exercitar durante uma hora por dia quando estivéssemos fora dos tanques.

O refeitório era só um pouco maior do que a sala de ginástica (mesmo com quatro turnos, as refeições seriam feitas ombro a ombro), e o lounge dos recrutas era ainda mais deprimente que o dos oficiais. Eu teria um verdadeiro problema de moral em minhas mãos bem antes de os vinte meses se completarem.

A armaria tinha o tamanho da sala de ginástica, do refeitório e dos dois lounges juntos. Tinha de ser assim devido à grande variedade de armas de infantaria que surgiram com o passar dos séculos. A arma básica ainda era o traje de combate, embora ele agora fosse muito mais sofisticado que o primeiro modelo em que eu fora espremido, pouco antes da campanha de Aleph.

O tenente Riland, oficial armeiro, estava supervisionando seus quatro subordinados, um de cada pelotão, que faziam uma checagem de última hora no depósito de armas. Provavelmente, o trabalho mais importante na nave inteira, quando se pensa no que poderia acontecer com todas aquelas toneladas de explosivos e radioativos a uma velocidade de 25 gravidades. Respondi à sua discreta saudação.

– Tudo nos conformes, tenente?

– Sim, senhor, exceto por aquelas merdas de espada. – Eram utilizadas no campo de estase. – Não há como arrumá-las sem que enverguem. Vamos torcer para que não quebrem.

Eu não conseguia entender os princípios por trás dos campos de estase. O lapso entre a física atual e o meu mestrado no assunto era tão grande quanto o tempo que separava Galileu e Einstein. Mas eu conhecia seus efeitos.

Nada podia se mover a mais de 16,3 metros por segundo dentro desses campos, que tinham um volume hemisférico (esférico, no espaço) de cerca de 50 metros de raio. Em seu interior, não havia radiação eletromagnética, nem eletricidade, nem magnetismo, nem luz. De dentro do traje, era possível ver as imediações em uma monocromia fantasmagórica. Haviam me explicado tal fenômeno apenas em termos superficiais, como sendo por causa da "transferência de fase de um vazamento de quase energia por meio de uma adjacente realidade taquiônica". Flogístico demais para mim.

O resultado disso, no entanto, era tornar todas as armas de guerra convencionais inúteis. Mesmo uma bomba-nova era apenas uma massa inerte dentro do campo. E qualquer criatura, terráquea ou tauriana, pega dentro do campo sem o devido isolamento, morreria em fração de segundos.

À primeira vista, parecia que tínhamos descoberto a mais potente das armas. Houve cinco combates nos quais bases taurianas completas foram aniquiladas sem que ocorresse nenhuma perda humana. Tudo o que se tinha de fazer era levar o campo até os inimigos (quatro brutamontes conseguiriam carregá-lo em uma gravidade como a da Terra) e vê-los morrer à medida que passavam pela barreira opaca do campo. As pessoas que transportavam o gerador eram invulneráveis, exceto nos curtos períodos em que talvez tivessem de desligar a coisa para se orientar.

Porém, na sexta vez em que o campo foi utilizado, os taurianos estavam preparados. Eles usavam trajes protetores e portavam lanças afiadas, com as quais conseguiam abrir brechas nos trajes dos carregadores do gerador. A partir de então, os carregadores passaram a andar armados.

Apenas outras três batalhas desse tipo foram relatadas, embora uma dezena de forças de ataque tenha partido com campos de estase. As outras ainda estavam combatendo, ou a caminho, ou haviam sido totalmente derrotadas. Não era possível dizer, a menos que voltassem. E não eram encorajadas a voltar enquanto os taurianos ainda controlassem "suas" propriedades... Supostamente, constituía "deserção sob fogo inimigo", o que significava execução de todos os oficiais (embora houvesse rumores de que simplesmente sofreriam lavagem cerebral, reeducação e seriam mandados de volta para a batalha).

– Usaremos os campos de estase, senhor? – Riland perguntou.

– Provavelmente. Não de imediato, a menos que os taurianos já estejam lá. Não me agrada a ideia de viver dentro de um traje dias e dias. – Também não me agradava a ideia de usar espadas, lanças e atirar facas, independente de quantas ilusões eletrônicas eu havia enviado para Valhalla usando esse tipo de arma.

Consultei meu relógio.

– Bem, é melhor nos dirigirmos para os tanques, capitão. Não deixe de se certificar de que está tudo preparado.

Ainda tínhamos duas horas antes que a sequência de inserção se iniciasse.

A sala em que os tanques estavam lembrava uma grande indústria química. O piso tinha perto de 100 metros de diâmetro e estava apinhado com aparatos volumosos pintados em um cinza opaco e uniforme. Os oito tanques estavam dispostos quase simetricamente em volta do elevador central; a simetria só não era perfeita porque um dos tanques tinha duas vezes o tamanho dos outros. Este era o tanque de comando, para todos os oficiais antigos e os especialistas de apoio.

O sargento Blazynski saiu de trás de um dos tanques e nos cumprimentou. Não respondi à sua saudação.

– Que diabos é isso? – Em todo aquele universo acinzentado, havia um ponto de cor.

— É um gato, senhor.
— Nota-se.

Um gato grande, malhado, ridiculamente acomodado no ombro do sargento.

— Deixe-me reformular a frase: que diabos um gato está fazendo aqui?

— É o mascote do esquadrão de manutenção, senhor.

O gato levantou a cabeça, o suficiente para olhar ressentido para mim, e voltou novamente ao seu repouso.

Olhei para Charlie, que encolheu os ombros.

— Parece um pouco cruel — disse ele.

Para o sargento:

— Vocês não vão desfrutar de sua companhia por muito tempo, pois após 25 gravidades será apenas um monte de pelos e tripas.

— Ah, não, senhor! Digo, senhores.

Ele afastou os pelos entre os ombros da criaturinha. Havia um implante de fluorcarbono ali, exatamente como o que eu tinha acima do osso do quadril.

— Compramos em uma loja do Portal Estelar, já modificado. Agora muitas naves têm mascotes, senhor. A comodoro assinou os formulários para nós.

Bem, era direito dela. A manutenção estava sob o comando de nós dois. E esta era a nave dela.

— Você não podia ter arranjado um cachorro?

Deus, eu odiava gatos! Sempre andando furtivamente.

— Não, senhor, eles não se adaptam. Não aguentam a queda livre.

— Você teve de fazer adaptações especiais no tanque? — perguntou Charlie.

— Não, senhor. Temos um assento extra. Precisamos apenas diminuir os cintos.

— Que maravilha. — Então, eu teria que dividir um tanque com o animal.

— Ele toma um tipo diferente de droga para fortalecer as paredes celulares, mas isso estava incluso no preço.

Charlie coçou atrás de uma das orelhas do bichano, que ronronou suavemente, mas não se moveu.

— Parece meio abobado. O animal, quero dizer.

— Nós o drogamos antes do tempo. Assim fica mais fácil prendê-lo.

Não era à toa que ele estava tão parado: as drogas diminuem o metabolismo a uma taxa quase insuficiente para manter a vida.

— Então, acho que tudo bem — falei. — Talvez seja bom para o moral. Mas, se ele começar a atrapalhar, eu mesmo o reciclarei.

— Sim, senhor — ele falou, visivelmente aliviado, duvidando que eu fosse capaz de fazer aquilo com um amontoado de pelos tão bonitinho. Espere pra ver, amigo.

Havíamos visitado tudo. A única coisa que restava, deste lado dos motores, era o grande compartimento onde os caças e as sondas teleguiadas aguardavam, presos em suas imensas armações por causa da aceleração que se aproximava. Charlie e eu descemos para dar uma olhada, mas não havia janelas do nosso lado da câmara de compressão. Eu sabia que havia uma do lado de dentro, mas a câmara já havia sido evacuada e não valia a pena passar por todo aquele ciclo de preenchimento e aquecimento somente para satisfazer nossa curiosidade.

Começava a me sentir um estorvo. Chamei Hilleboe, e ela disse que tudo estava sob controle. Como ainda tínhamos uma hora, voltamos para o refeitório e usamos o computador para intermediar um jogo de *Kriegspieler* que estava apenas começando a ficar interessante quando o aviso de dez minutos soou.

Por segurança, os tanques de aceleração tinham uma meia-vida que durava cinco semanas. Havia 50% de chance de se continuar imerso por cinco semanas antes de alguma válvula ou tubo estourar e você ser esmagado como um inseto. Na prática, teria de acontecer uma emergência dos infernos para justificar o uso dos tanques por mais de duas semanas de aceleração. Seriam apenas dez dias nesta primeira parte da jornada.

Contudo, cinco semanas ou cinco horas eram a mesma coisa para quem estava no tanque. Uma vez que a pressão atingia nível operacional, não se tinha mais noção da passagem do tempo. Seu corpo e seu cérebro viravam concreto. Nenhum de seus sentidos funcionava, e você podia se divertir várias horas tentando simplesmente soletrar o próprio nome.

Portanto, não me surpreendi com a impressão de que nenhum tempo havia passado quando, de repente, senti-me seco e meu corpo começou a formigar com o retorno das sensações. O lugar parecia uma convenção de asmáticos no meio de um campo de feno: 39 pessoas e um gato, todos tossindo e espirrando para se livrar dos últimos resíduos de fluorcarbono. Enquanto eu ainda tentava me livrar das correias, a porta lateral se abriu, inundando o tanque com uma luz brilhante que chegava a doer. O gato foi o primeiro a sair, e o pessoal foi logo atrás. Pelo bem da minha dignidade, esperei até que todos saíssem.

Mais de cem pessoas vagavam do lado de fora, alongando-se e massageando os lugares do corpo onde sentiam cãibra. Dignidade! Rodeado por acres de carne feminina jovem, olhei fixamente para o rosto delas e, em minha cabeça, desesperadamente tentei resolver uma equação diferencial de terceira ordem a fim de me livrar do reflexo galanteador. Um recurso provisório, mas que me permitiu chegar até o elevador.

Hilleboe já gritava ordens, alinhando o pessoal, e assim que as portas se fecharam percebi que todos de um determinado pelotão tinham um hematoma leve e uniforme da cabeça aos pés. Vinte pares de olhos negros. Eu precisava consultar a manutenção e a equipe médica sobre aquilo.

Depois de me vestir.

TRINTA E UM

Permanecemos a 1 gravidade por três semanas, com períodos ocasionais de queda livre para checar o curso de navegação, enquanto a *Masaryk II* fazia um longo e estreito giro partindo do colapsar Resh-10 e retornando. Aquele período foi tranquilo, as pessoas estavam se adaptando bem à rotina da nave. Ocupei-as bem pouco com atividades improdutivas, revisamos o treinamento ao máximo e fizemos muitos exercícios. Tudo para o próprio bem deles, mas eu não era tão inocente a ponto de achar que veriam dessa forma.

Após aproximadamente uma semana a 1 gravidade, o soldado Rudkoski (cozinheiro assistente) encontrou uma maneira de produzir cerca de 8 litros diários de uma bebida com 95% de álcool etílico. Eu não quis interrompê-lo... A vida já era sem graça o bastante; eu não me importava, contanto que as pessoas se apresentassem para o trabalho sóbrias... Mas eu estava muito curioso para saber como ele conseguia desviar matéria-prima da nossa ecologia hermética e como as pessoas pagavam pela dose. Então usei a hierarquia de comando ao contrário e pedi a Alsever para descobrir. Ela perguntou a Jarvil, que perguntou a Carreras, que foi conversar com Orban, o cozinheiro. Descobriu-se que o sargento Orban havia armado tudo, deixando o trabalho sujo para Rudkoski, porém, estava doido para vangloriar-se daquilo com alguém de confiança.

Se eu tivesse feito alguma refeição com os recrutas, teria descoberto que havia algo estranho. Mas o esquema não se estendeu para o "país" dos oficiais.

Por intermédio de Rudkoski, Orban improvisara uma economia dentro da nave baseada em álcool. Funcionava da seguinte maneira:

Cada refeição era acompanhada por uma sobremesa bem açucarada (gelatina, creme de ovos ou pudim) que, quem aguentasse o sabor enjoativo, comia. Mas, se a sobremesa ainda estivesse na bandeja quando você a entregasse na reciclagem, Rudkoski lhe dava um bilhete de dez centavos e raspava a coisa açucarada para dentro do tonel de fermentação. Ele tinha dois tonéis de 20 litros, um "em funcionamento" e o outro sendo preenchido.

Os dez centavos eram a base de um sistema que permitia a qualquer um comprar meio litro de álcool etílico puro (com o sabor de sua preferência) por cinco dólares. Se cinco pessoas deixassem de comer sobremesa, podiam comprar cerca de 1 litro por semana, o suficiente para uma festa, mas não para constituir um problema de saúde pública.

Quando Diana me passou essa informação, trouxe também uma garrafa do Pior de Rudkoski... literalmente. Tinha um sabor simplesmente muito esquisito. Circulou por toda a cadeia de comando, que bebeu apenas uma pequena quantidade.

O sabor era uma desagradável combinação de morango e sementes de cominho. Com uma perversidade não incomum às pessoas que raramente bebem, Diana adorou. Pedi que trouxessem gelo e, em uma hora, ela estava completamente bêbada. Preparei um drinque para mim e não consegui terminar.

Quando Diana estava a mais de meio caminho em sua "viagem", em um tranquilizador solilóquio com o fígado, ela de repente levantou a cabeça e me olhou como uma criança o faria.

– Você tem um grande problema, major William.

– Nem metade do problema que você terá pela manhã, tenente dra. Diana.

– Ah, mais ou menos. – Ela acenou com a mão bêbada na frente do rosto. – Algumas vitaminas, um pouco de gli... cose, uma do...se de adrena...lina, se tudo o mais... falhar. Você... você... tem... um problemão.

– Olhe, Diana, você não quer que eu...

– O que você precisa... é agendar um horário com aquele agradável cabo Valdez. – Valdez era o conselheiro do sexo masculino. – Ele é simpático. É seu trabalho. Ele vai te...

– Já falamos sobre isso, lembra? Quero continuar como sou.

– Como todos. – Ela enxugou uma lágrima que provavelmente tinha 1% de álcool. – Sabia que te chamam de Velho M... Mandão? Não, não é isso.

Ela olhou para o chão, depois para a parede.

– Velho Maricão, é disso que eles te chamam.

Eu esperava nomes piores que esse, mas não tão cedo.

– Não me importo. O comandante sempre recebe apelidos.

– Eu sei, mas... – Ela se levantou repentinamente e cambaleou um pouco. – Bebi demais. Vou me deitar. – Virou-se de costas para mim e espreguiçou com tanta força que chegou a estalar uma articulação. Então a ouvi abrindo um fecho. Ela fez um movimento com os ombros para tirar a túnica, saiu de dentro dela e veio na ponta dos pés até a minha cama. Sentou-se e deu um tapinha no colchão.

– Venha, William. Chance única.

– Por Deus, Diana. Não seria justo.

– Tudo é justo. – Ela deu uma risadinha. – E, além do mais, sou médica. Sou capaz de uma abordagem clínica, não me incomodará nem um pouco. Ajude-me com isso.

Após quinhentos anos, os fechos do sutiã ainda ficavam nas costas.

Um tipo de cavalheiro a ajudaria a se despir e, então, sairia silenciosamente. Outro tipo de cavalheiro talvez disparasse porta afora. Como eu não era de nenhum dos dois tipos, parti para o ataque.

Talvez felizmente, ela desmaiou antes que avançássemos. Admirei a visão e o toque da pele dela por um longo período antes de, sentindo-me um canalha, pegar suas roupas e vesti-la novamente.

Levantei-a da cama – uma carga deliciosa – e então me dei conta de que, se alguém me visse carregando-a até seu alojamento, ela seria alvo de comentários pelo resto da campanha. Entrei em contato com Charlie, disse a ele que havíamos tomado umas e outras e que Diana era péssima para aquilo, perguntei se ele poderia vir para um drinque e para me ajudar a rebocar a boa doutora.

Quando Charlie bateu à porta, ela estava acomodada a uma cadeira inocentemente, roncando com suavidade. Ele sorriu.

– Médica, cura-te a ti mesma.

Ofereci a ele a garrafa, avisando de antemão. Ele deu uma cheirada e fez uma careta.

– O que é isto? Verniz?

– Algo que os cozinheiros inventaram. Destilado a vácuo. – Ele pousou a garrafa cuidadosamente, como se fosse explodir se chacoalhasse.

– Posso prever uma futura diminuição da freguesia. Epidemia de morte por envenenamento... Ela realmente bebeu esta coisa horrível?

– Bem, os cozinheiros admitiram que é um experimento que não deu certo. Os outros sabores são evidentemente suportáveis... Sim, ela amou.

— Bom... — Ele riu. — Caramba! O que vamos fazer? Você pega nas pernas e eu nos braços?

— Não, cada um pega num braço. Talvez consigamos fazê-la andar parte do caminho.

Diana gemeu um pouco quando a erguemos da cadeira, abriu um olho e disse:

— Olá, Charliiiiie.

Depois, fechou os olhos e deixou que a levássemos até seu alojamento. Ninguém nos viu pelo caminho, porém, sua companheira de quarto, Laasonen, estava sentada lendo.

— Ela realmente bebeu aquela porcaria, né? — Ela sentia um afeto estranho pela amiga. — Deixe-me ajudá-los.

Nós três lutamos para colocá-la na cama. Laasonen tirou o cabelo dos olhos dela.

— Ela disse que era um experimento.

— Tem mais devoção à ciência que eu — Charlie falou. — E um estômago mais resistente também.

Todos desejamos que ele não tivesse dito isso.

Diana admitiu encabulada que não se lembrava de nada após a primeira dose. Conversando com ela, deduzi que pensava que Charlie tivesse estado lá o tempo todo. O que era melhor, claro. Mas, ah! Diana, minha adorável heterossexual latente, deixe-me comprar-lhe uma garrafa de bom uísque na próxima vez que aportarmos. Daqui a setecentos anos.

Voltamos para os tanques, para o salto de Resh-10 a Kaph-35. Seriam duas semanas a 25 gravidades; depois, teríamos mais quatro semanas de rotina a 1 gravidade.

Eu anunciara minha política de Portas Abertas, mas praticamente ninguém a aproveitou. Eu via muito pouco os soldados e em ocasiões quase sempre negativas: testando-os na revisão do treinamento, distribuindo reprimendas e, de vez em quando, ministrando aulas. E eles raramente falavam de forma inteligível, exceto em resposta a uma pergunta direta.

A maioria deles tinha o inglês como língua nativa ou como segunda língua, mas o idioma havia mudado tão drasticamente nos últimos 450 anos que eu mal conseguia entender, menos ainda se falado com rapidez. Felizmente, todos aprenderam o inglês do início do século 21 durante o treinamento básico. Aquele idioma, ou dialeto, funcionava como *língua franca* temporal com a qual um soldado do século 25 poderia se comunicar com alguém que tivesse sido contemporâneo de seu 19º tataravô. Se é que ainda havia algo parecido com "avós".

Pensei em meu primeiro comandante de combate, o capitão Stott (que eu havia odiado cordialmente, como o resto da companhia), e tentei imaginar o que eu teria sentido se ele tivesse um desvio sexual e eu fosse forçado a aprender uma nova língua para conveniência dele.

Enfrentávamos problemas de disciplina, claro. Mas o milagre era termos alguma disciplina. Hilleboe era a responsável por isso. Por menos que eu gostasse dela como pessoa, tinha de lhe dar crédito por manter as tropas na linha.

A maioria dos grafites espalhados pela nave se referia a improváveis geometrias sexuais entre a segunda-oficial de campo e seu comandante.

De Kaph-35 saltamos para Samk-78, de lá para Ayin-129 e finalmente para Sade-138. Grande parte dos saltos não era superior a algumas centenas de anos-luz, mas o último era de 140 mil. Provavelmente, o mais longo salto colapsar já feito por uma embarcação tripulada.

O tempo gasto para atravessar o buraco de minhoca entre um colapsar e o outro era sempre o mesmo, independentemente da distância. Quando estudei física, pensava-se que a duração de um salto colapsar era exatamente zero. Mas, alguns séculos mais tarde, fizeram um complicado experimento com ondas que provou que o salto, na verdade, durava uma pequena fração de nanossegundo. Não parece muito, mas foi preciso reformular a física desde suas bases quando o salto colapsar foi descoberto; tiveram de acabar com tudo novamente quando descobriu-se que levava um tempo para ir de A a B. Os físicos ainda discutem a questão.

Mas tivemos problemas mais urgentes assim que saímos do campo colapsar de Sade-138 a 0,75 da velocidade da luz. Não havia como averiguar, de forma imediata, se os taurianos haviam estado ali antes de nós. Lançamos uma sonda teleguiada pré-programada que desaceleraria a 300 gravidades e faria uma análise preliminar. Ela nos alertaria caso detectasse qualquer outra nave no sistema ou evidência de atividade tauriana em quaisquer dos planetas colapsares.

Assim que a sonda foi lançada, nos enfiamos nos tanques, e os computadores nos conduziram ao longo de uma manobra evasiva de três semanas enquanto a nave desacelerava. Nenhum problema, exceto pelo fato de que três semanas é muito tempo para se ficar congelado dentro do tanque. Alguns dias depois, todos ainda se arrastavam como velhos arqueados.

Se a sonda teleguiada nos tivesse mandado uma mensagem informando que os taurianos já estavam no sistema, imediatamente teríamos diminuído a velocidade a 1 gravidade e entrado em formação de combate, enviando sondas teleguiadas e caças armados com bombas-novas. Ou talvez não sobrevivêssemos tanto assim: algumas vezes os taurianos conseguiam alcançar uma nave poucas horas após terem entrado no sistema. A morte no tanque não devia estar entre as formas mais prazerosas de deixar de existir.

Demoramos um mês para voltar a algumas unidades astronômicas de distância de Sade-138, onde a sonda teleguiada encontrou um planeta que condizia com nossos requisitos.

Era um planeta estranho, um pouco menor do que a Terra, mas mais denso. Não apresentava o frio criogênico da maioria dos planetas portais, tanto por causa do calor em seu interior quanto por causa de S Doradus, a estrela mais brilhante da nuvem, que estava a apenas um terço de ano-luz dali.

A característica mais estranha do planeta era sua falta de geografia. Do espaço parecia uma bola de bilhar ligeiramente deformada. Para explicar seu estado relativamente imaculado, nosso físico residente, o tenente Gim, observou que sua órbita anômala, quase cometária, provavelmente significava que havia passado a maior parte da vida como "planeta desgarrado", vagando sozinho pelo espaço interestelar. Eram vastas as chances de um grande meteoro nunca ter se chocado com ele até entrar no campo de Sade-138 e ser capturado, forçado a partilhar o espaço com todos os outros fragmentos que o colapsar sugava.

Deixamos a *Masaryk II* em órbita (ela era capaz de aterrissar, porém, restringiria sua visibilidade e seu tempo de fuga) e levamos materiais de construção para a superfície utilizando os seis caças.

Era bom sair um pouco da nave, mesmo que o planeta não fosse muito hospitaleiro. A atmosfera era um vento ralo e gelado de hidrogênio e hélio. Fazia frio demais mesmo ao meio-dia para que qualquer outra substância pudesse existir em forma de gás.

"Meio-dia" era quando S Doradus estava sobre nossas cabeças, um brilho minúsculo e intenso. A temperatura caía vagarosamente à noite, indo de 25 Kelvin para 17, o que causava problemas, pois, pouco antes do amanhecer, o hidrogênio começava a se condensar, tornando tudo tão escorregadio que era inútil tentar fazer qualquer coisa que não fosse se sentar e esperar. Quando amanhecia, um arco-íris de cores pastéis rompia com a monotonia em preto e branco da paisagem.

O solo era traiçoeiro, coberto com pequenos pedaços granulados de gás congelado que se moviam de forma lenta e incessante sob a brisa anêmica. Tínhamos de andar em um gingado lento para conseguir permanecer de pé. Das quatro pessoas que morreram durante a construção da base, três foram vítimas de simples quedas.

As tropas não ficaram felizes com a minha decisão de construir defesas antiaéreas e perimetrais antes de instalar os quartéis. No entanto, foi feito conforme o manual: eles tinham dois dias de descanso na nave para cada "dia" de trabalho no planeta, o que não era muito generoso, admito, já que os dias na nave duravam 24 horas, e um dia no planeta tinha 38,5 horas de aurora a aurora.

A base foi concluída em menos de quatro semanas, e era uma estrutura realmente formidável. O perímetro, um círculo de 1 quilômetro de diâmetro, era guardado por lasers de 25 gigawatts que mirariam e dispariam automaticamente em 1 milésimo de segundo. Eles reagiriam ao movimento de qualquer objeto de tamanho significativo entre o perímetro e o horizonte. Algumas vezes, quando o vento era adequado e o solo estava úmido por causa do hidrogênio, os pequenos grânulos de gelo agrupavam-se, formando uma bola de neve, e saíam rolando, mas sem ir muito longe.

Por segurança, e para evitar que o inimigo aparecesse em nosso horizonte, a base ficava no centro de um enorme campo minado. As minas enterradas detonariam sob distorção suficiente de seus campos gravitacionais locais: um único tauriano acionaria uma delas a 20 metros de distância; uma pequena nave 1 quilômetro acima também as detonaria. Havia 2.800 delas, a maioria, bombas nucleares de 100 microtons. Cinquenta eram poderosos e devastadores dispositivos taquiônicos. Todas estavam espalhadas aleatoriamente em um anel que se estendia do limite de alcance dos lasers por mais 5 quilômetros.

Dentro da base, cada pelotão possuía lasers individuais, granadas de microtons e um lançador taquiônico de foguetes de repetição que nunca haviam sido testados em combate. Como último recurso, o campo de estase ficava ao lado dos dormitórios. Dentro de sua redoma cinza e opaca, ao lado de armamento paleolítico suficiente para rechaçar a Horda Dourada, havia um pequeno cruzador para o caso de perdermos nossas espaçonaves durante a batalha. Doze pessoas conseguiriam voltar ao Portal Estelar.

De nada adiantava pensar que os outros sobreviventes teriam de cruzar os braços até serem resgatados por reforços ou morrerem.

Os dormitórios e as instalações administrativas ficavam todos no subsolo, para protegê-los de armas com linha de mira. Contudo, isso não elevava muito o moral. Havia listas de espera para cada destacamento externo, não importando quão árdua ou arriscada fosse a incumbência. Eu não queria que as tropas fossem para a superfície em seu tempo livre por causa do perigo a que se expunham e, também, por causa da dor de cabeça administrativa de constantemente ter de checar os equipamentos na entrada e na saída e ainda precisar rastrear onde cada um estava.

Por fim, tive de ceder um pouco e permitir que as pessoas ficassem algumas horas na superfície toda semana. Não havia nada para ver, exceto a planície sem graça e o céu (que era dominado por S Doradus durante o dia e pela galáxia escura e enorme à noite), mas aquilo era um avanço, se comparado à visão de paredes e tetos de rochas derretidas.

A diversão favorita era andar até o perímetro e jogar bolas de neve em frente aos lasers, observar que, por menor que fosse a bola de neve, ela poderia, ainda assim, ativar a arma. Para mim, essa diversão parecia tão interessante quanto olhar para uma torneira gotejando, mas não havia nenhum perigo real nisso, pois as armas só disparavam para fora e tínhamos energia de sobra.

Por cinco meses, as coisas seguiram tranquilamente. Os problemas administrativos que tivemos eram similares aos que enfrentamos na *Masaryk II*. E corríamos menos perigo como trogloditas passivos do que saltando de colapsar em colapsar, pelo menos até o inimigo aparecer.

Fiz vista grossa quando Rudkoski reativou sua destilaria. Qualquer coisa que quebrasse a monotonia do dever era bem-vinda, e os bônus (o dinheiro ganho nas trocas com Rudkoski), além de prover bebida para as tropas, também lhes dava a oportunidade de apostar. Apenas interferi de duas maneiras: ninguém poderia ir para fora, a menos que estivesse plenamente sóbrio, nem poderia vender favores sexuais. Talvez fosse meu lado puritano, mas estava, mais uma vez, em conformidade com as normas. A opinião dos especialistas de plantão estava dividida. Tenente Wilber, o oficial psiquiátrico, concordava comigo; os conselheiros sexuais Kajdi e Valdez, não. Mas era provável que estivessem conseguindo dinheiro com a prática, fazendo o papel de "profissionais" residentes.

Passamos cinco meses numa rotina confortável e entediante, quando, então, aconteceu o caso do soldado Graubard.

Por razões óbvias, nenhuma arma era permitida nos dormitórios. Da forma como essas pessoas eram treinadas, uma simples briga de mão poderia se tornar um duelo mortal, e os pavios ali eram curtos. Cem pessoas normais provavelmente já teriam se matado após uma semana em nossas cavernas, mas esses soldados haviam sido escolhidos a dedo por sua capacidade de conviver em confinamento.

Ainda assim, brigas aconteciam. Graubard quase matara seu ex-amante, Schon, quando ele lhe fizera uma careta na fila do refeitório. Ele passou uma semana na solitária (assim como Schon, por ter provocado a situação), recebeu aconselhamento psiquiátrico e algumas punições. Então o transferi para o quarto pelotão, para que não se encontrasse com Schon todos os dias.

A primeira vez em que eles se cruzaram novamente nos corredores, Graubard cumprimentou Schon com um chute de caratê na garganta. Diana teve de construir-lhe uma nova traqueia. Graubard recebeu uma sequência mais intensiva de detenção, terapia e punições (diabos, eu não podia transferi-lo para outra companhia), depois se comportou como um bom rapaz por duas semanas. Alterei a escala de trabalho e os turnos de refeição deles, de forma que nunca estivessem na mesma sala juntos. No entanto, eles se encontraram de novo no corredor; só que, dessa vez, a coisa ficou mais equilibrada: Schon teve duas costelas quebradas, mas Graubard teve um testículo rompido e perdeu quatro dentes.

Se continuasse assim, eu teria, no mínimo, uma boca a menos para alimentar.

Pelo Código Universal da Justiça Militar, eu poderia ter ordenado a execução de Graubard, já que estávamos tecnicamente em estado de combate. Talvez devesse tê-lo feito, mas Charlie sugeriu uma solução mais humanitária e aceitei.

Não tínhamos espaço suficiente para manter Graubard na solitária para sempre, o que parecia ser a única medida humana e prática, mas havia espaço suficiente a bordo da *Masaryk II*, que pairava sobre nossas cabeças em uma órbita estacionária. Entrei em contato com Antopol, que concordou em cuidar dele. Dei-lhe permissão para jogar o imbecil no espaço se causasse qualquer problema.

Convocamos uma assembleia geral para explicar a situação, para que a lição dada a Graubard fosse aprendida por todos. Eu mal tinha começado a falar, em pé no estrado de rochas com a companhia à minha frente, os oficiais e Graubard atrás de mim... quando o idiota decidiu me matar.

Como todos os demais, Graubard tinha cinco horas semanais de treinamento dentro do campo de estase. Sob supervisão intensa, os soldados praticavam o uso de espadas, lanças e sei lá mais o quê em bonecos taurianos. De alguma forma, Graubard havia conseguido contrabandear uma arma, um chakram indiano, que é um círculo de metal com a borda externa afiada como lâmina. É uma arma complicada, mas, uma vez que se saiba como usá-la, pode ser muito mais eficaz do que uma faca comum. Graubard era um perito.

Em uma fração de segundos, Graubard incapacitou as pessoas que estavam ao seu lado (acertando Charlie na têmpora com o cotovelo, enquanto quebrava a rótula de Hilleboe com um chute), tirou o chakram de sua túnica e jogou-o em minha direção com maestria. O objeto tinha percorrido metade da distância até minha garganta quando reagi.

Instintivamente, dei um tapa para desviá-lo e fiquei a 1 centímetro de perder os quatro dedos. A lâmina cortou o topo da palma da minha mão, mas consegui tirar aquela coisa de curso. Graubard veio em minha direção, com os dentes à mostra e uma expressão que espero não ver nunca mais em minha vida.

Talvez ele não tivesse se dado conta de que o *velho maricão* era, na verdade, apenas cinco anos mais velho do que ele, que tinha reflexos de combate e três semanas de treinamento em cinestesia de feedback negativo. Bem, foi tão fácil que quase senti pena dele.

O dedo de seu pé direito estava virando para dentro. Eu sabia que ele daria mais um passo e saltaria sobre mim. Ajustei a distância entre nós e, assim que seus pés saíram do chão, dei-lhe um forte chute lateral no plexo solar. Ele ficou inconsciente antes mesmo de atingir o chão. Mas não estava morto.

Se eu simplesmente o tivesse matado em legítima defesa, meus problemas teriam terminado em vez de se multiplicarem de forma repentina.

Quando se trata de um simples encrenqueiro psicótico, o comandante pode prendê-lo e esquecer. Mas não um assassino fracassado. E eu não precisava fazer uma pesquisa para saber que executá-lo não melhoraria minha relação com as tropas.

Percebi que Diana estava de joelhos ao meu lado, tentando abrir meus dedos.

– Dê uma olhada em Hilleboe e Moore – murmurei.

E gritei às tropas:

– Dispensados.

TRINTA E DOIS

– Não seja idiota – Charlie disse, segurando um pano umedecido contra a ferida na lateral de sua cabeça.
– Você não acha que tenho de executá-lo?
– Pare de se mexer!
Diana tentava alinhar as laterais do meu ferimento a fim de suturá-lo. Do punho para baixo, minha mão parecia um pedaço de gelo.
– Não com suas próprias mãos. Você pode designar alguém. Ao acaso.
– Charlie tem razão – apontou Diana. – Faça com que todos sorteiem um pedaço de papel de uma tigela.
Ainda bem que Hilleboe estava dormindo profundamente na outra maca. Eu não precisava da opinião dela.
– E se a pessoa escolhida se recusar?
– Puna-a e escolha outra – respondeu Charlie. – Você não aprendeu nada no tanque? Não pode comprometer sua autoridade executando uma tarefa... que obviamente deveria ser executada por um inferior.
– Se fosse qualquer outra tarefa, com certeza. Mas neste caso... ninguém na companhia jamais matou. Vai parecer que estou querendo arranjar outra pessoa para fazer meu servicinho sujo.
– Se esta merda é tão complicada – falou Diana –, por que não vai à frente das tropas e diz o quanto é complicado? E aí faça-os tirar a sorte. Eles não são crianças.

Houve um exército em que se fizera algo parecido, informava-me um forte vestígio de memória. A milícia marxista POUM na Guerra Civil Espanhola, no início do século 20. Uma ordem era obedecida apenas depois que fosse explanada em detalhes; no entanto, poderia ser rechaçada se não fizesse sentido. Os oficiais e os homens se embebedavam juntos, nunca prestavam continência nem tratavam uns aos outros por títulos. Eles perderam a guerra, mas o outro lado não se divertiu nem um pouco.

– Pronto. – Diana repousou a mão ferida em meu colo. – Não a use por meia hora. Quando começar a doer, você pode usá-la.

Analisei a ferida de perto.

– Não está alinhado. – Não que eu estivesse reclamando.

– Nem deveria. Agradeça por não ter lhe sobrado apenas um cotoco, pois não há instalações de regeneração deste lado do Portal Estelar.

– O cotoco deve estar em cima do seu pescoço – disse Charlie. – Não entendo por que você tem tanto receio. Deveria ter matado aquele miserável na hora.

– *Eu sei disso, droga!* – Charlie e Diana saltaram com meu rompante. – Desculpem, mas que merda... Apenas me deixem ter minhas preocupações.

– Por que vocês dois não conversam sobre outra coisa por um tempo? – Diana se levantou e checou o conteúdo de seu kit médico. – Tenho de visitar outro paciente. Evitem se alterar.

– Graubard? – perguntou Charlie.

– Exato. Para me certificar de que será capaz de subir no cadafalso sem ajuda.

– E se Hilleboe...

– Ela ficará apagada por mais meia hora. Vou pedir a

Jarvil que desça, apenas por precaução. – Ela apressou-se em direção à porta.

– O cadafalso... – Eu não tinha parado para pensar. – Como diabos vamos executá-lo? Não podemos fazê-lo a portas fechadas: deprimente. Pelotão de fuzilamento seria pavoroso.

– Atire-o pela saída de ar. Você não precisa ter cerimônia com ele.

– Você deve ter razão. Não estava pensando nele.

Imaginei se Charlie já tinha visto o corpo de uma pessoa morta daquela forma.

– Talvez devêssemos simplesmente enfiá-lo no reciclador. Ele acabará lá de qualquer jeito – falei.

Charlie riu.

– Esse é o espírito.

– Mas teríamos de retalhá-lo um pouco. A porta não é muito larga.

Charlie deu algumas sugestões para resolvermos aquele pequeno problema. Jarvil entrou, mas meio que nos ignorou.

De repente, a porta da enfermaria foi escancarada ruidosamente. Era um paciente sendo transportado em um carrinho... Diana e um soldado corriam lado a lado. Ela pressionava o peito do homem, enquanto o soldado empurrava o carrinho. Dois outros soldados os seguiam, mas pararam na porta.

– Perto da parede – ordenou.

Era Graubard.

– Ele tentou se matar – explicou Diana, mas era bem óbvio. – O coração parou.

O imbecil havia feito um laço com o próprio cinto. Ainda estava pendurado debilmente em volta do pescoço.

Havia dois grandes eletrodos com cabos de borracha na parede. Diana os agarrou com uma das mãos enquanto rasgava a túnica de Graubard com a outra.

– Tire as mãos da maca! – Ela segurou os eletrodos separadamente, ligou uma chave e os pressionou contra o peito dele.

Houve um zunido baixo enquanto seu corpo estremecia e caía pesadamente. Cheiro de carne queimada.

Diana balançava a cabeça.

– Prepare-se para abri-lo – disse a Jarvil. – Chame Doris aqui embaixo.

O corpo estava gorgolejando, mas era um som mecânico, como de encanamento.

Ela desligou a chave e soltou os eletrodos, tirou um anel do dedo e cruzou a sala para enfiar as mãos no esterilizador. Jarvil começou a esfregar um fluido de cheiro horrível sobre o peito do homem.

Havia uma pequena marca vermelha entre as duas queimaduras causadas pelos eletrodos. Levei um tempo para reconhecer o que era; Jarvil a limpou. Cheguei mais perto e examinei o pescoço de Graubard.

– Saia daí, William, você não está esterilizado.

Diana apalpou sua clavícula, mediu alguns centímetros na direção descendente e fez uma incisão logo abaixo do esterno. O sangue jorrava. Jarvil passou para ela um instrumento que parecia um grande e cromado corta-vergalhão. Desviei o olhar, mas não pude deixar de ouvir a coisa triturando suas costelas. Ela pediu retratores, esponjas e outros instrumentos, enquanto eu voltava para o lugar onde estivera sentado. Com o canto do olho, fiquei observando-a trabalhar dentro do tórax dele, massageando diretamente seu coração.

Charlie se sentia da mesma maneira que eu. Ele disse a ela, em voz baixa:

– Ei, não se desgaste tanto, Diana.

Ela não respondeu. Jarvil se aproximou com o coração artificial e segurava dois tubos. Diana pegou um bisturi, e desviei o olhar novamente.

Meia hora mais tarde, ele ainda não dava sinais de vida. Eles desligaram a máquina e o cobriram com um lençol. Diana lavou o sangue de seus braços e disse:

– Tenho de me trocar. Volto em um minuto.

Levantei-me e fui em direção ao alojamento dela, que ficava ao lado. Eu tinha de saber. Ergui minha mão para bater à porta, mas ela de repente começou a doer como se estivesse sendo atravessada por uma linha de fogo. Bati com a mão esquerda, e ela abriu a porta de imediato.

– O que... ah, você quer algo para a mão? – Ela estava parcialmente vestida, distraída. – Peça a Jarvil.

– Não, não é isso. O que houve, Diana?

– Bem... – Ela puxou a túnica por cima da cabeça e falou abafando a voz. – Foi minha culpa, acho. Descuidei dele por um minuto.

– E ele tentou se enforcar.

– Isso mesmo. – Ela se sentou na cama e me ofereceu a cadeira. – Saí para ir ao banheiro e, quando voltei, ele estava morto. Eu já tinha pedido a Jarvil que desse uma olhada em Hilleboe para ela não ficar sem supervisão por muito tempo.

– Mas, Diana... não há marcas em seu pescoço. Nenhum hematoma, nada.

Ela deu de ombros.

– O enforcamento não o matou. Ele teve um ataque cardíaco.

– Alguém aplicou uma injeção nele. Bem em cima do coração.

Diana me lançou um olhar curioso.

– Eu fiz isso, William. Adrenalina. Procedimento padrão. A marca de sangue só ocorre se você resiste à agulhada enquanto está recebendo a injeção. Do contrário, o medicamento flui direto pelos poros, sem deixar marcas.

– Ele estava morto quando você lhe deu a injeção?

– Esta seria minha opinião profissional. – Rosto inexpressivo. – Sem batimentos, pulsação, respiração. Somente poucas doenças apresentam tais sintomas.

– Sim, entendo.

– Há algo... qual é o problema, William?

Ou, pouco provavelmente, fui muito sortudo ou Diana era uma ótima atriz.

– Nada. Ah, sim, é melhor eu tomar alguma coisa para esta mão. – Abri a porta. – Poupou-me muitos problemas.

Ela me olhou bem no fundo dos olhos.

– É verdade.

Na verdade, apenas troquei um tipo de problema por outro. Apesar de muitas testemunhas desinteressadas terem presenciado o fim de Graubard, persistia o boato de que eu tinha pedido à dra. Alsever que simplesmente o exterminasse... já que não fiz o trabalho direito e não queria enfrentar o incômodo de uma corte marcial.

O fato era que, sob o Código Universal de "Justiça" Militar, Graubard não merecia nenhum tipo de julgamento. Tudo que eu tinha a fazer era dizer: "Você, você e você. Levem este homem para fora e o matem, por favor". E pobre do soldado que se recusasse a executar a ordem.

Minha relação com as tropas melhorou, de certa forma. Ao menos externamente, demonstravam mais respeito por mim. Porém, eu desconfiava que fosse, pelo menos em parte, o tipo de respeito barato que se oferece a qualquer facínora que provou ser perigoso e temperamental.

Matador era meu novo apelido. Justo agora que eu tinha me acostumado com o *Velho Maricão*.

A base rapidamente voltou à rotina de treinamento e espera. Eu estava quase impaciente para que os taurianos aparecessem, para acabar com aquilo de um jeito ou de outro. As tropas se ajustaram melhor à situação do que eu, por razões óbvias. Eles tinham tarefas específicas a realizar e muito tempo livre para gastar com os usuais paliativos contra o tédio. Meus deveres eram mais variados, mas ofereciam pouca satisfação, já que os problemas que chegavam até mim eram do tipo "ninguém mais conseguiu resolver"; aqueles agradáveis e de soluções mais simples, os escalões mais baixos davam conta.

Nunca me interessei muito por esportes ou jogos, mas me vi cada vez mais voltado para eles, como se fossem uma espécie de válvula de escape. Pela primeira vez em minha vida, nesse ambiente tenso e claustrofóbico eu não conseguia fugir por meio da leitura ou do estudo. Então, eu praticava esgrima, sabre ou varapau com os outros oficiais, malhava à exaustão nas máquinas de exercício e tinha até mesmo uma corda para pular no escritório. A maioria dos outros oficiais jogava xadrez, mas normalmente ganhavam de mim... Toda vez que eu ganhava, tinha a sensação de que estavam sendo bonzinhos comigo. Jogos de palavras eram difíceis, pois a língua que eu falava era um dialeto arcaico com o qual eles tinham dificuldade de lidar. E eu não dispunha de tempo e talento para me aperfeiçoar em inglês "moderno". Por um tempo, deixei que Diana me ministrasse drogas de alteração de humor, mas os efeitos cumulativos eram amedrontadores (eu estava ficando viciado de uma maneira muito sutil para me incomodar de início), então parei abruptamente. Depois, tentei um pouco de psicanálise sistemática com o tenente Wilber. Era impossível. Embora ele conhecesse tudo sobre meu problema de maneira acadêmica, não falávamos a mesma linguagem cultural; ele me aconselhando sobre amor e sexo era o mesmo que eu aconselhar um servo do século 14 a como se dar bem com seu padre ou senhor.

E aquilo, afinal de contas, era a raiz do meu problema. Eu tinha certeza de que podia lidar com as pressões e frustrações do comando; com o fato de estar enjaulado em uma caverna com pessoas que às vezes pouco se diferenciavam do inimigo; até mesmo com a quase certeza de que tudo aquilo poderia apenas levar a uma morte dolorosa em uma causa inútil. Se ao menos Marygay estivesse ao meu lado... E o sentimento ficava cada vez mais intenso à medida que os meses se arrastavam.

Wilber foi muito sério comigo nesse ponto e me acusou de romantizar minha posição. Ele dizia que sabia o que era o amor; ele também já havia se apaixonado. E a polaridade sexual do casal não fazia diferença... Tudo bem, eu conseguia entender; aquela ideia tinha sido clichê na geração de meus pais (embora, na minha, tivesse sofrido uma resistência previsível). Mas amor, ele dizia, era uma frágil flor, era um delicado cristal, uma instável reação com meia-vida de cerca de oito meses. Besteira, eu dizia, e o acusava de usar cabrestos culturais; trinta séculos de sociedade pré-guerra ensinaram que o amor era algo que poderia durar até a morte e mais além: *e se ele tivesse nascido, em vez de ter sido chocado, saberia sem que lhe houvessem dito!* Diante dessa afirmação, ele assumiu uma expressão esquisita e tolerante e reiterou que eu era uma mera vítima de frustração sexual autoimposta e desilusão romântica.

Em retrospecto, acho que tivemos uma boa discussão. Curar-me, ele não curou.

Ganhei um novo amigo que ficava sentado em meu colo o tempo todo. Era o gato, que tinha o talento de se esconder das pessoas que gostavam dele e de se afeiçoar àqueles que tinham problemas de respiração ou simplesmente não gostavam de pequenos animais sorrateiros. Contudo, possuíamos algo em comum: ele era o único outro mamífero heterossexual do sexo masculino a uma distância razoável. Tinha sido castrado, é claro, mas aquilo não fazia muita diferença, consideradas as circunstâncias.

TRINTA E TRÊS

Haviam se passado exatamente quatrocentos dias desde que começáramos a construção. Eu estava sentado na minha mesa, evitando conferir a nova lista de tarefas elaborada por Hilleboe. O gato estava no meu colo, ronronando alto, ainda que eu me recusasse a afagá-lo. Charlie estava estirado em uma cadeira, lendo algo no visor. O telefone tocou: era a comodoro.

– Eles estão aqui.

– Como?

– Eu disse que eles estão aqui. Uma nave tauriana acaba de sair de um campo colapsar a uma velocidade de .80c. Desaceleração a 30 gravidades. Aproximadamente.

Charlie inclinou-se sobre a minha mesa.

– O quê?

Livrei-me do gato.

– Quanto tempo para o início da perseguição? – perguntei.

– Assim que você desligar o telefone.

Foi o que fiz e caminhei até o computador de logística, que era idêntico ao que estava na *Masaryk II* e com o qual possuía uma linha direta de dados. Enquanto eu tentava arrancar números daquela coisa, Charlie mexia no monitor.

O monitor era um holograma de cerca de 1 metro quadrado por 0,5 metro de espessura, programado para mostrar as posições de Sade-138, nosso planeta, e de alguns outros pedaços de rocha no sistema. Havia pontos verdes e vermelhos que indicavam a posição de nossas naves e das naves dos taurianos.

O computador informava que o tempo mínimo que levaria para que o inimigo desacelerasse e chegasse a este planeta seria de pouco mais de onze dias. Isso se utilizassem aceleração e desaceleração máximas por todo o caminho; nesse caso, poderíamos alvejá-los como se fossem moscas em uma parede. Então, como nós, eles misturariam direção de voo e grau de aceleração de maneira aleatória. Baseado em centenas de registros passados do comportamento inimigo, o computador nos forneceu uma tabela de probabilidades:

Dias para o contato	Probabilidade
11	,000001
15	,001514
20	,032164
25	,103287
30	,676324
35	,820584
40	,982685
45	,993576
50	,999369

	Média	
28,9554		,500000

A menos, é claro, que Antopol e sua gangue de alegres piratas conseguissem matá-los antes. As chances de isso acontecer, como eu havia aprendido no tanque, eram ligeiramente menores que 50%.

Mas, se levassem 28,9554 dias ou duas semanas, nós, a equipe do solo, teríamos que nos sentar e esperar de braços cruzados. Se Antopol fosse bem-sucedida, então não precisaríamos lutar até que as tropas regulares de guarnição nos substituíssem e nos dirigíssemos para o próximo colapsar.

– Ainda não partiram. – Charlie ajustara o monitor para escala mínima. O planeta era uma bola branca do tamanho de um melão grande, e *Masaryk II* era um ponto verde à direita a uns oito melões de distância. Não era possível visualizar os dois ao mesmo tempo na tela.

Enquanto observávamos, um pequeno ponto verde saltou do ponto que representava a nave e se afastou dela. Ele era flanqueado por um fantasmagórico número 2; a leitura projetada no canto inferior direito do monitor identificava-o como: *2 – sonda teleguiada de perseguição*. Outros números identificavam a *Masaryk II,* um caça de defesa planetária e catorze sondas de defesa planetária. Essas dezesseis naves ainda não estavam longe o suficiente umas das outras para que as víssemos como pontos separados.

O gato se esfregava no meu tornozelo. Eu o peguei e acariciei:

– Diga a Hilleboe para convocar uma reunião geral. É melhor avisar todos ao mesmo tempo.

Os homens e as mulheres não aceitaram muito bem aquilo, e eu não podia culpá-los. Todos esperávamos que os taurianos atacassem muito mais cedo... e, como demoraram a vir, cresceu o sentimento de que o Comando da Força de Ataque havia cometido um erro e eles não apareceriam.

Eu quis que a companhia iniciasse um intenso treinamento com armas. Eles não haviam usado armas de alta potência em quase dois anos. Então ativei seus lasers de dedo e distribuí os lançadores de granada e foguetes. Não podíamos praticar dentro da base, devido ao risco de danificar os sensores externos e o anel de defesa a laser. Assim, desativamos metade do círculo de lasers gigawatt e nos afastamos cerca de 1 quilômetro do perímetro, um pelotão por vez acompanhado por mim ou por Charlie. Rusk observava de perto as telas de alerta precoce. Se qualquer coisa se aproximasse, ela lançaria um sinalizador, e o pelotão teria de voltar para dentro do anel antes que o desconhecido aparecesse no horizonte. Os lasers de defesa seriam ativados de modo automático. Além de destruir o desconhecido, fritariam o pelotão em menos de 2 centésimos de segundo.

Na base, não havia nada que pudéssemos usar como alvo, porém, isso acabou não sendo um problema. O primeiro foguete de táquions que disparamos abriu um buraco de 20 metros de comprimento, 10 de largura e 5 de profundidade. Os destroços nos deram grande quantidade de alvos que chegavam a ter duas vezes o tamanho de um homem.

Os soldados eram bons, muito melhores do que aparentaram ser com as armas primitivas no campo de estase. O melhor exercício de tiro com laser acabou sendo parecido com atirar em alvos em movimento: formávamos pares, púnhamos um atrás do outro e lançávamos pedras a intervalos aleatórios. Quem atirava tinha de calcular a trajetória da pedra e acertá-la antes que atingisse o chão. A coordenação visual e motora daquele pessoal era impressionante (talvez o Conselho de Eugenia tivesse acertado em alguma coisa). Ao atirar em pedras do tamanho de seixos, a maioria conseguia acertar 9 em cada 10 disparos. O velho aqui, que não era fruto da bioengenharia, talvez conseguisse acertar sete, e isso porque eu tinha muito mais prática do que aqueles garotos.

Eles também tinham igual facilidade para estimar trajetórias com os lançadores de granada, que eram muito mais versáteis do que no passado. Em vez de disparar bombas de um microton com carga propulsora padrão, possuíam quatro cargas diferentes e era possível lançar bombas de um, dois, três ou quatro microtons. E, em casos de embate entre grupos muito próximos, quando era perigoso usar os lasers, o cano do lançador poderia ser desmontado e substituído por um pente de balas de "espingarda". Cada tiro enviava uma nuvem em expansão contendo milhares de minúsculos dardos que eram mortais a até 5 metros de distância e tornavam-se um vapor inofensivo a 6.

Os lançadores de foguetes de táquions não requeriam habilidade de nenhuma natureza. Tudo o que se tinha a fazer era observar com cuidado se não havia ninguém atrás no momento do disparo: o rastro do foguete oferecia perigo por vários metros atrás do tubo de lançamento. Por outro lado, era só mirar o alvo e apertar o botão. Não era preciso se preocupar com a trajetória, pois o foguete viajava em uma linha reta por questões práticas: alcançava a velocidade de escape em menos de 1 segundo.

O ânimo das tropas melhorou pelo simples fato de termos saído e detonado um pouco da paisagem com os novos brinquedos. Mas a paisagem não respondia ao ataque. Não importava quão impressionantes fossem as armas, sua eficácia dependeria de como os taurianos revidariam. Uma falange grega devia ser bem impressionante, mas não se sairia muito bem contra um único homem armado com lança-chamas.

E como em qualquer outro encontro, por causa da dilatação temporal, não havia meios de dizer que tipo de armamento eles poderiam ter. Talvez não soubessem nada a respeito dos campos de estase. Ou talvez tivessem aprendido a dizer algumas palavras mágicas que nos fariam desaparecer.

Eu estava lá fora com o quarto pelotão, tostando pedras, quando Charlie me chamou e me pediu que voltasse com urgência. Deixei Heimoff no comando.

– Mais um?

A escala do monitor holográfico era tal que nosso planeta parecia ser do tamanho de uma ervilha a cerca de 5 centímetros do *X* que marcava a posição de Sade-138. Havia 41 pontos verdes e vermelhos espalhados pelo campo; o leitor identificava o número *41* como *cruzador tauriano (2)*.

– Você chamou Antopol?

– Sim. – Ele se antecipou à pergunta seguinte: – Vai levar quase um dia para o sinal chegar lá e voltar.

– Isso nunca aconteceu antes. – Mas, é claro, Charlie já sabia disso.

– Talvez este colapsar seja especialmente importante para eles.

– É provável.

Então era quase certo que iríamos combater em campo. Mesmo se Antopol conseguisse dar um jeito no primeiro cruzador, ela não teria 50% de chances com o segundo. Já não tínhamos mais tantas sondas e caças.

– Eu não queria estar na pele de Antopol agora – comentei.

– Ela vai atingi-los antes.

– Não sei. Estamos em muito boa forma.

– Deixe essa baboseira para as tropas, William.

Ele diminuiu a escala do monitor até aparecerem somente dois objetos: Sade-138 e o novo ponto vermelho, movendo-se lentamente.

* * *

Passamos as duas semanas seguintes observando pontos piscando. E se soubéssemos quando e onde olhar, dava para ir lá fora e ver a coisa acontecendo ao vivo: uma intensa e brilhante partícula de luz branca que se apagou em cerca de 1 segundo. Naquele segundo, uma bomba-nova liberou uma energia 1 milhão de vezes maior do que um laser gigawatt. Formou-se uma estrela em miniatura de 0,5 quilômetro de diâmetro, tão quente quanto o interior do sol. Consumiria qualquer coisa que tocasse. Uma pequena quantidade de sua radiação poderia estragar, irreparavelmente, os aparelhos eletrônicos da nave (dois caças, um nosso e um deles, evidentemente tiveram tal destino, silenciosamente vagando para fora do sistema a uma velocidade constante, sem energia).

Utilizáramos bombas-novas mais poderosas no início da guerra, mas a matéria degenerada usada para abastecê-las era instável em grandes quantidades. As bombas tinham tendência a explodir enquanto ainda estavam dentro da nave. Com certeza, os taurianos enfrentavam o mesmo problema (ou copiaram o nosso processo), pois também adaptaram suas bombas-novas para que utilizassem menos de 100 quilos de matéria degenerada. Além do mais, eles as dispunham da mesma maneira que nós, com a ogiva separando-se em dezenas de pedaços à medida que se aproximava do alvo, sendo apenas um deles a bomba-nova.

Possivelmente, ainda teriam algumas bombas sobrando após exterminarem a *Masaryk II* e seu séquito de caças e sondas teleguiadas. Portanto, era provável que estivéssemos perdendo tempo e energia em práticas armadas.

Passou pela minha cabeça que eu poderia reunir onze pessoas e embarcar no caça que havíamos escondido em segurança atrás do campo de estase. Ele estava pré-programado para nos levar de volta ao Portal Estelar.

Até cheguei a fazer mentalmente uma lista dos onze, tentando pensar em pessoas que significavam mais para mim do que os demais. No fim das contas, eu teria de escolher seis aleatoriamente.

No entanto, deixei o pensamento de lado. Ainda tínhamos chance, talvez uma muito boa, mesmo contra um cruzador plenamente armado. Não seria fácil fazer uma bomba-nova chegar perto o bastante a ponto de sermos incluídos em seu raio mortífero. Além do mais, eu seria jogado no espaço por deserção. Então, por que me preocupar?

Os ânimos melhoraram quando uma das sondas teleguiadas de Antopol derrubou o primeiro cruzador tauriano. Sem contar as naves que haviam ficado para trás para defender o planeta, ela ainda tinha dezoito sondas teleguiadas e dois caças. Mesmo sob perseguição de quinze sondas inimigas, todos mudaram o rumo para interceptar o segundo cruzador, que ainda estava a algumas horas-luz de distância.

Uma das sondas teleguiadas taurianas atingiu o alvo. As naves auxiliares continuaram o ataque, mas foi uma derrota completa. Um caça e três sondas teleguiadas fugiram da batalha acelerando ao máximo, dando a volta sobre o plano da eclíptica, mas não foram perseguidos. Assistíamos a tudo com interesse mórbido, enquanto o cruzador inimigo se preparava para vir em nossa direção e travar batalha. O caça voltou para Sade-138 na tentativa de escapar. Ninguém os culpou. Na verdade, nós lhes enviamos uma mensagem de adeus e boa sorte; eles não responderam, naturalmente, pois estavam todos nos tanques. Mas ficaria registrado.

Demorou cinco dias para que os inimigos chegassem ao planeta e ficassem confortavelmente escondidos em uma órbita estacionária do outro lado. Preparamo-nos para a inevitável primeira fase do ataque, que seria aérea e totalmente automatizada: as sondas teleguiadas deles contra nossos lasers. Pus uma força de cinquenta homens e mulheres dentro do campo de estase, para o caso de uma das sondas conseguir atravessar. Um gesto sem sentido, na verdade. O inimigo poderia simplesmente esperar que desligassem o campo para fritá-los no segundo seguinte.

Charlie teve uma ideia estranha que quase segui.

– Podíamos montar uma armadilha.

– Como assim? – perguntei. – Este lugar *é* uma armadilha, com minas e lasers em um perímetro de 25 quilômetros.

– Não, não me refiro a isso. Digo a base em si, aqui, subterrânea.

– Prossiga.

– Existem duas bombas-novas naquele caça. – Ele apontou para o campo de estase a algumas centenas de metros de pedra. – Podemos rolá-las para cá, montar uma armadilha, esconder todo o pessoal no campo de estase e esperar.

De certa forma, era tentador. Aquilo me livraria de qualquer responsabilidade de tomar decisões, deixando tudo para o acaso.

– Não acho que vá funcionar, Charlie.

Ele me pareceu magoado.

– Claro que vai.

– Não, olhe. Para que funcione, você precisa atrair cada um dos taurianos para dentro do raio mortífero antes da explosão... Mas não viriam todos para cá uma vez que abrissem brecha em nossas defesas. Menos ainda se o lugar parecesse deserto. Eles desconfiariam de algo, mandariam um grupo fazer inspeção. E depois que o grupo de inspeção deflagrasse as bombas...

– Estaríamos de volta à estaca zero, verdade. E sem a base. Perdão.

Fiquei sem jeito.

– Foi uma ideia. Continue pensando, Charlie.

Voltei minha atenção para o monitor, onde a assimétrica guerra espacial avançava. Logicamente, o inimigo queria derrubar aquele caça que estava acima deles antes de se dedicar a nós. Tudo que podíamos fazer era observar os pontos vermelhos se arrastarem em volta do planeta e tentar acertá-los. Até aquele momento, o piloto havia conseguido derrubar todas as sondas teleguiadas; o inimigo ainda não tinha enviado caças em sua direção.

Dei ao piloto o controle de cinco lasers de nosso anel defensivo, apesar de não servirem para muita coisa. Um laser gigawatt lança 1 bilhão de quilowatts por segundo a até 100 metros. Mil quilômetros adiante, no entanto, o raio era atenuado para 10 quilowatts. Poderia causar algum dano se atingisse um sensor ótico. Ao menos causaria confusão.

– Poderíamos usar outro caça, ou seis.

– Use as sondas teleguiadas – falei.

Tínhamos um caça, claro, e um homem capaz de pilotá-lo. Poderia vir a ser nossa única esperança, se nos encurralassem no campo de estase.

– Qual a distância do outro cara? – perguntou Charlie, referindo-se ao piloto do caça que fugira.

Reduzi a escala do monitor, e o ponto verde apareceu do lado direito.

– Cerca de 6 horas-luz.

Ele ainda possuía duas sondas teleguiadas, próximas

demais dele para aparecerem como pontos separados. Uma delas fora utilizada para dar cobertura à fuga.

– Ele não está acelerando mais, mas está a 0,9 gravidade.

– Não poderia nos ajudar em nada, mesmo que quisesse. – Precisaria de quase um mês para desacelerar.

Naquele momento, a luz referente ao nosso caça de defesa se apagou.

– Merda!

– Agora começa a diversão. Devo avisar as tropas para se prepararem e ficarem em alerta para subir?

– Não... Ordene que vistam os trajes, para o caso de perdermos ar. Mas acho que ainda levará algum tempo antes de termos um ataque em terra.

Elevei a escala novamente. Quatro pontos vermelhos já se arrastavam no globo em nossa direção.

Vesti meu traje e voltei à administração para observar a queima de fogos nos monitores.

Os lasers funcionavam perfeitamente. As quatro sondas convergiram até nós simultaneamente; foram alvejadas e destruídas. Somente uma das bombas-novas explodiu abaixo do nosso horizonte (o horizonte visual encontrava-se a cerca de 10 quilômetros de distância, mas os lasers estavam montados a uma altura tal que lhes possibilitava alvejar qualquer coisa que estivesse a duas vezes essa distância). A bomba que detonou em nosso horizonte derreteu uma rocha semicircular que ficou brilhando por vários minutos. Uma hora depois, ainda estava brilhando, com uma cor laranja-opaco, e a temperatura do solo lá fora se elevara para 50 graus absolutos, derretendo a maior parte da neve e expondo uma superfície cinza-escuro irregular.

O próximo ataque também acabou na fração de segundo seguinte, mas desta vez havia oito sondas teleguiadas, sendo que quatro delas estavam a 10 quilômetros. A radiação das crateras que ainda brilhavam elevou a temperatura a quase 300 graus. Era mais do que o ponto de fusão da água, e eu estava começando a ficar preocupado. Os trajes de batalha funcionavam bem até acima de mil graus, mas os lasers automáticos dependiam de supercondutores a temperaturas mais baixas para manterem a velocidade.

Perguntei ao computador qual era a temperatura limite dos lasers, e a tela exibiu *TR398-734-009-265*, *"Alguns aspectos sobre a adaptabilidade de material bélico criogênico para uso em ambientes de temperatura relativamente elevada"*. Trazia muitos conselhos úteis a respeito de como isolar as armas se tivéssemos acesso a uma oficina de armeiro totalmente equipada. A tela também informava que o tempo de resposta dos equipamentos de mira automática aumentava à medida que a temperatura se elevava, e que acima de uma "temperatura crítica" as armas não mirariam mais. Mas não havia como prever o comportamento de nenhuma arma em particular, podia-se apenas notar que a temperatura crítica mais alta registrada foi de 790 graus e a mais baixa foi de 420 graus.

Charlie observava o monitor. Sua voz era inexpressiva pelo rádio do traje.

– Dezesseis agora.

– Surpreso?

Uma das poucas coisas que sabíamos sobre a psicologia tauriana era que possuía certa compulsão por números, especialmente primos e potências de dois.

– Vamos apenas torcer para que eles não tenham mais 32.

Questionei o computador sobre isso. Tudo que ele podia informar era que o cruzador havia lançado, até agora, um total de 44 sondas teleguiadas e sabia-se que alguns cruzadores chegavam a transportar 128.

Tínhamos pouco mais de meia hora antes que as sondas teleguiadas começassem o ataque. Consegui evacuar todo o pessoal para o campo de estase, onde eles ficariam temporariamente a salvo caso uma das bombas-novas conseguisse ultrapassar a barreira de defesa. A salvo, mas presos. Quanto tempo as crateras levariam para esfriar, se três ou quatro (ou dezesseis) bombas explodissem? Não dava para viver eternamente em um traje de batalha, mesmo que ele pudesse reciclar tudo com impiedosa eficácia. Uma semana bastaria para deixar os soldados completamente acabados. Duas, suicídio. Ninguém jamais ficara três semanas, em circunstâncias de campo.

Além disso, como posição de defesa, o campo de estase poderia ser uma armadilha mortal. O inimigo tinha todas as opções, já que a redoma era opaca. A única forma de descobrir o que eles estavam tramando era botando a cabeça para fora. Eles não precisavam atacar com armas primitivas, a menos que estivessem impacientes. Poderiam apenas manter a redoma saturada com fogo a laser e esperar que desligássemos os geradores. Enquanto isso, atirariam lanças, pedras e flechas para dentro da redoma... Podíamos revidar, mas seria inútil.

Certamente, se um homem ficasse dentro da base, os outros poderiam esperar a próxima meia hora no campo de estase. Se ele não fosse buscá-los, saberiam que estava quente do lado de fora. Pressionei a combinação que me daria a frequência disponível para todos do 5º escalão para cima.

– Aqui é o major Mandella. – Isso ainda soava como uma piada ruim.

Descrevi a situação e pedi a eles que dissessem a suas tropas que todos na companhia estavam livres para se dirigir ao campo de estase. Eu ficaria aqui e, depois, os tiraria de lá caso as coisas melhorassem – claro que não se tratava de nobreza; eu preferia a chance de ser vaporizado em 1 nanossegundo a ter uma morte lenta quase certa sob a redoma cinza.

Acionei a frequência de Charlie.

– Você pode ir também. Cuido das coisas por aqui.

– Não, obrigado – disse ele lentamente. – Irei assim que... Ei, olhe para isso.

O cruzador lançara outro ponto vermelho, alguns minutos depois dos outros. O monitor identificava-o como sendo outra sonda teleguiada.

– Curioso...

– Idiotas supersticiosos – falou ele, sem convicção.

Apenas onze pessoas decidiram se juntar às cinquenta que foram ordenadas a entrar na redoma. Aquilo não deveria ter me deixado surpreso, mas deixou.

À medida que as sondas se aproximavam, Charlie e eu olhávamos fixamente para os monitores, tomando o cuidado de evitar o monitor holográfico, tacitamente concordando que seria melhor não saber quando estivessem a 1 minuto de distância, a 30 segundos... Então, como das outras vezes, terminou antes que soubéssemos que havia começado. As telas exibiram um clarão branco e depois emitiram um ruído de estática... e continuamos vivos.

Mas desta vez havia quinze novos buracos no horizonte... ou mais perto!... E a temperatura subia tão rápido que o último dígito no leitor era um borrão amorfo. O número chegou a 800 e começou a diminuir.

Nem chegamos a ver as sondas teleguiadas, não durante aquela pequena fração de segundo que levou para os lasers mirarem e atirarem. Porém, a décima sétima brilhou no horizonte, ziguezagueando loucamente, e parou bem acima de nós. Por um instante, pareceu flutuar; no entanto, logo em seguida, começou a cair. Metade dos lasers a havia detectado e continuava disparando, mas nenhum deles conseguia mirar; estavam todos presos à última posição de disparo.

Ela cintilou ao cair. O polimento de seu casco liso refletia o brilho branco das crateras e o bruxuleio lúgubre dos constantes e impotentes disparos a laser. Ouvi Charlie respirar fundo, e a sonda caiu tão perto que podíamos ver numerais taurianos gravados em seu casco e uma escotilha transparente perto da ponta... Então, o motor explodiu, e a sonda, de repente, sumiu.

– Que diabos? – Charlie disse, em voz baixa. – A escotilha...

– Talvez reconhecimento.

– Acho que sim. Então não podemos atingi-los, e eles sabem disso.

– A menos que os lasers se recuperem. – Não parecia muito provável. – É melhor que todos fiquem dentro da redoma. Nós também.

Ele disse uma palavra cuja vogal havia mudado com o passar dos séculos, mas seu significado era claro.

– Sem pressa. Vamos ver o que eles farão.

Aguardamos por várias horas. A temperatura lá fora estabilizou-se a 690 graus (pouco abaixo do ponto de fusão do zinco, lembrei por acaso). Testei os controles manuais para os lasers, mas ainda não respondiam.

– Aí vêm eles – avisou Charlie. Oito novamente.

Fui em direção ao monitor.

– Acho que vamos...

– Espere! Não são sondas teleguiadas.

Os leitores identificavam todos os oito pontos com a legenda *Transporte de tropas*.

– Acho que querem tomar a base, intacta – sugeriu Charlie.

– Isso, e talvez experimentar novas armas e técnicas.
– Para eles não é um grande risco. Podem recuar a qualquer momento e jogar uma bomba-nova em nós.

Chamei Brill e pedi a ele que convocasse todos aqueles que estavam no campo de estase e que os organizasse, juntamente com o restante do pelotão dela, como uma linha defensiva em torno dos quadrantes nordeste e noroeste. Eu poria o resto do pessoal na outra metade do círculo.

– Estava pensando... – começou Charlie. – Talvez não devêssemos levar todos para cima de uma vez, até sabermos quantos taurianos são.

Fazia sentido. Manter uma reserva e deixar o inimigo subestimar nossa força.

– É uma boa ideia... Deve haver apenas 64 deles em oito transportadores. – Ou 128 ou 256. Eu gostaria que nossos satélites espiões tivessem melhor senso discriminatório, mas não se pode esperar muito de uma máquina do tamanho de uma uva.

Decidi deixar que as setenta pessoas de Brill fossem nossa primeira linha de defesa e lhes ordenei que formassem um anel nas valas que abrimos fora do perímetro da base. Todos os outros permaneceriam na parte de baixo até serem necessários.

Se os taurianos, ou por meio de números ou de nova tecnologia, constituíssem uma força imbatível, eu enviaria todos para o campo de estase. Havia um túnel que ligava os dormitórios à redoma; assim, o pessoal do subterrâneo poderia se dirigir até lá com segurança. Os outros que estivessem nas valas teriam de correr para lá sob disparos – se algum deles ainda estivesse vivo quando eu desse a ordem.

Chamei Hilleboe e mandei que ela e Charlie ficassem de olho nos lasers. Se destravassem, eu chamaria Brill e seu pessoal de volta. Acionei o sistema de mira automática novamente e me sentei para assistir ao show. Mesmo travados, os lasers eram úteis. Charlie ajustou os monitores para mostrar para onde os raios se dirigiam. Ele e Hilleboe podiam dispará-los manualmente sempre que algo se movesse na linha de visão da arma.

Tínhamos ainda uns vinte minutos. Brill estava perto do perímetro com seus homens e mulheres, ordenando a eles que entrassem nas valas, um esquadrão por vez, organizando campos de fogo sobrepostos. Chamei-a pelo rádio e pedi a ela que dispusessem as armas pesadas de tal maneira que pudessem ser usadas para conduzir o avanço inimigo para o caminho dos lasers.

Não havia muito o que fazer agora, senão esperar. Pedi a Charlie para avaliar o progresso do inimigo e tentar nos fornecer uma contagem regressiva precisa, então sentei-me à mesa, peguei um bloco de papel para desenhar a organização de Brill e ver se poderia melhorá-la.

O gato pulou no meu colo, miando de forma comovente. Tudo indicava que ele não conseguia distinguir uma pessoa da outra quando estavam com uniforme. Mas ninguém mais se sentava a essa mesa. Estendi o braço para acariciá-lo, e ele pulou para longe.

A primeira linha que desenhei ocupou quatro folhas de papel. Havia algum tempo desde que eu fizera algum serviço delicado dentro de um traje. Lembrei que, durante o treinamento, praticávamos como controlar os circuitos de amplificação da força passando ovos de uma pessoa a outra... uma tarefa nojenta. Fiquei imaginando se ainda havia ovos na Terra.

Concluí o diagrama e não vi maneiras de melhorá-lo. Todas aquelas teorias amontoadas em meu cérebro. Havia muitos conselhos táticos sobre cercos e encurralamentos, porém, do ponto de vista errado. Se você fosse a parte que estivesse sendo encurralada, não tinha muitas opções. Era ficar ali e lutar. Responder sem demora às concentrações de força do inimigo, mas sendo flexível para ele não empregar força diversiva e desviar poder de alguma seção previsível de seu perímetro. *Faça grande uso de apoio espacial e aéreo,* este é sempre um bom conselho. Mantenha a cabeça abaixada e o queixo levantado e reze pela cavalaria. Mantenha sua posição e não pense em Dien Bien Phu, em Álamo, ou na Batalha de Hastings.

– Mais oito transportadores – avisou Charlie. – Cinco minutos até que os primeiros oito cheguem aqui.

Então eles atacariam em duas ondas. Pelo menos duas. O que eu faria se estivesse no comando dos taurianos? Isso não era muito complicado: os taurianos careciam de imaginação tática e tendiam a copiar os padrões humanos.

A primeira onda podia ser um ataque suicida para nos enfraquecer e avaliar nossas defesas. Depois, a segunda viria de forma mais metódica e concluiria o trabalho. Ou vice-versa: o primeiro grupo teria 20 minutos para se entrincheirar; depois o segundo poderia passar sobre eles e nos atacar duramente em um único ponto... criando uma brecha no perímetro e devastando a base.

Ou talvez tenham enviado duas forças simplesmente por ser um número mágico. Ou poderiam lançar apenas oito transportes de tropas por vez (isto seria ruim, pois daria a entender que os transportadores eram grandes; em situações diferentes, eles tinham usado transportadores que carregavam de quatro a 128 soldados).

– Três minutos.

Olhei para o conjunto de monitores que mostravam vários setores do campo minado. Se tivéssemos sorte, eles pousariam lá sem muito cuidado. Ou talvez voassem baixo o suficiente para detonar as minas.

Eu me sentia ligeiramente culpado. Estava seguro em meu buraco, rabiscando, pronto para começar a dar ordens. Como os setenta cordeiros prontos para o sacrifício se sentiam a respeito do comandante ausente?

Então lembrei de como me senti com relação ao capitão Stott naquela primeira missão, quando ele escolheu ficar a salvo em órbita enquanto lutávamos no solo. A torrente de ódio revivido foi tão forte que tive de controlar a náusea.

– Hilleboe, você consegue manejar os lasers por conta própria?

– Não vejo por que não, senhor.

Joguei a caneta na mesa e me levantei.

– Charlie, assuma a coordenação da unidade. Você pode fazê-lo tão bem quanto eu. Vou subir.

– Eu não aconselharia, senhor.

– Que diabos, William. Não seja estúpido.

– Eu não recebo ordens, estou dand...

– Você não duraria 10 segundos lá em cima... – começou Charlie.

– Vou assumir o risco, como todos os outros.

– Não ouviu o que eu disse? *Eles* vão te matar!

– As tropas? Bobagem! Sei que não gostam muito de mim, mas...

– Você não ouviu nas frequências do esquadrão?

– Não, eles não falavam o meu inglês quando conversavam entre si.

– Eles acham que você os colocou lá na linha para puni-los, por covardia, depois que disse que todos estavam livres para ir para a redoma.

– Não foi isso, senhor? – perguntou Hilleboe.

— Para puni-los? Não, claro que não. — Não conscientemente. — Eles simplesmente estavam lá em cima quando precisei... A tenente Brill não disse nada a eles?

— Não que eu tenha ouvido — Charlie respondeu. — Talvez ela esteja muito ocupada para sintonizar o rádio.

Ou concordava com eles.

— É melhor eu...

— Ali! — gritou Hilleboe.

A primeira nave inimiga era visível em um dos monitores dos campos minados. As outras apareceram no segundo seguinte. Vinham de diferentes direções e não estavam uniformemente espalhadas ao redor da base. Cinco no quadrante nordeste e apenas uma no sudoeste. Retransmiti a informação a Brill.

Mas havíamos previsto a lógica muito bem: todas estavam se aproximando do anel de minas. Uma desceu o suficiente para acionar um dos dispositivos de táquion. A explosão atingiu a traseira da estranha aeronave, fazendo-a rodopiar e cair de bico. Portas laterais se abriram, e os taurianos saíram se arrastando. Doze deles; provavelmente quatro deixados para trás. Se todas as outras também tivessem dezesseis, eles seriam poucos a mais que nós.

Na primeira onda.

Os outros sete pousaram sem problemas, e, sim, havia dezesseis em cada. Brill reordenou alguns esquadrões para ajustá-los à posição das tropas inimigas e aguardou.

Eles se moveram depressa pelo campo minado, dando largos passos em uníssono, como se fossem robôs de pernas arqueadas e cabeças imensas. Não interrompiam a marcha nem quando um deles explodia em pedacinhos por causa de alguma mina, o que ocorreu onze vezes.

Quando apareceram no horizonte, a razão aparente de

sua distribuição aleatória era óbvia: analisaram de antemão quais abordagens lhes ofereceriam mais proteção natural, por causa do entulho que as sondas teleguiadas produziram. Conseguiriam chegar a alguns quilômetros da base antes que pudéssemos mirá-los com clareza. E seus trajes possuíam circuitos de aumento similares aos nossos, então conseguiam percorrer 1 quilômetro em menos de 1 minuto.

Brill ordenou que suas tropas abrissem fogo imediatamente, talvez mais pelo efeito moral do que na esperança de atingir o inimigo. É provável que estivessem acertando alguns deles, embora fosse difícil dizer. Pelo menos os foguetes de táquion fizeram um trabalho impressionante ao transformar rochas em cascalho.

Os taurianos atiravam de volta com uma arma similar ao foguete de táquion, talvez exatamente igual. No entanto, era raro que achassem um alvo. Nosso pessoal estava no nível do solo e abaixo, e se os foguetes não atingissem algo, continuariam avançando para todo o sempre, amém. Eles acabaram acertando um dos lasers gigawatt, e o impacto foi tão forte que me fez desejar estar a mais de 20 metros de profundidade.

Os gigawatts não estavam trazendo nenhum benefício para nós. Os taurianos devem ter divisado as linhas de mira antecipadamente e as evitavam. Contudo, isso acabou sendo uma vantagem para nós, pois permitiu que Charlie desviasse a atenção dos monitores de laser por um instante.

– Que diabos...?

– O que foi, Charlie? – Eu não tirava os olhos dos monitores, esperando algo acontecer.

– A nave, o cruzador... se foi. – Olhei para o monitor holográfico.

Ele tinha razão: as únicas luzes vermelhas eram aquelas que correspondiam aos transportadores de tropas.

– Foram para onde? – perguntei por perguntar.

– Vamos voltar as imagens.

Ele programou o monitor para retroceder alguns minutos e ajustou a escala para o momento em que eram mostrados planeta e colapsar. O cruzador apareceu e, com ele, três pontos verdes. Nosso "covarde" havia atacado o cruzador com apenas duas sondas teleguiadas.

Mas ele teve uma pequena ajuda das leis da física.

Em vez de entrar em uma inserção colapsar, ele deu a *volta* no campo colapsar em uma órbita de projeção. Saiu a 0,9 da velocidade da luz; as sondas teleguiadas estavam a .99c e rumavam para o cruzador inimigo. Nosso planeta estava a cerca de mil segundos-luz do colapsar, portanto a nave tauriana teve apenas 10 segundos para detectar e deter as duas sondas. E, a essa velocidade, tanto fazia ser alvejado por uma bomba-nova ou por uma bola de papel.

A primeira sonda desintegrou o cruzador e a outra, um centésimo de segundo depois, desceu brilhando e chocou-se contra o planeta. O caça desviou a rota rumo ao planeta por algumas centenas de quilômetros e lançou-se ao espaço, desacelerando ao máximo de 25 gravidades. Ele estaria de volta em alguns meses.

Mas os taurianos não esperariam por ele. Eles se aproximavam de nossas linhas por ambos os lados para começar a usar seus lasers, mas também estavam a uma distância em que era fácil alcançá-los com granadas. Uma pedra de bom tamanho poderia protegê-los dos disparos de laser, mas as granadas e os foguetes os destroçariam.

Primeiramente, as tropas de Brill contaram com uma imensa vantagem: lutando em valas, apenas poderiam ser feridos por um disparo ocasionalmente bem-sucedido ou uma granada extremamente bem-arremessada (que os taurianos lançavam com as mãos, com um alcance de várias centenas de metros). Brill perdera quatro soldados, mas parecia que a força tauriana havia sido reduzida para menos da metade do tamanho original.

Ao final, a paisagem fora devastada de tal maneira que a maioria dos taurianos também foi capaz de se entrincheirar em buracos no solo. A batalha reduziu-se a duelos individuais de laser, interrompidos de vez em quando por armas mais pesadas. Mas não seria inteligente usar um foguete de táquion contra um único tauriano, não com outra força de tamanho desconhecido a poucos minutos de distância.

Mas algo estava me incomodando desde que eu assistira naquele replay holográfico. Agora, com a calmaria da batalha, eu sabia o que era.

Quando a segunda sonda se jogara contra o planeta quase à velocidade da luz, qual teria sido o dano causado pelo impacto? Fui até o computador e comecei a pesquisar. Descobri quanta energia havia sido liberada com a colisão e então comparei com informações geológicas arquivadas na memória do computador.

Vinte vezes mais intenso que o mais poderoso terremoto já registrado. Em um planeta que tinha três quartos do tamanho da Terra. Conectei imediatamente a frequência geral:

– Todo mundo para cima! Agora!

Apertei o botão que abria a saída de ar e o túnel que levava da administração para a superfície.

– Que diabos, Will...

– Terremoto! – Quanto tempo ainda tínhamos? – Depressa!

Hilleboe e Charlie estavam bem atrás de mim. O gato estava sentado em minha mesa, lambendo-se despreocupadamente. Tive um impulso irracional de pô-lo dentro do meu traje, que foi a forma como ele havia sido transportado da nave para a base, mas eu sabia que ele não aguentaria mais que alguns minutos. Então tive o impulso mais razoável de simplesmente vaporizá-lo com meu laser de dedo, mas naquele momento a porta já estava fechada e corríamos para as escadas. Por todo o caminho, e algum tempo depois, fui perseguido pela imagem daquele animal indefeso, preso sob toneladas de cascalho, morrendo lentamente à medida que o ar se esvaía.

– Mais seguro nas valas? – perguntou Charlie.

– Não sei – respondi. – Nunca estive em um terremoto. – Talvez as paredes das valas se fechassem e nos esmagassem.

Fiquei surpreso com a escuridão da superfície. S Doradus tinha quase se posto. Os monitores compensaram pelo baixo nível de luz.

Um laser inimigo cruzou a clareira à nossa esquerda, o que gerou uma rápida chuva de faíscas quando atingiu um dos gigawatts. Ainda não tinham nos avistado. Todos decidimos que seria mais seguro ficar nas valas e chegamos à mais próxima com três passadas largas.

Havia quatro homens e mulheres na vala, um deles gravemente ferido ou morto. Descemos pela borda com dificuldade e ajustei meu amplificador de imagens para logaritmo 2 a fim de inspecionar os colegas de vala. Tivemos sorte: um era granadeiro, e eles também tinham um lançador de foguetes. Dava para ver seus nomes nos capacetes. Estávamos na vala de Brill, mas ela ainda não tinha notado nossa presença. Estava no lado oposto, espiando com cuidado acima da borda, direcionando dois esquadrões em um movimento flanqueado. Quando ficaram seguramente posicionados, ela voltou a se agachar e perguntou:

— É você, major?

— Sou eu mesmo — respondi com cuidado. Eu me perguntava se alguém daquela vala estava entre os que queriam minha cabeça.

— Que história é essa de terremoto?

Ela fora informada sobre o cruzador que havia sido destruído, mas não acerca da outra sonda. Expliquei-lhe usando o mínimo possível de palavras.

— Ninguém saiu da câmara ainda — disse ela. — Ainda não. Acho que todos foram para o campo de estase.

— Sim, estavam tão próximos de um quanto de outro. — Talvez alguns ainda estivessem lá embaixo, talvez não tenham levado a sério meu aviso. Ativei a frequência geral para verificar... mas então o inferno começou...

O chão afundou e, depois, voltou; bateu em nós com tanta força que fomos lançados ao ar, caindo fora das valas. Voamos vários metros, chegando a uma altura suficiente para ver o padrão de círculos de cor laranja e amarelo brilhante, as crateras formadas com o impacto das bombas-novas. Caí de pé, mas o chão estava extremamente instável e escorregadio, tanto que não era possível permanecer ereto.

Com um impacto estrondoso que pude sentir através do traje, a área descoberta sobre nossa base desintegrou-se e implodiu. Quando o solo cedeu, parte da face inferior do campo de estase ficou exposta, acomodando-se no novo nível com uma graça altiva.

Bem, tínhamos perdido um gato. Eu esperava que todos tivessem tido tempo e bom-senso suficiente para ir para a redoma.

Uma figura veio cambaleando da vala mais próxima, e

percebi num sobressalto que não era humano. Àquela distância, meu laser fez um buraco bem no meio de seu capacete; ele deu dois passos e caiu para trás. Outro capacete espiou pela beirada da vala. Arranquei-lhe o topo antes que pudesse erguer a arma.

Eu não conseguia me orientar. A única coisa que continuava intacta era a redoma de estase, ela parecia a mesma sob qualquer ângulo. Os lasers gigawatt estavam todos soterrados, mas um deles fora ativado: um holofote brilhante e tremeluzente que iluminou um redemoinho de rocha vaporizada.

Claro, eu estava em território inimigo. Comecei a correr pelo chão trêmulo em direção à redoma.

Eu não conseguia falar com nenhum dos líderes de pelotão. Todos, exceto Brill, provavelmente encontravam-se na redoma. Consegui falar com Hilleboe e Charlie. Disse a Hilleboe que fosse para dentro da redoma e forçasse todos a saírem. Se a próxima onda também tivesse 128, precisaríamos de todos.

Os tremores diminuíram e encontrei uma vala "amiga" (a vala dos cozinheiros, na verdade, já que as únicas pessoas ali eram Orban e Rudkoski).

– Parece que você vai ter de recomeçar do zero, soldado.

– Sem problemas, senhor. O fígado precisava de um descanso.

Recebi um bipe de Hilleboe e conectei-me com ela.

– Senhor... havia apenas dez pessoas lá. O resto não conseguiu chegar.

– Eles ficaram para trás? – Parecia-me que o tempo tinha sido suficiente.

– Não sei, senhor.

– Tudo bem. Faça uma contagem e me diga quantos ainda temos no total. – Tentei acionar a frequência dos líderes de pelotão mais uma vez, mas continuava muda.

Nós três ficamos atentos aguardando fogo inimigo por alguns minutos, mas não houve. Provavelmente esperavam por reforços.

Hilleboe chamou novamente.

– Temos apenas 53, senhor. Alguns parecem estar inconscientes.

– Tudo bem. Fale para aguardarem até...

Então a segunda onda apareceu. Os transportadores de tropas vinham a todo vapor no horizonte com seus jatos apontados para nós, desacelerando.

– *Lancem foguetes nesses filhos da mãe!* – gritou Hilleboe, sem se remeter a ninguém em particular. Mas ninguém havia conseguido ficar com um lançador de foguetes ou de granadas enquanto estava sendo sacudido, e a distância ainda era muito grande para os lasers de mão terem alguma eficácia.

Esses transportadores tinham quatro ou cinco vezes o tamanho daqueles da primeira onda. Um deles pousou a cerca de 1 quilômetro na nossa frente, mal parando o suficiente para despejar as tropas. Havia uns cinquenta, provavelmente 64 (vezes oito era igual a 512). Não tínhamos como detê-los.

– Ouçam todos, aqui é o major Mandella – tentei manter um tom de voz equilibrado e baixo –, teremos que recuar para a redoma, de forma rápida, mas ordenada. Sei que estamos espalhados por todos os lados deste inferno. Se você pertence ao segundo ou quarto pelotão, fique onde está por um minuto e dê cobertura enquanto o primeiro e o terceiro pelotões e o pessoal do suporte se retiram. Primeiro e terceiro e suporte, recuem até metade da distância em que vocês se encontram da redoma, protejam-se e defendam o segundo e o quarto pelotões à medida que se aproximam. Eles irão até o limite da redoma e darão cobertura para vocês pelo resto do caminho.

Eu não devia ter dito "recuar". Essa palavra não constava do manual. Ação retrógrada.

Havia muito mais de "retrógrado" do que de "ação". Oito ou nove pessoas estavam atirando, e o resto corria a todo vapor. Rudkoski e Orban desapareceram. Dei alguns tiros com cuidado, sem grande efeito, então corri para a outra ponta da vala, escalei para fora e fui em direção à redoma.

Os taurianos começaram a lançar foguetes, mas a maioria parecia estar indo alto demais. Vi dois dos nossos serem exterminados antes que eu chegasse à metade do caminho. Encontrei uma grande rocha e me escondi atrás dela. Dei uma espiada e concluí que apenas dois ou três taurianos estavam perto o suficiente para que eu tivesse alguma chance remota de acertá-los com meu laser... O melhor era não atrair atenção sem necessidade. Corri o resto do caminho até a beira do campo e parei para disparar de volta. Após alguns tiros, percebi que estava fazendo de mim mesmo um alvo. Até onde pude ver, havia apenas mais uma pessoa que ainda corria em direção à redoma.

Um foguete passou por mim tão perto que quase pude tocá-lo. Flexionei meus joelhos e tomei impulso, caindo na redoma em uma posição nada dignificante.

TRINTA E QUATRO

Lá dentro, pude ver o foguete que quase me acertara vagando preguiçosamente na escuridão, elevando-se de maneira suave à medida que cruzava até o outro lado da redoma. Ele se vaporizaria de imediato assim que saísse do outro lado, já que toda a energia cinética que perdera de modo abrupto ao diminuir sua velocidade para 16,3 metros por segundo voltaria na forma de calor.

Nove pessoas estavam mortas, de barriga para baixo, dentro dos limites do campo. Não era inesperado, embora não fosse o tipo de coisa que devesse ser dita às tropas.

Seus trajes de batalha estavam intactos (do contrário, não teriam conseguido chegar até ali), mas algum tempo depois da confusão dos últimos minutos, a camada especial de isolamento que os protegia contra o campo de estase fora danificada. Então, assim que entraram no campo, toda a atividade elétrica em seus corpos cessou, matando-os na mesma hora. Ainda por cima, já que nenhuma molécula em seus corpos podia se mover mais rápido do que 16,3 metros por segundo, eles congelaram instantaneamente, e a temperatura corporal se estabilizou em 0,462 graus absolutos.

Decidi não virar nenhum deles para descobrir seus nomes... ainda não. Tínhamos de pensar em uma posição defensiva antes que os taurianos viessem até a redoma, no caso de quererem apressar as coisas.

Com gestos cuidadosos, consegui reunir todos no centro do campo, sob a cauda do caça, onde estavam armazenadas as armas.

Eram muitas armas, já que havíamos nos preparado para equipar três vezes aquele número de pessoas. Depois de entregar a cada pessoa um escudo e uma pequena espada, risquei uma pergunta na neve: BONS ARQUEIROS? LEVANTEM AS MÃOS. Cinco voluntários ergueram as mãos, então escolhi mais três para que todos os arcos fossem usados. Vinte flechas por arco. Eram as armas de longo alcance mais eficazes de que dispúnhamos. As flechas eram quase invisíveis em seu voo lento, com um peso extra e, na ponta, uma lasca mortal de cristal duro como diamante.

Organizei os arqueiros em círculo em torno do caça (seu estabilizador de pouso lhes daria proteção parcial contra mísseis vindos de trás) e entre cada par de arqueiros pus outras quatro pessoas: dois atiradores de lanças, um lutador de bastões e uma pessoa portando uma acha de armas e uma dúzia de facas. Este arranjo daria, em teoria, conta do inimigo a qualquer distância, do limite do campo até o combate corpo a corpo.

Na verdade, dada a proporção de 600 para 42, eles provavelmente poderiam entrar com uma pedra em cada mão, sem escudos ou armas especiais, e ainda assim acabar conosco.

Suponho que soubessem o que era um campo de estase. A tecnologia deles parecia atualizada em todos os outros aspectos.

Por várias horas, nada aconteceu. Ficamos muitíssimo entediados, esperando para morrer. Ninguém para conversar, nada para ver além da imutável redoma cinza, da neve cinza e de alguns soldados igualmente cinzas. Nada para ouvir, provar ou cheirar além de si mesmo. Aqueles que ainda tinham algum interesse pela batalha mantinham guarda na fronteira inferior da redoma, aguardando os primeiros taurianos atravessarem. Demorou um segundo para percebermos o que estava acontecendo quando o ataque começou de fato. Veio de cima; uma nuvem de dardos catapultados que atravessaram a redoma uns 30 metros acima do chão, direcionados bem para o centro do hemisfério.

Os escudos eram suficientemente grandes, de modo que era possível proteger a maior parte do corpo apenas agachando um pouco. As pessoas que viram os dardos vindo conseguiram se proteger facilmente. Aquelas que estavam de costas para a ação ou dormindo tiveram de se valer da sorte para sobreviver. Não havia como gritar avisando, e levava apenas 3 segundos para um míssil chegar da borda ao centro da redoma.

Tivemos sorte – perdemos apenas cinco. Um deles era arqueiro, Shubik. Peguei seu arco e ficamos aguardando um iminente ataque por terra.

Não houve ataque. Após meia hora, dei a volta no círculo e expliquei com gestos que a primeira coisa que deveriam fazer, se algo acontecesse, era tocar a pessoa à direita. A outra faria a mesma coisa, e assim por diante.

Isso salvou minha vida. O segundo ataque de dardos, algumas horas depois, veio por trás de mim. Senti a cutucada, dei um tapinha na pessoa à minha direita, virei e vi a nuvem descendo. Protegi minha cabeça com o escudo, e eles chegaram uma fração de segundo depois.

Baixei meu arco para arrancar três dardos do escudo, e neste momento teve início o combate em solo.

Era uma estranha e impressionante visão. Uns trezentos taurianos entraram no campo simultaneamente, quase ombro a ombro, ao redor do perímetro da redoma. Avançaram no mesmo passo, cada um segurando um escudo circular que mal escondia o imenso peito. Lançavam dardos similares aos que utilizaram no ataque aéreo.

Posicionei o escudo à minha frente (havia pequenos apoios na base para mantê-lo de pé) e, com a primeira flecha que atirei, percebi que tínhamos chance. A flecha atingiu um deles no centro do escudo e atravessou-o, penetrando seu traje.

Foi um massacre unilateral. Os dardos não eram muito eficazes sem o elemento surpresa... mas, quando um passou acima da minha cabeça, vindo por trás, senti um calafrio entre as escápulas.

Com vinte flechas, matei vinte taurianos. Eles fechavam o cerco toda vez que um caía, nem precisava mirar. Depois que as flechas acabaram, tentei lançar seus próprios dardos de volta. Porém, seus escudos frágeis forneciam proteção adequada contra aqueles pequenos projéteis.

Matamos mais da metade deles com flechas e lanças, muito antes de estarem ao alcance das armas para o contato corpo a corpo. Desembainhei a espada e esperei. Eles ainda nos superavam em número: eram mais de três contra um.

Quando chegaram a 10 metros de nós, as pessoas com as facas e o chakram tiveram seu dia de festa. Embora o disco giratório fosse fácil de ser visto e levasse mais de meio segundo para chegar até o alvo, a maioria dos taurianos reagiu de modo igualmente ineficaz, levantando os escudos para se proteger. A lâmina afiada, temperada e pesada rasgava os escudos frágeis como se fosse uma serra circular cortando papelão.

O primeiro contato corpo a corpo foi com o pessoal dos bastões, que eram hastes de metal de 2 metros de comprimento afiladas nas pontas formando uma lâmina serrilhada de dois gumes. Os taurianos tinham um método frio (ou valente, se é que sua mente funciona assim) para lidar com eles: simplesmente agarravam a lâmina e morriam. Enquanto um humano tentava arrancar sua arma do morto que a segurava, um espadachim tauriano, com uma cimitarra de mais de 1 metro de comprimento, aproximou-se e o matou.

Além das espadas, eles possuíam outra arma, constituída por um cordão de elástico que tinha na ponta uma espécie de arame farpado de 10 centímetros e um pequeno peso para impulsioná-lo. Era uma arma perigosa; mesmo se errasse o alvo, voltava arrasando tudo de modo imprevisível. Mas eles acertavam seus alvos com bastante frequência, mirando abaixo dos escudos e enrolando o fio espinhoso nos tornozelos.

Fiquei costas com costas com o soldado Erikson, e com nossas espadas conseguimos nos manter vivos pelos minutos seguintes. Quando restavam apenas umas duas dezenas de taurianos, eles simplesmente deram meia-volta e bateram em retirada. Lançamos alguns dardos em sua direção, acertando mais uns três, mas não quisemos persegui-los, pois poderiam voltar e reiniciar os ataques.

Apenas 28 de nós continuavam em pé. Havia aproximadamente dez vezes mais taurianos mortos espalhados pelo chão, mas isso não trazia nenhuma satisfação. Eles podiam começar tudo de novo, com mais trezentos. E funcionaria.

Fomos de um corpo a outro, arrancando flechas e lanças, e mais uma vez nos reposicionamos em volta do caça. Ninguém se deu o trabalho de recuperar os bastões. Fiz uma contagem rápida: Charlie e Diana ainda estavam vivos (Hilleboe foi uma das vítimas dos bastões), assim como dois oficiais de suporte, Wilber e Szydlowska. Rudkoski ainda estava vivo, mas Orban havia sido atingido por um dardo.

Após um dia de espera, parecia que o inimigo decidira por uma guerra de desgaste, em vez de repetir o embate corpo a corpo. Constantemente chegavam dardos, não mais em grande quantidade, mas dois, três ou dez de cada vez, e de diferentes ângulos. Não conseguiríamos ficar alertas para sempre; eles acertariam alguém a cada três ou quatro horas.

Fizemos um revezamento em turnos para dormir, dois de cada vez, em cima do gerador do campo de estase. Ficamos sentados diretamente sob o corpo do caça, o local mais seguro na redoma.

De tempos em tempos, um tauriano aparecia na borda do campo, evidentemente para ver se ainda restava algum de nós. Algumas vezes atirávamos uma flecha nele, só para praticar.

Os dardos pararam de ser lançados após dois dias. Achei bem possível que simplesmente houvessem acabado, ou talvez tivessem decidido parar quando restassem apenas vinte sobreviventes.

Havia uma possibilidade mais provável. Peguei um dos bastões e o levei para o limite do campo, colocando-o para o lado de fora, 1 centímetro ou mais. Quando o puxei de volta, a ponta estava derretida. Mostrei a Charlie, ele se balançou para a frente e para trás (era a única forma de acenar em concordância dentro de um traje). Esse tipo de coisa já havia acontecido antes, numa das primeiras vezes em que o campo de estase não funcionara. Eles o haviam simplesmente saturado com laser e esperado que, endoidecidos pelo isolamento, desligássemos o gerador. Era bem provável que estivessem sentados em suas naves jogando o equivalente ao nosso jogo de cartas.

Tentei pensar. Era difícil se concentrar em algo por qualquer tempo que fosse naquele ambiente hostil, que privava os sentidos, olhando por sobre os ombros a cada segundo. Charlie havia dito alguma coisa. Ontem mesmo. Eu não lembrava direito. "Não teria funcionado naquele momento" era tudo o que eu lembrava. Então, finalmente, veio à minha mente.

Chamei todos e escrevi na neve:

> PEGAR BOMBAS-NOVAS NA NAVE.
> LEVAR PARA LIMITE DO CAMPO.
> MOVER CAMPO.

Szydlowska sabia onde ficavam as ferramentas apropriadas no interior da nave. Felizmente, deixáramos todas as entradas abertas antes de ligar o campo de estase. Eram eletrônicas e, agora, estariam lacradas. Pegamos ferramentas na casa de máquinas e subimos à cabine do piloto. Ele sabia como remover a placa de acesso que exporia uma passagem estreita até o depósito de bombas. Segui-o pelo tubo de 1 metro de largura.

Normalmente, imagino, deveria ser muito escuro. Mas o campo de estase iluminava o depósito de bombas com a mesma luz turva e sem sombra que imperava lá fora. O depósito era pequeno demais para nós dois, então fiquei no fim da passagem e observei.

As portas do depósito tinham uma "ativação manual", portanto eram fáceis de abrir. Bastou Szydlowska girar uma manivela e pronto. Liberar as duas bombas-novas de seu invólucro já era outra coisa. Finalmente, ele voltou à casa de máquinas e trouxe um pé de cabra. Ele soltou uma bomba e eu peguei a outra, então as rolamos para fora do depósito.

O sargento Anghelov já estava trabalhando nelas quando descemos. Tudo que tinha de ser feito para armar a bomba era desparafusar o fusível frontal e introduzir algo no soquete para danificar o mecanismo de atraso e as restrições de segurança.

Rapidamente carregamos as bombas para o limite, seis pessoas por bomba, e as dispusemos lado a lado. Então, acenamos para os quatro que estavam perto das alavancas do gerador de campo. Eles aceleraram e caminharam dez passos na direção oposta. As bombas desapareceram à medida que o limite do campo deslizou sobre elas.

Não houve dúvidas de que as bombas explodiram. Por alguns segundos, o lado de fora ficou tão quente quanto o interior de uma estrela, e mesmo o campo de estase sentiu os efeitos: por um momento, cerca de um terço da redoma emitiu um brilho rosa opaco e, depois, ficou cinza novamente. Sentimos uma pequena aceleração, como se estivéssemos em um elevador bem lento. Isso significava que estávamos deslizando para o fundo da cratera. Seria um fundo sólido? Ou afundaríamos em rochas derretidas e ficaríamos presos como moscas no âmbar? Nem valia a pena pensar a respeito. Talvez, se isso acontecesse, poderíamos atirar com o laser gigawatt do caça para abrir caminho.

Apenas doze de nós, de qualquer maneira.

QUANTO TEMPO?, escreveu Charlie na neve a meus pés.

Aquela era uma boa pergunta. Tudo o que sabia era a quantidade de energia liberada por duas bombas-novas. Não sabia qual seria o tamanho da bola de fogo que se formaria, o que determinaria a temperatura da detonação e o tamanho da cratera. Eu desconhecia a capacidade de calor das rochas ao redor e seu ponto de ebulição. Escrevi: UMA SEMANA, SERÁ? TENHO DE PENSAR.

O computador da nave poderia me informar em 1 milésimo de segundo, mas não estava funcionando. Comecei a escrever equações na neve, tentando encontrar o máximo e o mínimo do tempo que demoraria para a temperatura externa baixar a 500 graus. Anghelov, que estava muito mais atualizado em física, fazia seus próprios cálculos do outro lado da nave.

Meu resultado ficou entre seis horas e seis dias (embora, para seis horas, as rochas que nos rodeavam teriam de conduzir calor como se fossem cobre puro), e Anghelov chegou ao valor de cinco horas a quatro dias e meio. Votei para seis, e ninguém mais quis votar.

Dormimos muito. Charlie e Diana jogavam xadrez rabiscando símbolos na neve. Eu nunca conseguia gravar as posições das peças em minha mente. Revi meus cálculos várias vezes e continuei com meus seis dias. Verifiquei os cálculos de Anghelov também, e pareciam todos certos, mas preferi continuar com meus valores. Ninguém morreria por permanecer um dia e meio a mais nos trajes. Discutimos sobre isso amigavelmente em taquigrafia concisa.

Haviam sobrado dezenove de nós no dia em que jogamos as bombas para fora. Ainda havia dezenove, seis dias depois, quando pousei minha mão sobre a chave interruptora do gerador. O que estaria nos aguardando lá fora? Certamente, tínhamos matado todos os taurianos em um raio de vários quilômetros da explosão. Mas poderia haver uma força reserva ao longe, que agora esperava pacientemente na beirada da cratera. Pelo menos agora dava para pôr um bastão para fora do campo, e sua ponta voltava inteira.

Fiz o pessoal se dispersar de maneira uniforme por toda a área, para que não nos matassem com um único tiro. Então, preparado para religar imediatamente caso algo desse errado, apertei.

TRINTA E CINCO

Meu rádio ainda estava ajustado na frequência geral. Após mais de uma semana de silêncio, meus ouvidos foram subitamente tomados por um balbucio alto e alegre.

Estávamos no centro de uma cratera de quase 1 quilômetro de largura e profundidade. Suas laterais constituíam uma crosta negra brilhante com algumas ranhuras vermelhas, quentes, mas agora inofensivas. O hemisfério de terra em que estávamos pousados havia afundado uns 40 metros cratera abaixo, enquanto ela ainda estava derretida; portanto, agora encontrávamo-nos como em um pedestal.

Nenhum tauriano à vista.

Fomos apressadamente para a nave, fechamos e a enchemos com ar fresco e tiramos nossos trajes. Não me vali da superioridade hierárquica para utilizar a única ducha; simplesmente me sentei em uma poltrona de aceleração e inspirei profundamente lufadas de ar que não tinham cheiro de Mandella reciclado.

A nave fora projetada para uma tripulação de no máximo doze pessoas, então nos revezávamos em turnos de sete pessoas para não sobrecarregar os sistemas de suporte vital. Enviei repetidamente uma mensagem para o outro caça, o qual ainda estava a seis semanas de distância, dizendo que estávamos bem e aguardávamos resgate. Eu tinha certeza de que haveria lugar para sete, já que as tripulações para uma missão de combate em geral eram formadas por apenas três pessoas.

Era bom andar e falar de novo. Oficialmente, suspendi todas as atribuições militares enquanto estivéssemos no planeta. Algumas pessoas eram sobreviventes do grupo rebelde de Brill, mas não demonstravam nenhuma hostilidade para comigo.

Jogamos uma espécie de jogo da nostalgia, comparando as várias eras que vivemos na Terra, imaginando como ela estaria nos setecentos anos à frente para os quais voltaríamos. Ninguém mencionou o fato de que, na melhor das hipóteses, teríamos uma licença de alguns meses e, depois, seríamos mais uma vez designados para outra força de ataque, outro giro da roda.

Rodas. Um dia Charlie me perguntou sobre a origem do meu nome, pois soava estranho para ele. Disse-lhe que se originou da falta de um dicionário e que, se fosse escrito da maneira correta, pareceria ainda mais estranho.

Tive de gastar uma boa meia hora para explicar todos os detalhes da escolha. Mas, basicamente, meus pais eram "hippies" (uma subcultura da segunda metade do século 20, nos Estados Unidos, que rejeitava o materialismo e abraçava um espectro bem amplo de ideias estranhas), que viviam com outros hippies numa pequena comunidade agrícola. Quando minha mãe ficou grávida, eles não quiseram seguir a tradição do casamento: isso queria dizer que a mulher adotava o nome do homem, o que implicava que ela era sua propriedade. Mas eles ficaram muito empolgados e sentimentais e decidiram que ambos iriam adotar o mesmo nome. Então eles foram até a cidade mais próxima, tentando decidir no caminho qual nome simbolizaria melhor o amor que sentiam um pelo outro. Quase que tive um nome bem mais curto, mas eles decidiram por Mandala.

A mandala era um desenho circular que os hippies haviam pegado emprestado de uma religião estrangeira e que simboliza o cosmos, a mente cósmica, Deus ou qualquer coisa que precise de um símbolo. Nem meu pai nem minha mãe sabiam como soletrar a palavra, e o magistrado da cidade escreveu da forma como ela soou a seus ouvidos.

Eles me batizaram de William em homenagem a um tio rico, que infelizmente morreu sem um tostão.

As seis semanas passaram agradavelmente: conversamos, lemos, descansamos. A outra nave pousou perto da nossa e possuía, de fato, nove lugares vagos. Distribuímo-nos entre as tripulações para que cada nave tivesse alguém capaz de solucionar problemas que surgissem na sequência do salto pré-programado. Escolhi ficar na outra nave, na esperança de que tivesse alguns livros novos. Não tinha.

Entramos nos tanques e partimos todos juntos.

Acabamos por passar muito tempo nos tanques, apenas para não olhar para os mesmos rostos, o dia todo, dentro da nave abarrotada. Os sucessivos períodos de aceleração nos levaram de volta ao Portal Estelar em dez meses subjetivos. Claro, isso representava 340 anos (menos sete meses) para um hipotético observador objetivo.

Havia centenas de cruzadores em órbita ao redor do Portal Estelar. Más notícias: com tantas naves aguardando, provavelmente não conseguiríamos licença.

Seria mais fácil eu ser julgado em corte marcial do que conseguir qualquer tipo de licença. Eu havia perdido 88% da minha companhia porque muitos deles não tinham confiança suficiente em mim para obedecer à ordem direta de retirada ante um terremoto. Além disso, não havíamos avançado nem um pouco em Sade-138: não havia taurianos lá, mas tampouco havia uma base.

Recebemos instruções de pouso e descemos direto, sem

naves de transporte. Havia outra surpresa esperando por nós no espaçoporto. Dezenas de cruzadores estavam pousados (isso nunca havia ocorrido antes, por medo de que o Portal Estelar fosse alvejado), entre eles dois cruzadores taurianos. Nunca havíamos conseguido trazer um intacto.

Sete séculos poderiam ter nos trazido uma vantagem decisiva, é claro. Talvez estivéssemos vencendo.

Seguimos por uma câmara de compressão com a inscrição "regressos". Após reporem o ar e termos tirado nossos trajes, uma linda jovem veio em nossa direção com um carrinho cheio de túnicas e nos disse, em um inglês perfeito, que nos vestíssemos e fôssemos ao salão de palestras no fim do corredor, à esquerda.

As túnicas eram estranhas: leves, mas aquecidas. Era a primeira coisa que eu vestia diferente do traje de combate ou de pele desnuda em quase um ano.

O salão de palestras era grande demais para apenas 22 de nós. A mesma mulher estava lá e pediu que nos sentássemos na frente. Aquilo era perturbador: eu poderia jurar que ela havia seguido pelo outro lado do corredor, *tinha certeza*, pois fiquei fascinado com a visão de suas costas.

Diabos, talvez eles tivessem transmissores de matéria. Ou teletransporte. Queriam economizar alguns passos...

Ficamos sentados lá por um minuto, e um homem, vestido com o mesmo tipo de túnica que nós e a mulher, cruzou o palco carregando uma pilha de cadernos grossos sob cada braço.

A mulher o seguiu, também carregando alguns cadernos.

Olhei atrás de mim, e ela ainda estava lá, parada no corredor. Para tornar as coisas ainda mais estranhas, o homem era virtualmente irmão gêmeo das duas.

O homem folheou um dos cadernos e pigarreou.

– Estes cadernos são para sua conveniência – disse ele, também com um inglês perfeito –, e vocês não precisam lê-los se não quiserem. Vocês não têm de fazer nada que não queiram, pois... são homens e mulheres livres. A guerra acabou.

Um silêncio de descrença.

– Como vocês lerão nesses livros, a guerra acabou 221 anos atrás. Desse modo, estamos no ano 220. Pelos padrões antigos, claro, é 3138 d.C. Vocês são o último grupo de soldados a retornar. Quando partirem, também partirei. E destruirei o Portal Estelar. Ele existe agora apenas como ponto de acolhimento para regressos e como monumento da estupidez humana. E vergonha. Como vocês lerão. Destruir este lugar será uma faxina.

Ele parou de falar, e a mulher começou sem fazer uma pausa.

– Lamento por tudo que passaram; eu desejaria poder dizer que foi por uma boa causa, mas, como vocês verão, não foi. Até mesmo a riqueza que acumularam, como salários atrasados e juros compostos, não tem mais valor, pois não se usa mais dinheiro ou crédito. Nem existe algo tal como uma economia em que poderão usar essas... coisas.

– Como já devem ter percebido – o homem retomou a palavra –, eu, nós somos clones de um mesmo indivíduo. Há uns 250 anos, meu nome era Kahn. Agora é Homem. Tive um antepassado direto em sua companhia, o cabo Larry Kahn. Entristece-me que ele não tenha retornado.

– Eu sou mais de 10 bilhões de indivíduos, mas uma só consciência – continuou ela. – Após lerem, tentarei esclarecer um pouco mais as coisas. Sei que será difícil entender. Os humanos não são mais criados, pois sou o padrão perfeito. Os indivíduos que morrem são substituídos. Existem alguns planetas, no entanto, em que os humanos nascem da maneira normal, da maneira mamífera. Se minha sociedade for muito estranha para vocês, podem ir para alguns desses planetas. Se quiserem tomar parte na procriação, não os desencorajarei. Muitos veteranos me pedem para mudar suas polaridades para heterossexual para que possam adaptar-se mais facilmente a estas outras sociedades. Isso eu posso fazer com muita facilidade.

Não se preocupe, Homem, apenas providencie a minha passagem.

– Vocês serão meus convidados aqui no Portal Estelar por dez dias, depois serão levados para onde quiserem – ele falou. – Por favor, até lá, leiam este livro. Sintam-se à vontade para perguntar qualquer coisa ou solicitar qualquer serviço.

Os dois se levantaram e deixaram o palco.

Charlie estava sentado ao meu lado.

– Inacreditável – disse ele. – Eles deixam... eles encorajam... homens e mulheres a fazer *aquilo* de novo? Juntos?

O Homem feminino do corredor estava sentado atrás de nós e respondeu antes que eu pudesse formular uma resposta razoavelmente simpática e hipócrita:

– Não se trata de julgar a sua sociedade – explicou ela, provavelmente não percebendo que Charlie havia levado um pouco mais para o lado pessoal. – Apenas sinto que é necessário como dispositivo de segurança eugênica. Não tenho evidências de que seja errado clonar apenas um indivíduo ideal, mas, se isto se mostrar um erro, haverá uma quantidade enorme de genes com os quais será possível recomeçar.

Ela deu um tapinha em seu ombro.

– Claro que você não precisa ir para esses planetas reprodutores. Você pode ficar em um de meus planetas. Não faço distinção entre brincadeira heterossexual e homossexual.

Ela voltou ao palco para falar longamente sobre onde ficaríamos, comeríamos e faríamos todas as outras coisas enquanto estivéssemos no Portal Estelar.

– Nunca fui seduzido por um computador antes – Charlie murmurou.

Aquela guerra, que durara 1.143 anos, começara por motivos equivocados e continuou apenas porque as duas raças não conseguiam se comunicar.

Uma vez que conseguiram conversar, a primeira pergunta foi: "Por que você começou este negócio?", e a resposta foi: "Eu?".

Os taurianos não conheceram a guerra por milênios, e, à medida que se aproximava o século 21, parecia que a humanidade também estava pronta para abandonar tal instituição. Mas os velhos soldados ainda estavam por ali, e muitos ocupavam posições de poder. Eles praticamente comandavam o Grupo Exploratório e de Colonização das Nações Unidas, que aproveitara o recém-descoberto salto colapsar para explorar o espaço interestelar.

Muitas das primeiras naves sofreram acidentes e desapareceram. Os ex-militares ficaram desconfiados. Então armaram embarcações de colonização e, na primeira vez em que encontraram uma nave tauriana, mandaram-na pelos ares.

Eles desempoeiraram suas medalhas, e o resto seria história.

No entanto, não se podia culpar exclusivamente os militares. As evidências que apresentaram de que os taurianos tinham sido os responsáveis pelas primeiras mortes foram risivelmente pobres. Os poucos que atentaram para aquilo foram simplesmente ignorados.

O fato era que a economia da Terra precisava de uma guerra, e esta era a guerra ideal. Ela criou um ótimo buraco onde se podia despejar baldes de dinheiro, mas que uniria a humanidade, em vez de dividi-la.

Os taurianos reaprenderam a guerrear, até certo ponto, mas nunca chegaram a ser realmente bons naquilo e acabaram perdendo. O livro explicava que não conseguiam se comunicar com os humanos por não possuírem um conceito de indivíduo; eram clones naturais havia milhões de anos. Ao final, cruzadores da Terra eram tripulados por Homem, clones de Kahn, e, pela primeira vez, foi possível uma comunicação entre eles.

O livro apresentava tal fato como trivial. Pedi a um Homem que me explicasse o que significava, o que havia de especial na comunicação entre clones, e ele respondeu que, *a priori,* eu não conseguiria entender. Não havia palavras que pudessem descrever, e meu cérebro não seria capaz de assimilar os conceitos, mesmo se existissem palavras.

Tudo bem. Soou meio duvidoso, mas eu estava disposto a aceitar. Eu até aceitaria que em cima é embaixo, se isto significasse que a guerra havia terminado.

Homem era uma entidade bastante atenciosa. Deu-se ao trabalho de reabrir um pequeno restaurante-taverna e mantê-lo funcionando 24 horas somente para atender a nós, os 22 sobreviventes. Nunca vi um Homem bebendo ou comendo... acho que descobriram uma forma de contornar a questão.

Eu estava sentado lá certa noite, bebendo cerveja e lendo o livro deles, quando Charlie entrou e sentou-se ao meu lado.

Sem preâmbulos, disse:

– Vou dar uma chance.

– Dar uma chance para o quê?

– Para as mulheres. Hétero. – Ele deu de ombros. – Sem querer ofender... não é muito instigante. – Deu um tapinha na minha mão com um olhar distraído. – Mas a alternativa... você já experimentou?

– Bem... não, não experimentei.

O Homem feminino era um deleite visual, mas somente no mesmo sentido que uma pintura ou uma escultura. Eu simplesmente não conseguia vê-los como seres humanos.

– Não experimente. – Ele não deu maiores detalhes. – Além do mais, eles, ele, ela dizem... que podem me transformar no que era antes facilmente, caso eu não goste.

– Você vai gostar, Charlie.

– Claro... é o que *eles* dizem.

Ele pediu um drinque espesso e prosseguiu:

– É que não parece natural. De qualquer forma, já que, hum, vou me transformar, você se importa se... por que não vamos para o mesmo planeta?

– Claro, Charlie! Isso seria ótimo! – Eu estava sendo sincero. – Você sabe para onde vai?

– Pra qualquer lugar, caramba. Contanto que seja para longe daqui.

– Será que Paraíso ainda é tão bom...?

– Não – disse Charlie, apontando o garçom com o dedo. – Ele mora lá.

– Não sei. Acho que deve haver uma lista.

Nesse momento, um homem veio até a taverna empurrando um carrinho cheio de pastas:

– Major Mandella? Capitão Moore?

– Somos nós – Charlie respondeu.

– Estes são seus registros militares. Espero que sejam de seu interesse. Foram convertidos em papel quando sua força de ataque passou a ser a única que restava, pois não seria prático manter em funcionamento as redes normais de dados a fim de preservar tão pouco material.

Eles sempre antecipavam as perguntas, mesmo quando não havia nenhuma.

Minha pasta era tranquilamente umas cinco vezes mais grossa que a de Charlie. Talvez mais grossa que a de qualquer outro, já que eu parecia ser o único recruta que acompanhou a guerra toda. Pobre Marygay!

– Fico imaginando que tipo de registro o velho Stott deixou sobre mim – comentei, abrindo na primeira página.

Havia um pequeno quadrado de papel grampeado na página da frente. Todas as outras páginas eram imaculadamente alvas, mas esta em especial estava amarelada pelo tempo, e suas bordas estavam desgastadas.

A caligrafia era familiar, familiar demais, mesmo depois de tanto tempo. A data era de mais de 250 anos atrás.

Estremeci e, subitamente, lágrimas anuviaram minha visão. Eu não tinha razões para imaginar que ela continuava viva. Mas nunca tive plena certeza de que estivesse morta, não até ver aquela data.

– William? O que...

– Deixe-me a sós, Charlie. Só um minuto.

Sequei os olhos e fechei a pasta. Nem deveria ter visto a maldita nota. Eu estava indo para uma nova vida, deveria deixar os velhos fantasmas para trás.

Contudo, mesmo uma mensagem do túmulo era um tipo de contato. Abri a pasta novamente.

11 DE OUTUBRO DE 2878.
WILLIAM,

Tudo isto está em seu arquivo pessoal. Mas, como conheço você, sei que talvez atire longe. Então procurei me certificar de que esta nota chegasse às suas mãos.

Obviamente, sobrevivi. Talvez você também sobreviva. Venha me fazer companhia.

Sei, pelos registros, que você foi para Sade-138 e não voltará por alguns séculos. Sem problema.

Vou para um planeta chamado Dedo Médio, o quinto planeta para além de Mizar. Fica a dois saltos colapsares, dez meses subjetivos. Dedo Médio é um tipo de exílio para heterossexuais. Eles o chamam de "base de controle eugênica".

Não importa. Consumiu todo o meu dinheiro e todo o dinheiro de cinco outros veteranos, mas compramos um cruzador da FENU e o estamos usando como máquina do tempo.

Portanto, estou em trânsito relativo, esperando por você. Tudo que ele faz é avançar 5 anos-luz e voltar para Dedo Médio, bem depressa. A cada dez anos, envelheço cerca de um mês. Então, se ainda estiver vivo, estarei com apenas 28 anos quando você chegar aqui. Apresse-se!

Nunca mais encontrei ninguém e não quero outra pessoa. Não me importa se você estiver com 90 anos ou 30. Se eu não puder ser sua amante, serei sua enfermeira.

MARYGAY

– Garçom, me diga uma coisa.

– Sim, major?

– Você conhece um planeta chamado Dedo Médio? Ainda existe?

– Claro que sim. Por que não existiria? – Pergunta razoável. – Um ótimo lugar. Um planeta arborizado. Alguns não acham muito animado.

– Do que se trata? – Charlie perguntou.

Entreguei ao garçom meu copo vazio.

– Acabei de descobrir para onde vamos.

EPÍLOGO

Do *The New Voice*, Paxton, Dedo Médio 24–6
14 de fevereiro de 3143.

VETERANA TEM SEU PRIMEIRO FILHO

Marygay Potter-Mandella (Post Road, 24, Paxton) deu à luz, nesta última sexta-feira, um lindo garotinho, de 3,1 quilos.

Marygay afirma ser a segunda mais velha dos residentes de Dedo Médio, tendo nascido em 1977. Ela lutou durante quase toda a Guerra Sem Fim e depois esperou 261 anos por seu amado na máquina do tempo.

O bebê, que ainda não recebeu nome, nasceu em casa com a ajuda de uma amiga da família, a dra. Diana Alsever-Moore.

SOBRE O AUTOR

Nascido em Oklahoma (Estados Unidos) em 1943, Joe Haldeman é ganhador de diversos prêmios Hugo e Nebula, e se tornou um dos mais importantes autores de ficção científica do mundo. Veterano condecorado da Guerra do Vietnã, desde 1970 Haldeman é escritor profissional, além de dar aulas no MIT. Já publicou mais de trinta romances e contos, muitos deles inspirados em sua experiência na guerra.

TIPOGRAFIA:
Tiempos [texto]
Motor-Stencil [titulos]

PAPEL:
Pólen soft 80 g/m² [miolo]
Couché fosco 150 g/m² [revestimento da capa]
Offset 150 g/m² [guardas]

IMPRESSÃO:
Gráfica Santa Marta [fevereiro de 2019]